O CAMINHO PARA WIGAN PIER

Título original: *The Road to Wigan Pier*
copyright © Editora Lafonte Ltda. 2021

Todos os direitos reservados.
Nenhuma parte deste livro pode ser reproduzida por quaisquer meios existentes sem autorização por escrito dos editores.

Direção Editorial   *Ethel Santaella*

REALIZAÇÃO

GrandeUrsa Comunicação

Direção	*Denise Gianoglio*
Tradução	*Adriana Buzzetti*
Revisão	*Diego Cardoso*
Capa, Projeto Gráfico e Diagramação	*Idée Arte e Comunicação*
Ilustração de capa	*Montagem com desenho de Richard Nicolaüs Roland Holst*

Dados Internacionais de Catalogação na Publicação (CIP)
(Câmara Brasileira do Livro, SP, Brasil)

```
Orwell, George, 1903-1950
    O caminho para Wigan Pier / George Orwell ;
tradução Adriana Buzzetti. -- 1. ed. -- São Paulo :
Lafonte, 2021.

    Título original: The Road to Wigan Pier
    ISBN 978-65-5870-141-5

    1. Ficção inglesa I. Título.

21-73084                                        CDD-823
```

Índices para catálogo sistemático:

1. Ficção : Literatura inglesa 823

Aline Graziele Benitez - Bibliotecária - CRB-1/3129

Editora Lafonte

Av. Profª Ida Kolb, 551, Casa Verde, CEP 02518-000, São Paulo-SP, Brasil – Tel.: (+55) 11 3855-2100
Atendimento ao leitor (+55) 11 3855-2216 / 11 3855-2213 – atendimento@editoralafonte.com.br
Venda de livros avulsos (+55) 11 3855-2216 – vendas@editoralafonte.com.br
Venda de livros no atacado (+55) 11 3855-2275 – atacado@escala.com.br

George Orwell

O CAMINHO PARA WIGAN PIER

Tradução
Adriana Buzzetti

Brasil, 2021

Lafonte

PARTE UM

1

O primeiro som da manhã era o bater dos tamancos das moças que trabalhavam na fábrica instalada na rua de pedras. Mais cedo, suponho, havia o apito da fábrica, mas eu ainda não estava acordado para ouvir.

Quase sempre havia quatro pessoas no quarto, um lugar abominável, imundo e improvisado, com a aparência de cômodos que não serviam ao seu devido propósito. Anos antes, a casa havia sido uma residência comum e, quando os Brooker se mudaram, adaptaram o espaço para ser um açougue especializado em tripas e uma pensão. Haviam herdado alguns móveis bastante inúteis e nunca tiveram a energia necessária para removê-los. Portanto, estávamos dormindo no que ainda poderia ser reconhecido como uma sala de visitas. Do teto, pendia um pesado candelabro de vidro sobre o qual pairava uma camada tão grossa de pó que parecia pele. Cobrindo a maior parte de uma das paredes, havia um móvel horrível, algo entre um aparador e um armário, com muitos entalhes, gavetinhas e pedaços de espelho. Tinha ainda um carpete que poderia ter sido visto um dia, mas agora exibia as manchas causadas pela presença de penicos ao longo dos anos, além de duas cadeiras douradas com os assentos rasgados e uma daquelas poltronas antiquadas de pelo de cavalo, que faz a pessoa escorregar ao tentar sentar-se. O cômodo fora transformado em quarto ao enfiarem quatro esquálidas camas em meio a todos esses escombros.

    A minha ficava no canto direito, do lado mais próximo da porta. Havia outra ao pé dela, tão espremida (tinha de ficar naquela posição para permitir que a porta fosse aberta) que eu tinha de dormir com as pernas dobradas; se eu as esticasse, chutaria as costas do ocupante da outra cama. Ele era um homem de idade chamado sr. Reilly, um mecânico sem muita qualificação e que fora empregado "no auge" em uma das minas de carvão. Por sorte, o "vizinho" ia para o trabalho às cinco da manhã, então eu podia esticar minhas pernas e ter duas boas horas de sono depois que ele saía. Na cama oposta, dormia um minerador escocês que havia sido ferido em um acidente na mina (um pedaço enorme de rocha o esmagou e demorou duas horas para que pudessem erguê-la) e tinha recebido uma indenização de cem libras. Ele era um homem grande e bonito de quarenta anos, com cabelos grisalhos e bigode aparado, mais parecido com um sargento ou major do que com um minerador, e costumava ficar deitado com o dia já bem adiantado, fumando um cachimbo pequeno. A outra cama era ocupada por uma sucessão de caixeiros-viajantes, vendedores de assinatura de jornais e ambulantes em geral que, normalmente, ficavam por duas noites. Era uma cama de casal, a melhor no quarto. Eu mesmo dormira nela na minha primeira noite, mas havia sido retirado de lá para dar lugar a outro hóspede. Acredito que todos os recém-chegados passam a primeira noite na cama de casal, que era usada, por assim dizer, como uma isca. Todas as janelas eram mantidas bem fechadas, com um saco de areia atolado no fundo, e pela manhã o quarto fedia como um ninho de gambá. Você não notava ao acordar, mas, se saísse do quarto e voltasse, o cheiro o atingiria como um tapa na cara.

    Nunca descobri quantos quartos a casa possuía, mas é estranho dizer que tinha um banheiro que datava da época anterior aos Brooker. No andar de baixo, ficavam a sala e a cozinha de costume, com um enorme fogão a carvão queimando sem parar. A iluminação era apenas da luz que vinha da claraboia, pois, de um lado, estava a loja e, do outro, a despensa, que dava para um lugar subterrâneo onde as tripas eram armazenadas. Havia um sofá meio disforme barrando parcialmente a porta da despensa, e, sobre ele, quase permanentemente, ficava a nossa senhoria, sra. Brooker, sentada convalescente, enrolada em cobertores encardidos. Ela tinha um rosto grande, amarelo pálido, que demonstrava ansiedade. Ninguém sabia ao certo qual era o problema dela; suspeito que fosse apenas comer demais. Em frente à lareira, quase sempre havia um varal com roupas lavadas. E no meio do cômodo, ficava a grande mesa da cozinha na qual a família e todos os hóspedes comiam. Nunca vi essa mesa completamente descoberta, ela apresentava uma variedade de invólucros em momentos diferentes, mas nunca o tampo nu. Primeiro, havia uma camada de jornal velho manchado de molho inglês; sobre ele, uma camada de toalha de mesa branca encerada e grudenta; em cima dela, um tecido de linho rústico, nunca trocado ou raramente removido. Geralmente, as migalhas do café da manhã ainda estavam sobre a mesa na hora do jantar. Eu costumava conhecer as migalhas de cada um só de olhar e observava como progrediam de um lado a outro da mesa dia a dia.

A loja era um tipo de cômodo estreito e frio. Do lado de fora da janela, umas letras brancas, relíquias de antigos anúncios de chocolate, se espalhavam como estrelas. Dentro havia uma placa sobre a qual ficavam as grandes camadas brancas de tripas dobradas, algo cinza conhecido como "tripa negra", e os fantasmagóricos e translúcidos pés de porco, já cozidos. Era uma loja comum de "tripas e ervilhas", e não muito mais era estocado além de pão, cigarros e enlatados. "Chás" eram anunciados na vitrine, mas, se um cliente pedisse uma xícara de chá, normalmente seria dissuadido com alguma desculpa. O sr. Brooker, embora não estivesse na ativa há dois anos, era minerador de profissão, mas ele e sua esposa mantiveram lojas de vários tipos durante a vida toda como uma atividade secundária. Em uma época, tiveram um pub, mas perderam a licença por permitirem jogatina nas dependências do estabelecimento. Não tenho certeza se algum de seus empreendimentos se pagou, mas eles mantinham um negócio basicamente para ter algo do que reclamar. O sr. Brooker era um homem de feições irlandesas, moreno, de ossatura pequena, amargo e surpreendentemente sujo. Acho que nunca vi suas mãos limpas. Já que a sra. Brooker estava inválida, ele preparava a maior parte das refeições e, como todas as pessoas com mãos permanentemente sujas, tinha um jeito peculiarmente íntimo e permanente de manusear as coisas. Se ele desse uma fatia de pão com manteiga para alguém, ela certamente teria a marca preta de seu polegar. Mesmo pela manhã, logo cedo, quando ele descia até o refúgio misterioso atrás do sofá da sra. Brooker e pegava as tripas, suas mãos já estavam pretas. Ouvi histórias horríveis de outros hóspedes sobre o local onde as tripas eram armazenadas. Diziam que besouros negros proliferavam ali. Não sei com que frequência remessas frescas de tripas eram pedidas, mas os intervalos eram longos, pois a sra. Brooker costumava relacionar datas de acontecimentos com isso. "Deixe-me ver, já tive três pedidos de tripas congeladas desde que isso aconteceu", etc. Nós, hóspedes, nunca recebíamos tripas para comer. Na época, eu imaginava que era porque as tripas eram caras demais. Depois passei a pensar que se devia simplesmente ao fato de sabermos demais sobre elas. Os Brooker mesmo nunca as comiam, conforme notei.

Os únicos hóspedes permanentes eram o minerador escocês, o sr. Reilly, dois pensionistas idosos e um homem desempregado que recebia ajuda do Comitê de Assistência Social, chamado Joe – era o tipo de pessoa que não tinha sobrenome. O minerador escocês provou ser um chato quando o conheci melhor. Como muitos homens desempregados, gastava tempo demais lendo jornais e, se não fosse interrompido, discursaria por horas sobre o perigo amarelo[1], homicídios do porta-malas, astrologia e o conflito entre religião e ciência. Os pensionistas idosos tinham sido, como de costume, tirados de suas casas pelo Teste de Meios[2]. Eles entregavam seus dez xelins semanais para os Brooker e recebiam em troca o tipo de acomodação que se esperaria por dez xelins, isto é, uma cama no sótão e refeições constituídas basicamente de pão com manteiga. Um deles era de um tipo "superior" e estava morrendo de alguma doença maligna – câncer, penso eu. Ele só saía da cama nos dias em que tinha de ir receber sua pensão. O outro, que todos chamavam de Velho Jack, era um ex-minerador de setenta e oito anos que trabalhara mais de cinquenta anos nas minas. Era atento e inteligente, mas, curiosamente, parecia apenas se lembrar de suas experiências da juventude

---

1 Metáfora racista que descreve os asiáticos como um perigo para o mundo ocidental. (N. da T.)
2 Teste que investiga as condições financeiras de uma família e determina se ela é elegível para receber benefícios assistenciais. (N. da T.)

e ter esquecido toda a maquinaria mineradora moderna e os avanços. Costumava me contar histórias de lutas com cavalos selvagens nas estreitas galerias subterrâneas. Quando ele soube que eu estava tramando descer em várias minas de carvão, passou a desdenhar e declarou que um homem do meu tamanho (1,86 metro) nunca conseguiria "viajar"; não levava a nada dizer-lhe que a "viagem" agora era melhor do que costumava ser. Mas ele era simpático com todo mundo e costumava dar a todos nós um belo grito de "Boa noite, rapazes!", enquanto subia as escadas para sua cama em algum lugar em meio aos caibros. O que eu mais admirava no Velho Jack é que ele nunca pedia nada; normalmente, ficava sem cigarros no fim da semana, mas sempre se recusava a fumar o cigarro dos outros. Os Brooker haviam feito um seguro de vida para os dois pensionistas idosos com uma dessas empresas que cobravam seis centavos por semana. Circulava um boato de que eles perguntaram ansiosos ao vendedor de seguros "quanto tempo vivem pessoas que têm câncer".

Joe, assim como o escocês, era um grande leitor de jornais e passava quase o dia todo na biblioteca pública. Era o típico homem solteiro desempregado, uma criatura com aspecto de abandono, francamente raivoso, e rosto redondo, quase infantil, no qual havia uma expressão travessa de ingenuidade. Parecia mais um garotinho desamparado do que um homem adulto. Suponho que seja a completa falta de responsabilidade que faz tantos desses homens parecerem mais jovens do que são. Julgando pela aparência, deduzi que Joe tivesse cerca de vinte e oito anos, e fiquei surpreso ao saber que tinha quarenta e três. Ele adorava frases contundentes e exibia bastante orgulho da astúcia com a qual escapou do casamento. Sempre me dizia: "Elos matrimoniais são elementos importantes", evidentemente sentindo que essa era uma observação muito sutil e portentosa. Sua renda total era de quinze xelins por semana e ele pagava seis ou sete aos Brooker pela hospedagem. Às vezes, eu o via fazendo uma xícara de chá no fogão da cozinha, mas as refeições ele fazia na rua; eram, basicamente, fatias de pão com margarina e porções de peixe com fritas, suponho.

Além disso, havia uma clientela flutuante de caixeiros-viajantes mais pobres, atores itinerantes – sempre comuns no Norte, porque a maioria dos pubs grandes contrata vários artistas aos fins de semana – e vendedores de assinatura de jornais, que eram um tipo de pessoa que eu nunca havia encontrado antes. O trabalho deles me parecia tão desesperançado, tão deplorável, que eu imaginava como alguém poderia suportar tal situação quando a prisão era uma alternativa possível. Contratados, na maioria das vezes, por semanários ou jornais de domingo, eles eram enviados de uma cidade a outra, bem guarnecidos de mapas e listas de ruas que deveriam "trabalhar" a cada dia. Se não conseguissem garantir um mínimo de vinte pedidos por dia, eram demitidos. Contando que mantivessem seus vinte pedidos por dia, recebiam um pequeno salário – duas libras por semana, acho; e de cada pedido acima dos vinte, recebiam uma minúscula comissão. A coisa não é tão impossível quanto parece, porque, nos bairros das classes trabalhadoras, cada família assina um jornal semanal de dois centavos e o troca depois de algumas semanas; mas duvido que alguém mantenha um emprego desses por muito tempo. Os jornais engajam pobres miseráveis, vendedores desempregados e caixeiros-viajantes, entre outros, que por um tempo fazem esforços frenéticos para atingir o mínimo em vendas; depois, conforme o terrível trabalho os esgota, são dispensados e novos homens, admitidos. Conheci dois que trabalharam para um dos mais conhecidos semanários. Ambos eram homens de meia-idade com famílias para sustentar, e um já era avô. Ficavam em pé dez horas por dia, "trabalhando" as ruas que lhes foram indicadas, e ocupados tarde da noite preenchendo formulários em branco para algum embuste que o jornal estava preparando – um daqueles esquemas pelo qual você "ganha" um conjunto de louça se fizer uma assinatura de seis semanas após também enviar um pagamento postal de dois xelins. O gordo, o que era avô, costumava adormecer com a cabeça sobre a pilha de formulários. Nenhum deles conseguia pagar uma libra por semana que os Brooker cobravam pela pensão completa. Costumavam pagar uma pequena quantia pela acomodação e faziam suas refeições de bacon e pão com margarina, que guardavam em suas maletas, envergonhados em um canto da cozinha.

Os Brooker tinham um número grande de filhos e filhas, tendo a maioria já saído de casa há muito tempo. Alguns estavam no Canadá, "em Canadá", como a sra. Brooker costumava dizer. Havia apenas um filho morando perto, um homenzarrão com aparência de um porco, que trabalhava em uma oficina mecânica e frequentemente aparecia na casa para fazer as refeições. Sua esposa estava lá o dia todo com as duas crianças, e a maior parte da comida e da lavagem de roupas era feita por ela e por Emmie, a noiva de outro filho, que estava em Londres. Emmie era uma moça de cabelos claros, nariz fino e aparência infeliz que trabalhava em uma das fábricas por um salário de fome. No entanto, passava todas as noites em servidão na casa dos Brooker. Entendi que o casamento estava constantemente sendo adiado e, provavelmente, nunca aconteceria, mas a sra. Brooker já havia tomado Emmie por nora, e ralhava com ela daquele jeito peculiar, vigilante e amoroso que os inválidos têm. O resto do trabalho doméstico era feito, ou não feito, pelo sr. Brooker. A sra. Brooker raramente se levantava do sofá (ela passava tanto o dia quanto a noite lá) e estava doente demais para fazer qualquer coisa, exceto comer prodigiosas refeições. Era o sr. Brooker que cuidava da loja, dava comida aos hóspedes e "arrumava" os quartos. Ele sempre se movia com incrível lentidão, passando de uma tarefa odiável para outra. Com frequência, as camas não eram feitas até as seis da tarde, e a qualquer hora do dia podia-se encontrar o sr. Brooker nas escadas, carregando um penico que ele agarrava com o polegar pela alça. Durante as manhãs, sentava-se perto da lareira com uma cuba de água suja descascando batatas na velocidade de um filme em câmera lenta. Nunca vi uma pessoa que conseguisse descascar batatas com esse ar de ressentimento inquietante. Era possível ver o ódio desse "maldito serviço de mulher", como ele chamava, fermentando dentro dele um tipo de suco amargo. Ele era daquelas pessoas que conseguiam remoer suas mágoas como se estivesse ruminando.

Claro que, como eu estava a maior parte do tempo dentro da casa, ouvi muito sobre os infortúnios dos Brooker e sobre como todos os enganavam e eram ingratos a eles e sobre como a loja não se pagava e a pensão mal rendia alguma coisa. Pelos padrões locais, eles não estavam tão mal, pois, de alguma forma que eu não compreendia, o sr. Brooker vinha escapando do Teste de Meios e recebia um benefício do Comitê de Assistência Social, mas o maior prazer deles era falar de suas desgraças para qualquer um que se dispusesse a ouvir. A sra. Brooker costumava lamentar-se continuamente, deitada no sofá, um monte macio de gordura e autocomiseração, sempre repetindo: "Parece que não conseguimos clientes hoje em dia. Não sei o que acontece.

As tripas ficam ali, dia após dia – são tão bonitas as tripas! Parece que está mais difícil agora, não parece?", etc., etc., etc. Todos os lamentos da sra. Brooker terminavam com "Parece que está mais difícil agora, não parece?", como o refrão de uma balada. Com certeza, era verdade que a loja não se pagava. O lugar como um todo tinha aquele ar inconfundível de sujeira e contaminação que se vê em um negócio que está em decadência. Mas teria sido bastante inútil explicar a eles "por que" ninguém vinha à loja, mesmo se alguém tivesse tido a coragem de dizer; tampouco eram capazes de entender que as varejeiras azuis mortas e indolentes do ano passado que ainda estavam na vitrine não favoreciam o negócio.

Mas, o que realmente os atormentava era o pensamento naqueles dois pensionistas idosos vivendo na casa, usurpando espaço, devorando comida e pagando apenas dez xelins por semana. Duvido que estivessem mesmo perdendo dinheiro com os velhos pensionistas, embora certamente o lucro de dez xelins por semana fosse muito baixo. Mas, aos olhos deles, os dois velhos eram um tipo terrível de parasita que tinha se acoplado a eles e estava vivendo à base de sua caridade. O Velho Jack eles só conseguiam tolerar porque ficava fora de casa a maior parte do dia, mas o que vivia na cama, Hooker era seu nome, eles realmente odiavam. O sr. Brooker tinha um jeito estranho de pronunciar seu nome, sem o H e com um som longo de "u" – uuuker. Quantas histórias ouvi sobre o velho Hooker e sua rebeldia, o incômodo que era fazer sua cama, a forma com que ele "comeria" isso e "comeria" aquilo, sua infinita ingratidão e, acima de tudo, a egoísta obstinação com a qual ele se recusava a morrer! Os Brooker ansiavam bastante abertamente pela morte dele. Quando isso acontecesse, eles, pelo menos, poderiam receber o dinheiro do seguro. Era como se eles o percebessem lá, comendo a matéria deles dia após dia, como se fosse um verme vivendo em suas entranhas. Às vezes, o sr. Brooker costumava olhar para cima enquanto descascava suas batatas, sua visão cruzava com a minha, e ele, com um olhar de amargura inexpressiva, jogava sua cabeça para o teto, na direção do quarto do velho Hooker. "É uma m…, não é?", ele costumava dizer. Não era preciso falar mais nada. Eu já sabia tudo sobre os modos do velho Hooker. Mas os Brooker tinham ressentimentos de tipos diferentes com relação aos outros hóspedes, eu incluso, sem dúvida. Joe, sendo beneficiário do Comitê de Assistência Social, estava praticamente na mesma categoria dos pensionistas idosos. O escocês pagava uma libra por semana, mas ficava dentro de casa a maior parte do dia e eles "não gostavam dele sempre por perto", como diziam. Os vendedores de assinatura de jornais ficavam fora o dia todo, mas os Brooker guardavam rancor por eles trazerem sua própria comida, e mesmo o sr. Reilly, o melhor hóspede que tinham, caiu em desgraça porque a sra. Brooker dizia que ele a acordava quando descia as escadas de manhã. Eles reclamavam eternamente que não conseguiam atrair os hóspedes que desejavam – "cavalheiros comerciantes" de boa classe que pagassem pensão completa e ficassem fora o dia todo. O hóspede ideal para eles seria alguém que pagasse trinta xelins por semana e nunca estivesse lá a não ser para dormir. Notei que pessoas que alugam aposentos quase sempre odeiam seus hóspedes. Elas querem o dinheiro, mas os veem como intrusos e têm uma atitude curiosamente observadora e ciumenta que, no fundo, é uma determinação de não deixar que os hóspedes se sintam muito em casa. É o resultado inevitável de um sistema ruim, em que o hóspede tem de morar na casa de outra pessoa sem ser da família.

As refeições na casa dos Brooker eram invariavelmente nojentas. No café da manhã, recebíamos duas fatias de bacon e um pálido ovo frito com pão com manteiga, sempre cortado durante a noite e com marcas de dedos. Por mais diplomático que eu fosse, nunca consegui convencer o sr. Brooker a me deixar cortar meu próprio pão com manteiga; ele costumava entregá-lo a mim fatia por fatia, cada uma delas firmemente agarrada por grandes dedos negros. No almoço, geralmente havia aqueles bolos de carne de três centavos que são vendidos prontos, enlatados – eram parte do estoque da loja, eu acho –, batatas cozidas e arroz-doce. No chá, mais pão com manteiga e bolinhos doces com aparência de velhos, comprados da padaria como "vencidos", provavelmente. No jantar, o pálido e flácido queijo de Lancashire com bolachas. Os Brooker nunca chamavam as bolachas de bolachas. Sempre se referiam a elas reverentemente como "biscoitos de creme" – "Pegue outro biscoito de creme, sr. Reilly. O senhor vai gostar de um biscoito de creme com o queijo" – assim, desculpando-se pelo fato de que havia apenas queijo para o jantar. Várias embalagens de molho inglês e meio pote de geleia viviam permanentemente sobre a mesa. Era comum temperarem tudo, mesmo um pedaço de queijo, com molho inglês, mas nunca vi ninguém encarar o pote de geleia, que era uma maçaroca indistinguível de viscosidade e sujeira. A sra. Brooker fazia suas refeições separadamente, mas também beliscava alguma coisa de quaisquer refeições que estivessem em andamento, e demonstrava enorme habilidade para conseguir chegar "no fundo da jarra", que significava uma xícara de chá mais forte. Ela tinha o hábito de constantemente limpar a boca em um de seus cobertores. Próximo do final da minha estadia, ela começou a rasgar tiras de jornal com esse propósito, e pela manhã, o chão estava sempre coberto de bolas amassadas de papel pegajoso que ficavam lá por horas. O cheiro da cozinha era horrível, mas, assim como o do quarto, depois de um tempo já não se percebia mais.

Ocorreu-me que esse lugar devia ser bastante normal no que se refere a pensões nas áreas industriais, pois, no geral, os hóspedes não reclamavam. O único que alguma vez o fez, que eu saiba, foi um *cockney*[3] baixinho de cabelo preto e nariz pontudo, um viajante de uma empresa de cigarros. Ele nunca estivera no Norte antes, e acho que até recentemente teve melhores empregos e se acostumara a ficar em hotéis tradicionais. Esse foi seu primeiro vislumbre de pensões de baixa qualidade, o tipo de lugar em que a pobre tribo dos vendedores ambulantes e de assinaturas tem de se abrigar após um dia de trabalho que parece não ter fim. De manhã, enquanto nos vestíamos (ele havia dormido na cama de casal, claro), eu o vi olhar para todo o desolador quarto com uma espécie de aversão e espanto. Cruzou com meu olhar e, de repente, percebeu que eu era um conterrâneo sulista. "Malditos canalhas nojentos!", ele disse, expressivamente. Depois, fez sua mala, desceu as escadas e, com bastante convicção, disse aos Brooker que esse não era o tipo de estabelecimento em que estava acostumado a se hospedar e que se retiraria imediatamente. Os Brooker nunca entenderam por quê. Ficaram surpresos e magoados. Que ingratidão! Deixá-los daquele jeito sem motivo algum depois de uma única noite! Após a saída dele, discutiram isso muitas vezes, sob todos os aspectos. Foi mais um item para a lista de ressentimentos.

No dia em que havia um penico cheio sob a mesa de café da manhã, eu decidi partir. O lugar começava a me deprimir. Não era só a sujeira, a

---

3 Nome que se dá aos moradores da região leste da cidade de Londres e ao seu sotaque. (N. da T.)

comida abominável, mas o sentimento de decadência inerte e sem sentido, de ter entrado em um lugar subterrâneo onde as pessoas rastejam em círculos, iguais a besouros, em uma infinita confusão de empregos mal-arranjados e ressentimentos mesquinhos. O que é mais horrível sobre pessoas como os Brooker é a forma como repetem as coisas o tempo todo. Dá a impressão de que eles não são pessoas reais, mas um tipo de fantasma sempre ensaiando a mesma ladainha fútil. No final, aquele papo de autocomiseração da sra. Brooker – sempre as mesmas reclamações, repetidamente, e sempre terminando com um lamento trêmulo "Parece mais difícil agora, não parece?" – me revoltava mais do que o hábito dela de limpar a boca com tiras de jornal. Mas não adianta dizer que pessoas como os Brooker são nojentas e tentar tirá-las da cabeça. Pois existem dezenas, centenas de milhares delas; são um dos subprodutos característicos do mundo moderno. Não é possível desconsiderá-las se aceitamos a civilização que as produziu. Pois isso, no mínimo, é parte do que a industrialização fez por nós. Colombo navegou o Atlântico, os primeiros motores a vapor se colocaram em movimento cambaleantes, as esquadras britânicas mantiveram-se firmes sob as armas francesas em Waterloo, os malandros de um olho só do século XIX louvavam a Deus e enchiam seus bolsos; e é para lá que tudo isso levava – para cortiços labirínticos e cozinhas escuras, com pessoas doentes e envelhecendo, rastejando como besouros. Chega a ser uma obrigação ver e sentir o cheiro de tais lugares de vez em quando, especialmente sentir o cheiro, para que a gente não se esqueça de que eles existem – embora talvez seja melhor não se demorar muito por lá.

A viagem de trem me entediou, passando por cenários assombrosos de depósitos de resíduos das minas, chaminés, pilhas de metais recicláveis, canais imundos, caminhos de lama cheios de cinzas marcados por pisadas de tamancos. Era mês de março, mas o clima estava horrivelmente frio, e por toda parte havia montes de neve escura. Conforme nos movíamos lentamente pelos arredores da cidade, passávamos por uma fileira após outra de casinhas cinzentas de cortiços formando ângulos retos com o aterro. Nos fundos de uma das casas, via-se uma jovem mulher ajoelhada nas pedras, enfiando um graveto no cano de esgoto que corria da pia dentro da casa e que eu supus estar entupido. Deu tempo de ver tudo a respeito dela – seu avental de tecido de saco, os tamancos desajeitados, os braços avermelhados pelo frio. Ela olhou para cima quando o trem passou e eu estava quase perto o suficiente para cruzar o olhar com o dela. Tinha um semblante pálido e redondo, o rosto exausto comum de uma moça de cortiço que tem vinte e cinco anos e aparenta ter quarenta, graças a abortos espontâneos e o trabalho estafante; e essa face carregava, no segundo em que eu o avistei, a expressão mais desoladora e desesperançada que jamais vi. Ocorreu-me, então, que nos enganamos quando dizemos que "Não é para eles o mesmo que seria para nós", e que essas pessoas criadas nos cortiços não conseguem imaginar nada além dos cortiços. Pois o que eu vi no rosto dela não era o sofrimento ignorante de um animal. Eu soube muito bem o que estava acontecendo com ela – entendi muito bem o terrível destino, de ter de ficar ajoelhada lá naquele amargo frio, nas pedras pegajosas do quintal dos fundos de um cortiço, cutucando um cano imundo.

Mas, logo o trem adentrou o campo aberto, e isso pareceu estranho, quase artificial, como se fosse um tipo de parque; pois nas áreas industriais a gente sempre sente que a fumaça e a sujeira devem continuar para sempre e que nenhum trecho da superfície da Terra pode escapar delas. Em um país pequeno, lotado e sujo como o nosso, a gente tende a achar natural a imundície. Depósitos de resíduos e chaminés parecem uma paisagem mais normal e provável do que um gramado com árvores. Mesmo no interior, quando você enfia um garfo no chão, espera que saia uma garrafa quebrada ou uma lata enferrujada. Mas, aqui do lado de fora, a neve estava intocada e jazia tão arraigada que só era possível ver o topo das pedras dos muros de fronteira, insinuando-se sobre as colinas como caminhos negros. Lembrei que D. H. Lawrence[4], escrevendo sobre essa mesma paisagem ou outra próxima dessa, disse que as colinas cobertas de neve se encrespavam na distância "como músculos". Essa não foi a analogia que teria me ocorrido. Na minha opinião, a neve e os muros negros estavam mais para um vestido branco com uma tubulação correndo sobre ele.

---

4 David Herbert Lawrence (1885-1930) foi um escritor inglês de vários gêneros, incluindo poesia e romance. Uma de suas obras mais famosas é o romance *O Amante de Lady Chatterley*, publicado em 1928. (N. da T.)

Embora a neve mal tivesse começado a derreter, o sol brilhava intensamente, e por trás das janelas fechadas do vagão parecia estar quente. De acordo com o almanaque, era primavera, e alguns poucos pássaros aparentemente acreditavam. Pela primeira vez na minha vida, em um caminho livre ao lado da linha do trem, eu vi gralhas copulando. Elas faziam no chão, como eu deveria ter imaginado, e não sobre uma árvore. A maneira de cortejar era curiosa. A fêmea ficava com seu bico aberto e o macho andava em volta e aparentava estar alimentando-a. Mal fiquei meia hora no trem, mas pareceu um caminho muito longo da casa dos Brooker para as vazias colinas cobertas de neve, com o sol brilhando e grandes pássaros lustrosos.

Todos os distritos industriais parecem formar uma enorme cidade, com cerca da mesma população da Grande Londres, mas, felizmente, com uma área muito maior, de forma que, mesmo no meio deles, ainda há espaço para trechos de limpeza e dignidade. Esse é um pensamento encorajador. Apesar de tentar bastante, o homem ainda não triunfou em espalhar sua sujeira por toda parte. A Terra é tão vasta e ainda tão vazia que mesmo no coração imundo da civilização pode-se encontrar campos onde a grama é verde em vez de cinza; talvez, se você procurar, pode ser que encontre córregos com peixes vivos em vez de latas de salmão. Por bastante tempo, talvez mais vinte minutos, o trem deslizava pelo campo aberto antes que a civilização com seus vilarejos começasse a nos cercar por todos os lados de novo, e depois os cortiços no entorno, os depósitos de resíduos, as chaminés arrotando, fornos ardentes, canais e gasômetros de outra cidade industrial.

2

Nossa civilização, com o devido respeito a Chesterton[5], é baseada no carvão, completamente. Mais até do que se imagina até que se pare para pensar nisso. As máquinas que nos mantêm vivos, as máquinas que fazem máquinas, dependem todas, direta ou indiretamente, do carvão. No metabolismo do mundo ocidental, o minerador de carvão vem em segundo lugar na ordem de importância, perdendo apenas para o homem que ara o solo. Ele é um tipo de cariátide, cujos ombros suportam quase tudo. Por essa razão, o processo real pelo qual o carvão é extraído vale bastante a pena ser observado, se você tiver oportunidade e disposição para se dar ao trabalho.

Quando você desce em uma mina de carvão, é importante tentar chegar na hora em que os "escavadores"' estão com a mão na massa. Não é fácil, pois, quando a mina está operando, como representam um incômodo, os visitantes são desencorajados, mas, se você for em qualquer outro momento, é possível sair com uma impressão totalmente errônea. Aos domingos, por exemplo, uma mina parece um lugar praticamente tranquilo. A melhor hora para conhecer é quando as máquinas estão rugindo e o ar fica negro, impregnado do pó do carvão. É quando você pode, de fato, ver o que os mineradores têm de fazer. Nessas horas, o lugar parece o inferno, ou, pelo menos, se parece com a minha imagem mental do inferno. A maioria das coisas que uma pessoa imagina no inferno está lá – calor, barulho, confusão, escuridão, ar fétido e, acima de tudo, um espaço insuportavelmente apertado. Tudo exceto o fogo, pois não há nenhum fogo lá embaixo, a não ser os tênues raios das luzes Davy e as lanternas elétricas que mal penetram as nuvens de poeira do carvão.

Quando finalmente você chega lá – e chegar lá já é um trabalho, explicarei em breve –, é obrigado a se arrastar pela última fileira de estacas que servem como suporte e vê do lado oposto um muro negro brilhante de cerca de um metro de altura. Esse é o veio de carvão. Em cima está o teto

---

5 Gilbert Keith Chesterton (1874-1936), mais conhecido como G. K. Chesterton, foi um dramaturgo, poeta e escritor inglês. (N. da T.)

estável feito da rocha da qual o carvão foi retirado; embaixo está a rocha de novo, de forma que a galeria em que você se encontra é da altura da borda de carvão em si, provavelmente não chega a um metro. A primeira impressão, sobrepondo-se a tudo o mais durante um bom tempo, é o ruído assustador e ensurdecedor da esteira transportadora que carrega o carvão para fora. Não é possível enxergar muito longe, porque a neblina da poeira de carvão joga de volta para você a luz da sua lanterna, mas é possível enxergar de cada lado a fileira de homens seminus ajoelhados, um a cada três ou quatro metros, enfiando suas pás sob o carvão caído e jogando-o rapidamente por sobre os ombros esquerdos. Eles estão alimentando a esteira de transporte, uma esteira móvel de borracha com sessenta centímetros de largura que fica a um ou dois metros das costas deles. Por ela corre constantemente um rio brilhante de carvão. Em uma mina grande, a esteira carrega várias toneladas a cada minuto. Ela conduz o carvão a algum lugar nas galerias principais, onde ele é colocado em tinas que suportam meia tonelada, e dali é arrastado para os elevadores, que o içam para a superfície.

É impossível observar os "escavadores" na ativa sem sentir uma pontada de inveja de sua tenacidade. É um trabalho medonho, quase acima das capacidades humanas pelos padrões de uma pessoa comum. Pois não estão apenas levantando quantidades monstruosas de carvão, eles também estão fazendo isso em uma posição em que o esforço tem de ser dobrado ou triplicado. Têm de permanecer ajoelhados o tempo todo – mal conseguiriam se levantar sem bater a cabeça no teto – se você tentar, poderá facilmente ver o tremendo empenho que exige. Escavar é comparativamente fácil quando se está em pé, porque se pode usar o joelho e a coxa para dar o impulso necessário; ajoelhado, toda a força tem de ser colocada no braço e nos músculos do abdome. E as outras condições não necessariamente tornam as coisas mais fáceis. Há o calor – ele varia, mas em algumas minas é sufocante –, e o pó do carvão, que se acumula na garganta e nas narinas, além de se depositar sobre suas pálpebras. Há, ainda, a barulheira sem fim da esteira transportadora, que naquele local confinado é bem parecida com o estardalhaço que faz uma metralhadora. Mas os escavadores parecem ser feitos de ferro e trabalham como se fossem. Eles se parecem mesmo com estátuas de ferro – sob a cobertura macia de pó de carvão que gruda neles da cabeça aos pés. Apenas quando você vê os mineradores lá embaixo, na mina, despidos, compreende os homens esplêndidos que são. Muitos são pequenos (homens grandes constituem uma desvantagem nesse tipo de trabalho), mas quase todos têm os corpos mais nobres; ombros largos afilados a cinturas delgadas e flexíveis, pequenas nádegas pronunciadas e coxas rijas, com nenhum grama de carne a mais em nenhum lugar. Nas minas mais quentes, eles usam apenas ceroulas finas, tamancos e protetores de joelhos; na mina mais quente de todas, só os tamancos e os protetores de joelhos. A julgar pela aparência, mal dá para dizer se são jovens ou velhos. Podem ter qualquer idade até sessenta ou mesmo sessenta e cinco anos, mas, quando estão pretos e nus, todos parecem iguais. Ninguém que não tivesse um corpo de homem jovem seria capaz de fazer o trabalho deles, uma aparência adequada para um guardião, com apenas uns quilos a mais de carne na cintura, já tornariam o arquear constante impossível. Uma vez visto o espetáculo, é impossível esquecê-lo – a fileira de corpos inclinados, ajoelhados, cobertos de fuligem preta, enfiando suas enormes pás no carvão com estupenda força e velocidade. Trabalham por sete horas e meia, teoricamente sem intervalo, pois não se pode ficar "sem fazer nada". Na verdade, roubam quinze minutos mais ou menos em algum momento durante o turno para comer a comida levada, geralmente um pedaço de pão, gordura derretida de carne e uma garrafa de chá frio. Na primeira vez em que eu estava observando os "escavadores" em ação, coloquei minha mão sobre algo medonho e pegajoso em meio à poeira de carvão. Era um pedaço de fumo mastigado. Quase todos os mineradores mascam fumo, o que dizem que é bom para matar a sede.

Provavelmente é necessário descer a várias minas antes que se consiga ter uma boa noção dos processos que estão envolvidos. Isso acontece, basicamente, porque o mero esforço de passar de um lugar para outro torna difícil notar qualquer outra coisa. De certa forma, é até decepcionante ou, no mínimo, não se assemelha com o que se esperava. Você entra no elevador, que é uma caixa de aço da largura aproximada de uma cabine telefônica e duas ou três vezes mais comprida. Comporta dez homens, mas eles se espremem como sardinhas em latas, e um homem alto não consegue ficar todo ereto. A porta de aço se fecha, e alguém trabalhando na engrenagem de rolamento joga você no vazio. Uma náusea momentânea e sensação de estouro na cabine é inevitável, mas não se percebe muito que o elevador está se movendo até chegar ao fundo, quando a cabine desacelera tão abruptamente que você poderia jurar que ela está subindo de novo. No meio da descida, o elevador provavelmente atinge quase cem quilômetros por hora; em algumas das minas mais profundas, chega a até mais. Quando chega lá embaixo, você se arrasta para fora da caixa, provavelmente a cerca de trezentos e sessenta metros abaixo da terra. O que significa dizer que há uma montanha de tamanho razoável acima de você; centenas de metros de rocha sólida, ossos de animais extintos, subsolo, pedras, raízes de coisas crescendo, grama verde e vacas pastando sobre ela – tudo isso suspenso acima da sua cabeça e seguro apenas por estacas de madeira da grossura da sua canela. Mas, devido à velocidade com a qual o elevador desceu e à completa escuridão na qual viajou, é difícil sentir a profundidade mais do que sentiria se estivesse no fundo da estação Piccadilly do metrô.

O que surpreende, por outro lado, é a imensa distância horizontal que teve de ser viajada no subsolo. Antes de ter descido a uma mina, eu havia imaginado vagamente o minerador saindo da cabine do elevador e começando o trabalho em uma borda de carvão a alguns metros dali. Eu não compreendia que, antes de começar a trabalhar, de fato, ele precisava rastejar por trechos tão compridos quanto a distância da Ponte de Londres até a estação Oxford Circus[6]. No começo, claro, o poço de uma mina fica imerso em algum lugar próximo a uma camada de carvão, mas, conforme aquela camada é trabalhada e aparecem novas camadas, o trabalho vai ficando mais e mais longe do fundo da mina. Uma distância de um quilômetro do fundo da mina até o veio de carvão está dentro da média; três quilômetros são bastante normais também; dizem até que há distâncias de cinco quilômetros. Mas esses percursos não se comparam com os da superfície, pois em nenhum trecho há qualquer lugar fora da galeria principal, onde um homem pudesse ficar em pé ereto.

Você não percebe o efeito disso até ter percorrido alguns metros. Começa a andar, inclina-se um pouco, vai descendo a galeria mal iluminada, que não chega a três metros de largura e não passa de um e meio de altura,

---

6 Cerca de 4,8 quilômetros. (N. da T.)

com as paredes construídas de placas de xisto, como os muros de pedra em Derbyshire. A cada um ou dois metros, há estacas de madeira sustentando as vigas e os barrotes; alguns se vergam de forma inacreditável, fazendo você se esquivar. Geralmente, o chão é bastante ruim de pisar – poeira grossa ou pedaços recortados de xisto e, em algumas minas em que há água, fica tão sujo quanto o quintal de uma fazenda. Também há a trilha das tinas de carvão, como uma ferrovia em miniatura com dormentes a cada trinta ou sessenta centímetros, o que torna a caminhada cansativa. Tudo fica cinza com o pó do xisto; existe um cheiro de pó que parece comum a todas as minas. Você vê máquinas misteriosas cujos propósitos eu nunca soube quais eram, montes de ferramentas penduradas juntas em fios, e às vezes ratos indo em direção à luz das lanternas. São surpreendentemente comuns, especialmente em minas onde há ou houve cavalos. Seria interessante, para início de conversa, saber como eles chegaram lá; possivelmente caindo pelo poço, pois dizem que ratos podem cair de qualquer distância sem se machucar, devido à superfície do seu corpo ser grande em comparação a seu peso. Você se aperta contra a parede para dar espaço para as fileiras de tinas se sacudindo lentamente até o poço, puxadas por um infinito cabo de aço operado da superfície. Depois, se arrasta por cortinas de pano de saco e grossas portas de madeira que, quando estão abertas, deixam passar violentas rajadas de ar. Essas portas são parte importante do sistema de ventilação. O ar viciado é sugado para fora de um poço por ventiladores, e o ar fresco entra por outro poço naturalmente. Mas, se deixar por sua própria conta, o ar vai pegar o caminho mais curto, deixando os trabalhadores que estão em uma profundidade maior sem ventilação; portanto, todos os atalhos têm de ser divididos.

No início, andar inclinado é uma piada, mas é uma piada que logo perde a graça. Sou prejudicado por ser excepcionalmente alto, mas, quando o teto é tão baixo que chega perto de seus pés, torna-se um trabalho árduo para qualquer um, exceto um anão ou uma criança. Você não só tem de se curvar por completo como também tem de manter a cabeça erguida o tempo todo para poder enxergar as vigas e barrotes e desviar quando aparecerem. Acaba tendo, portanto, constantes torcicolos, mas isso não é nada perto da dor nos joelhos e nas coxas. Depois de meio quilômetro, tem início (e não estou exagerando) uma agonia insuportável. Surge a dúvida se, em algum momento, aquilo vai chegar ao fim – e mais, como é que você vai voltar. Seu ritmo fica cada vez mais lento. Chega a um trecho de cento e oitenta metros que é excepcionalmente baixo e tem de se mover praticamente agachado. Então, de repente, o teto se abre em uma misteriosa altura – cenário de uma antiga queda de rocha, provavelmente – e por dezoito metros é possível andar em pé. O alívio é arrebatador. Mas, depois disso, há outro trecho baixo de noventa metros, seguido por uma sucessão de vigas sob as quais é necessário se arrastar. Você anda literalmente de quatro; e até isso é um alívio depois de andar agachado. Quando chega ao final das vigas e tenta se levantar de novo, descobre que seus joelhos estão temporariamente rijos e se recusam a erguer seu corpo. Você pede uma pausa, desonrosamente, e diz que gostaria de descansar por um ou dois minutos. Seu guia (um minerador) é solidário. Sabe que seus músculos não são como os dele. "Só mais trezentos e sessenta metros", ele diz, para encorajar; mas você sabe que ele depois irá dizer de novo mais trezentos e sessenta metros. Finalmente, de alguma forma, rasteja até o veio de carvão. Percorreu um quilômetro e meio e levou quase uma hora; coisa que um minerador faria em não mais que vinte minutos. Após chegar lá, precisa se esparramar no pó do carvão e recuperar sua força por alguns minutos antes que consiga observar o trabalho em progresso com algum tipo de inteligência.

Voltar é pior que ir, não apenas porque você já está cansado, mas porque a jornada é levemente inclinada. É preciso passar pelos locais baixos na velocidade de uma tartaruga e não há mais nenhuma vergonha em pedir pausa quando os joelhos arregam. Até a lanterna se torna um incômodo porque, ao tropeçar, acaba derrubando-a; assim, se é uma lanterna Davy, ela se apaga. Desviar das vigas torna-se um esforço cada vez maior; às vezes, você esquece de desviar. Se tentar caminhar de cabeça baixa, como os mineradores fazem, vai bater as costas. Até os mineradores batem as costas com frequência. Esse é o motivo pelo qual nas minas muito quentes, onde é necessário andar seminu, a maioria dos mineradores tem o que eles chamam de "botões nas costas", isto é, uma casca permanente em cada vértebra. Quando o caminho é uma descida, os mineradores encaixam os tamancos, que são ocos por baixo, nos trilhos dos carrinhos, e descem escorregando. Em minas onde o percurso é mais difícil, eles levam cajados de cerca de setenta centímetros, ocos na área que fica debaixo do punho. Em locais normais, você deixa a mão na parte de cima do cajado; em locais baixos, escorrega sua mão para o oco. Esses cajados são de grande ajuda, e os capacetes de madeira – uma invenção comparativamente recente – são uma dádiva. Parecem capacetes franceses ou italianos, mas são feitos de um tipo de tutano; são muito leves, porém, bastante fortes, a ponto de garantir que nem sinta um golpe violento na cabeça. Quando finalmente volta à superfície, talvez depois de três horas debaixo da terra, andado mais de três quilômetros, você se sentirá mais cansado do que estaria se tivesse caminhado quarenta quilômetros na superfície. Durante uma semana, suas coxas ficam tão duras que descer escadas torna-se um feito bastante difícil; precisa fazer a descida de um jeito peculiar, de lado, sem dobrar os joelhos. Seus amigos mineradores notam a rigidez do seu andar e zombam, claro! ("Que tal trabalhar aqui embaixo na mina, hein?", etc.) Até mesmo um minerador que ficou bastante tempo longe do trabalho – devido a uma doença, por exemplo –, quando volta à mina, sofre terrivelmente nos primeiros dias.

 Pode parecer que estou exagerando, embora ninguém que tenha descido em uma mina antiga (a maioria das minas na Inglaterra são antigas) e tenha, de fato, chegado até o veio de carvão vá dizer isso. Mas o que quero enfatizar é: esse negócio de se arrastar para todos os lados é assustador, o que para qualquer pessoa normal já constitui um dia de trabalho duro por si só; e isso não faz parte do trabalho do minerador, é simplesmente um extra, como a jornada diária de um homem da cidade no metrô. O minerador faz aquela jornada para dentro e para fora da mina e fica confinado lá por sete horas e meia em uma atividade selvagem. Nunca viajei mais do que um quilômetro até o veio de carvão; mas com frequência são mais de três quilômetros e meio, e nesse caso eu e a maioria das pessoas que não são mineradores nunca nem chegaríamos lá. Esse é o ponto que estamos sujeitos a deixar passar despercebido. Quando você pensa na mina de carvão, pensa na profundidade, no calor, na escuridão, imagens escuras se projetando em paredes de carvão; não pensa, necessariamente, naqueles quilômetros em que os homens são obrigados a se arrastar. Tem a questão do tempo também. Um turno de trabalho de sete horas e meia de um minerador não soa muito longo, mas deve-se adicionar a isso pelo menos uma hora por dia de locomoção, com mais frequência duas horas e, em alguns casos, três. Claro que locomoção não é trabalho tecnicamente e o minerador não é pago por isso; mas é como se fosse trabalho. É fácil dizer que os mineradores não se importam com nada disso.

Certamente, não é para eles do mesmo jeito que seria para você ou para mim. Eles fazem isso desde a infância, já têm os músculos certos endurecidos, e podem se mover de um lado para o outro no subsolo com uma agilidade surpreendente e bastante apavorante. Um minerador abaixa sua cabeça e corre, com um longo e balançante caminhar, a passos largos, por locais onde eu só conseguiria cambalear. No trabalho, você os vê de quatro, saltando em volta das estacas quase como cachorros. Mas é um grande erro pensar que eles gostam disso. Conversei sobre isso com vários mineradores e todos eles admitem que a "viagem" é trabalho pesado; de qualquer forma, quando você os vê discutindo sobre uma mina, a "viagem" é sempre um assunto abordado. Dizem que um grupo de trabalhadores sempre volta mais rápido do que vai; no entanto, todos os mineradores dizem que o trajeto de volta, após um dia de trabalho pesado, é especialmente incômodo. Faz parte do trabalho deles e, com certeza, estão aptos a fazê-lo, mas certamente é um esforço. Talvez possa ser comparado com escalar uma montanha pequena antes e depois de um dia de trabalho.

Após ter descido a duas ou três minas, você começa a compreender os processos que acontecem lá embaixo. (Devo dizer, aliás, que não sei nada sobre o aspecto técnico da mineração: estou simplesmente descrevendo o que vi.) O carvão fica depositado em finas camadas entre enormes faixas de rochas, de forma que, essencialmente, o processo de retirá-lo é como raspar a camada central de um sorvete napolitano. No passado, os mineradores costumavam cortar o carvão diretamente com uma picareta e um pé de cabra – tarefa bastante lenta, porque o carvão, quando está em seu estado virgem, é quase tão duro quanto a rocha. Hoje, o trabalho preliminar é realizado por um cortador de carvão movido a eletricidade, que, em princípio, é uma serra de fita imensamente dura e poderosa, correndo horizontalmente ao invés de verticalmente, com dentes do comprimento de cinco centímetros e um a dois e meio de espessura. Pode se mover para frente ou para trás por seus próprios meios, e o homem a operando pode virá-la para um lado ou para outro. Incidentalmente, causa um dos barulhos mais horríveis que já ouvi, e emite nuvens de poeira de carvão que impedem a visão e tornam quase impossível respirar. A máquina move-se ao longo do veio de carvão até a profundidade em que foi abalado. No entanto, onde torna-se "difícil de chegar", são usados explosivos para ajudar a amolecer. E um homem com uma furadeira elétrica, como uma versão bastante pequena das furadeiras usadas no conserto de ruas, faz buracos no carvão de tempos em tempos, insere explosivos, fecha com barro, se recolhe em um canto, se possível (o ideal é se afastar cerca de vinte metros), e libera a carga com uma corrente elétrica. A intenção não é extrair o carvão, apenas afrouxá-lo. Ocasionalmente, claro, a carga é poderosa demais a ponto de não apenas extrair o carvão, mas trazer o teto abaixo também.

Após a explosão, os "escavadores" soltam o carvão, quebram-no em pedaços, e os jogam na esteira transportadora com a pá. Ele primeiro sai do tamanho de rochas enormes, que podem pesar até vinte toneladas. A esteira transportadora o despeja nas tinas e as tinas vão para a galeria principal e são engatadas em um cabo de aço rotativo sem fim que as arrasta até o elevador. Depois são içadas. Na superfície, o carvão é separado sobre telas e, se necessário, também é lavado. Sempre que possível, a "sujeira" – isto é, o xisto – é usada para fazer as galerias subterrâneas. Tudo que não pode ser aproveitado é enviado à superfície e aterrado, por isso os imensos "depósitos de resíduos", iguais a cinzentas e horrendas montanhas, que são o cenário característico das regiões das minas de carvão. Quando o carvão é extraído até a profundidade que a máquina cortou, o veio avança cerca de um metro e meio. Novas estacas são colocadas para segurar o pedaço de teto agora exposto e, durante o turno seguinte, a esteira de transporte é desfeita em partes menores, movida um metro e meio e remontada. Sempre que possível, as três operações de cortar, explodir e extrair são feitas em três turnos separados, sendo o corte à tarde, a explosão à noite (há uma lei, nem sempre seguida, que proíbe ser feita quando outros homens trabalham próximo dali) e a "escavação" no turno da manhã, que dura das seis até uma e meia.

Mesmo quando você observa o processo de extração do carvão, é provável que o faça por um curto período, e só depois de fazer alguns cálculos é que compreende a tarefa prodigiosa que os "escavadores" realizam. Normalmente, cada homem tem de limpar uma área de três metros e meio a quatro metros e meio de largura. A cortadora solapa o carvão à profundidade de quatro metros e meio, de forma que, se a camada de carvão tem de cinquenta centímetros a um metro de altura, cada homem tem de cortar, quebrar e carregar para a esteira algo entre seis e dez metros cúbicos de carvão. Isso significa, considerando que um metro cúbico pesa uma tonelada e duzentos, que cada homem produz aproximadamente duas toneladas por hora. Minha experiência com pá e picareta me permite ter apenas uma ideia do que isso significa. Quando estou cavando valas no meu jardim, se retiro duas toneladas de terra durante a tarde, sinto que já ganhei meu chá. Mas terra é um material fácil se comparada ao carvão, e não tenho de trabalhar ajoelhado, trezentos metros abaixo da terra, em um calor sufocante e engolindo pó de carvão cada vez que inspiro; nem tenho de caminhar um quilômetro e meio com o corpo dobrado antes de começar. O trabalho do minerador estaria tão além da minha capacidade quanto praticar o trapézio voador ou vencer o Grand National.[7] Não sou um trabalhador braçal e Deus queira que eu nunca tenha de ser, mas há alguns tipos de trabalhos braçais que eu poderia fazer se fosse obrigado. Por alto, eu poderia ser um varredor de rua aceitável ou um jardineiro ineficiente ou até um trabalhador rural de quinta categoria. Mas, nenhuma quantidade de esforço ou treinamento concebíveis poderia me transformar em um minerador, o trabalho me mataria em poucas semanas.

Ao observar mineradores trabalhando, você momentaneamente percebe os diferentes universos que as pessoas habitam. Lá embaixo, onde o carvão é extraído, há um mundo à parte que outras pessoas podem facilmente passar a vida toda sem nem saber que existe. Provavelmente a maioria iria mesmo preferir nem saber da existência dele. Embora seja uma contrapartida absolutamente necessária para nosso mundo na superfície. Praticamente tudo o que fazemos, de tomar um sorvete a cruzar o Atlântico, de assar um pão a escrever um romance, envolve o uso de carvão, direta ou indiretamente. Para todas as obras da paz, o carvão é necessário; se estourar uma guerra,

---

[7] Tradicional prova de corrida de cavalo puro-sangue que acontece na Inglaterra desde o século XIX. (N. da T.)

é mais necessário ainda. Em épocas de revolução, o minerador deve continuar trabalhando, senão a revolução para, pois uma revolução, como uma reação, precisa de carvão. O que quer que esteja acontecendo na superfície, os cortes e as escavações têm de continuar sem pausa, ou, pelo menos, sem pausa de mais de poucas semanas, no máximo. Para que Hitler marche no passo do ganso, que o Papa denuncie o bolchevismo, que fãs de críquete se reúnam na Câmara dos Lordes, que os poetas arranhem as costas uns dos outros, o carvão tem de continuar disponível. Mas, no geral, não estamos cientes disso; todos sabemos que "precisamos ter carvão", mas raramente, ou nunca, nos lembramos o que a obtenção do carvão envolve. Estou aqui sentado escrevendo em frente à minha confortável lareira. É abril, mas ainda preciso de fogo. Uma vez a cada quinzena, o carrinho de carvão vai até a porta e homens vestindo coletes de couro carregam-no para dentro de casa em sacos robustos com cheiro de alcatrão e os jogam tilintando em uma pequena carvoeira debaixo das escadas. Apenas muito raramente, quando faço um esforço mental definitivo, eu conecto esse carvão com o trabalho distante nas minas. É apenas "carvão" – algo que eu tenho de ter; um negócio preto que chega misteriosamente de algum lugar em particular, como o maná, com exceção de ser necessário pagar por ele. Você poderia muito bem dirigir um carro pelo Norte da Inglaterra e nunca, nem uma vez, se lembrar de que a centenas de metros abaixo da estrada sobre a qual você está os mineradores estão extraindo carvão. Em um certo sentido, são os mineradores que colocam seu carro em movimento. O mundo deles lá embaixo, iluminado por lanternas, é tão necessário para o mundo de luz solar aqui em cima quanto a raiz é para uma flor.

 Não faz muito tempo que as condições nas minas eram piores do que são hoje. Ainda há algumas poucas mulheres vivas que na sua juventude trabalharam lá embaixo, com os arreios presos na cintura e uma corrente que passava entre suas pernas, rastejando de quatro e arrastando tinas de carvão. Era comum elas continuarem a fazer isso mesmo quando estavam grávidas. E mesmo agora, se o carvão não pudesse ser produzido sem mulheres grávidas rastejando para lá e para cá, imagino que iríamos permitir que elas continuassem fazendo isso em vez de nos privarmos do carvão. Mas na maior parte do tempo, claro, iríamos preferir esquecer. É assim com todos os tipos de trabalho braçal; ele nos mantém vivo e ficamos alheios à sua existência. Mais do que qualquer outra pessoa, talvez, o minerador representa o trabalhador braçal, não apenas porque seu trabalho é exageradamente assustador, mas também porque é tão vital e ainda assim tão remoto para nós, tão invisível, que somos capazes de esquecê-lo assim como esquecemos do sangue em nossas veias. De certa forma, é até humilhante observar mineradores de carvão trabalhando. Faz crescer uma dúvida momentânea acerca de nosso próprio status como "intelectuais" e pessoas superiores em geral. Porque acaba nos ocorrendo, pelo menos enquanto observamos, que é apenas porque o minerador dá o suor do seu rosto que pessoas superiores podem continuar sendo superiores. Você, eu, o editor do suplemento literário do *Times*[8], os poetas afeminados, o arcebispo da Cantuária e o Camarada X, autor de *Marxismo para Crianças* – todos nós realmente devemos a comparativa decência em nossas vidas aos pobres burros de carga do subsolo, pretos até nos olhos, com suas gargantas cheias de pó de carvão, enfiando suas pás com a força de braços e abdomes de aço.

---

8 *The Times,* jornal diário britânico fundado em 1785. (N. da T.)

3

Quando o minerador sobe da mina de carvão, seu rosto está tão pálido que é possível notar, mesmo através da máscara de pó de carvão. Isso ocorre devido ao ar fétido que estivera respirando e tende a passar na hora. Para um sulista, novo nas regiões mineradoras, o espetáculo de um turno de várias centenas de mineradores emanando do poço é estranho e levemente sinistro. Os rostos então exaustos, com a sujeira agarrada em toda e qualquer cavidade, apresentam uma aparência feroz, selvagem. Em outros momentos, quando seus semblantes estão limpos, não há muita coisa que os distinga do resto da população. Eles têm um andar bastante ereto com os ombros para trás, uma reação ao constante pender do corpo no subsolo, mas a maioria é formada por homens baixos e o caimento grosseiro de suas roupas esconde o esplendor de seus corpos. A coisa definitivamente mais determinante que carregam são as cicatrizes azuis em seus narizes. Todo minerador tem cicatrizes azuis no nariz e na testa, e irão carregá-las até a morte. O pó de carvão que impregna o ar subterrâneo entra em cada poro e então a pele cresce sobre ele e forma uma mancha azul como uma tatuagem, que de fato é. Alguns dos mais velhos têm testas que parecem um queijo roquefort por causa disso.

Assim que o minerador sobe à superfície, ele faz um gargarejo com um pouco de água para tirar a pior parte do pó de carvão de sua garganta, e depois vai para casa e pode se lavar ou não, de acordo com seu temperamento. Do que eu pude observar, devo dizer que a maioria primeiro come sua refeição e se lava depois, como eu também faria se estivesse no lugar deles. É normal ver um minerador sentado com seu chá, a cara preta como os trovadores do grupo Christy's Minstrels[9], exceto pelo vermelho vivo dos lábios que ficam limpos ao comer. Após a refeição, ele pega uma grande bacia de água e se lava muito metodicamente, primeiro suas mãos, depois o peito, o pescoço, as axilas e depois os braços, então o rosto e o couro cabeludo

---

9 Grupo de menestréis que pintavam o rosto de preto, surgido em 1843, em Buffalo, nos Estados Unidos. (N. da T.)

(é no couro cabeludo que a sujeira gruda mais), e depois sua esposa pega uma flanela e lava suas costas. Ele só lavou a parte de cima do corpo e provavelmente o umbigo é um ninho de pó de carvão. Mesmo assim, é preciso alguma habilidade para minimamente se limpar com uma única bacia de água. Eu mesmo descobri que precisava de dois banhos completos depois de descer a uma mina de carvão. Só para tirar a sujeira das pálpebras são necessários dez minutos.

Em algumas das minas eleitas as maiores e melhores, há banheiros na saída. Essa é uma enorme vantagem, pois não apenas o minerador pode tomar um banho completo todos os dias, com conforto e até luxo, mas também há armários onde ele pode guardar suas roupas de trabalho separadas das que usa para andar na superfície, de forma que, depois de vinte minutos de emergir preto como um escravo, ele pode se dirigir a uma partida de futebol todo arrumado. Mas isso não ocorre com muita frequência, porque uma camada de carvão não dura para sempre e não vale a pena construir um banheiro toda vez que um poço fica imerso. Não possuo os números exatos, mas é provável que menos de um terço dos mineradores tenha acesso a um banheiro na saída da mina. Possivelmente a grande maioria fica completamente preta da cintura para baixo por, pelo menos, seis dias na semana. É quase impossível para eles tomar um banho completo em suas casas. Cada gota de água tem de ser aquecida, e em uma sala minúscula que contém, além dos utensílios de cozinha e de uma quantidade de móveis, uma esposa, alguns filhos e provavelmente um cachorro, simplesmente não há espaço para se tomar um banho apropriado. Mesmo com uma bacia, a tendência é espirrar água nos móveis. Pessoas da classe média gostam de dizer que os mineradores não tomariam um banho de verdade mesmo se pudessem, mas isso não faz sentido, como mostra o fato de que onde há banheiros na saída da mina praticamente todos os homens os usam. Apenas entre os bem mais velhos resiste a crença de que lavar as pernas "ataca o nervo ciático". Além disso, os banheiros na saída das minas, onde existem, são pagos inteira ou parcialmente pelos mineradores mesmo, verba que sai do Fundo para o Bem-Estar dos Mineradores. Às vezes, a empresa mineradora subsidia uma parte, às vezes, o fundo banca o custo total. Mas não há dúvidas de que mesmo hoje as velhas senhoras nas pensões em Brighton digam que "se você colocar banheiros para aqueles mineradores, eles só irão usar para guardar o carvão".

De fato, é surpreendente que os mineradores se lavem com certa regularidade, dado o tempo tão curto que eles têm entre o trabalho e o sono. É um grande erro pensar em um dia de trabalho de um minerador como sendo de apenas sete horas e meia. Sete horas e meia correspondem ao tempo gasto, de fato, no trabalho, mas, como já expliquei, deve-se adicionar a isso o tempo despendido na "viagem", que raramente é menos do que uma hora e pode chegar a três horas muitas vezes. Além disso, a maioria dos mineradores tem de passar tempo considerável entrando e saindo da mina. Por todos os distritos industriais há uma aguda falta de moradia, e é apenas nas pequenas vilas, onde a comunidade se forma ao redor da mina, que os homens podem, com certeza, morar perto do trabalho. Nas grandes cidades mineradoras onde fiquei, quase todo mundo ia para o trabalho de ônibus; meia coroa por semana parecia ser a quantia normal gasta nas tarifas. Um minerador com quem eu tive contato estava trabalhando no turno da manhã, que era das seis até uma e meia. Ele tinha de sair da cama às quinze para as quatro e voltar em algum momento após as três da tarde. Em outra casa em que me hospedei, um menino de quinze anos estava trabalhando no turno da noite. Ele saía para trabalhar às nove e voltava às oito da manhã, tomava café e então, prontamente, ia para a cama e dormia até seis da tarde; dessa forma, seu tempo de lazer somava cerca de quatro horas por dia – na verdade, bem menos, se forem descontadas as horas lavando-se, comendo e vestindo-se.

Os ajustes que a família de um minerador tem de fazer quando ele é trocado de um turno para outro devem ser cansativos ao extremo. Se ele está no turno da noite, chega em casa para o café da manhã; no turno da manhã, volta para casa no meio da tarde; e, no da tarde, retorna no meio da noite; e em casa, claro, ele quer, assim que volta, comer sua principal refeição do dia. Notei que o reverendo William Ralph Inge[10], em seu livro *England* [Inglaterra], acusa os mineradores de gulodice. Pelo que pude observar, devo dizer que comem surpreendentemente pouco. A maioria com quem eu me hospedei comia um pouco menos do que eu. Muitos declaram que

---

10 William Ralph Inge (1860-1954), escritor, religioso anglicano e professor de teologia. (N. da T.)

não conseguem realizar o trabalho do dia se tiverem comido uma refeição pesada antes, e a comida que levam com eles é apenas um lanche, normalmente pão com gordura derretida de carne e chá frio. Carregam isso em uma lata achatada chamada lata do lanche, atada aos cintos. Quando um minerador volta tarde da noite, sua esposa o espera acordada, mas, quando ele está no turno da manhã, parece que o costume é ele preparar seu café. Aparentemente, a velha superstição que diz ser azar ver uma mulher antes de ir para o trabalho de manhã não está de todo extinta. Nos velhos tempos, dizem, um minerador que encontrasse uma mulher logo cedo voltaria e não realizaria seu trabalho naquele dia.

Antes de ter estado nas áreas de mineração, eu comungava da mesma ilusão disseminada de que os mineradores são relativamente bem pagos. Ouve-se declarar por aí que um minerador recebe dez ou onze xelins[11] por turno, e faz-se uma pequena multiplicação, concluindo que cada minerador ganha por volta de duas libras por semana, ou cento e cinquenta libras por ano. Mas a informação de que um minerador recebe dez ou onze xelins por turno é muito ilusória. Para começar, é apenas o trabalhador que quebra o carvão separando-o da rocha que recebe algo nessa faixa; o trabalhador da mina pago por dia, chamado "avulso", por exemplo, que atua no teto da mina, ganha em uma faixa mais abaixo, normalmente oito ou nove xelins por turno. De novo, quando o minerador que quebra o carvão recebe por quantidade, pelas toneladas extraídas, como ocorre em muitas minas, ele depende da qualidade do carvão; uma quebra no maquinário ou uma "falha" – isto é, um pedaço de rocha correndo pela camada de carvão – pode retirar de seus ganhos o correspondente a um ou dois dias de trabalho de uma vez. Mas, em nenhum caso, deve-se pensar que o minerador trabalha seis dias por semana, cinquenta e duas semanas no ano. É quase certo que haverá um bom número de dias em que ele será "dispensado". O ganho médio por turno trabalhado por cada minerador, de todas as idades e ambos os sexos, na Grã-Bretanha, em 1934, era nove xelins, um centavo e três quartos. [Informação obtida em *Colliery Yearbook and the Coal Trades Directory*, um anuário da mineração, de 1935.] Se todos estivessem trabalhando o tempo

---

11 Antes da adoção do sistema decimal, em 1971, pelo Reino Unido, a libra era composta de 20 xelins, e cada xelim valia 12 centavos. (N. da T.)

todo, significaria que o minerador estaria ganhando um pouco mais do que cento e quarenta e duas libras por ano, ou quase duas libras e cinco xelins por semana. Sua renda real, no entanto, é bem mais baixa que isso, pois os nove xelins, um centavo e três quartos são apenas um cálculo médio dos turnos de fato trabalhados e não levam em consideração os dias não trabalhados.

Tenho diante de mim cinco demonstrativos de pagamentos pertencentes a um minerador de Yorkshire, por cinco semanas (não consecutivas) no começo de 1936. Fazendo uma média entre eles, daria um ganho bruto semanal de duas libras, quinze xelins e dois centavos; isso é uma média de quase nove xelins e dois centavos e meio por turno. Mas esses demonstrativos de pagamento são do inverno, quando quase todos os mineradores estão trabalhando a todo o vapor. Conforme a primavera avança, o negócio do carvão desacelera e cada vez mais homens são "temporariamente demitidos", enquanto outros tecnicamente ainda contratados são "dispensados" por um ou dois dias por semana. É óbvio, portanto, que cento e cinquenta libras ou mesmo cento e quarenta e duas libras são uma quantia imensamente superestimada para o ganho anual de um minerador. No ano de 1934, a média bruta de ganhos de todos os mineradores na Grã-Bretanha foi de apenas cento e quinze libras, onze xelins e seis centavos. Variava consideravelmente de um distrito para outro, chegando ao máximo de cento e trinta e três libras, dois xelins e oito centavos na Escócia, enquanto em Durham ficava um pouco abaixo de cento e cinco libras, ou cerca de duas libras por semana. Tomo esses números do *The Coal Scuttle*, de Joseph Jones, na época prefeito de Barnsley, no condado de Yorkshire. Jones afirma:

> *Esses números cobrem os ganhos de jovens, assim como de adultos, e dos mais bem pagos até os que recebem os menores salários... Qualquer ganho particularmente alto seria incluído nesses números, como seriam os ganhos de certos oficiais e outros altamente bem pagos, como também as quantias pagas como hora extra.*
>
> *Os números, sendo uma média, falham ao revelar a posição de milhares de trabalhadores adultos, cujos ganhos estavam substancialmente abaixo da média e que recebiam apenas trinta a quarenta xelins ou menos por semana.*

O caminho para Wigan Pier

Notem que, mesmo esses miseráveis ganhos, são "brutos". Sobre eles, incidem todos os tipos de descontos que são deduzidos dos salários semanais dos mineradores. Aqui está uma lista de descontos semanais que me foram informados como típicos em um distrito de Lanchashire:

Seguro (desemprego e saúde)	1 xelim e 5 centavos
Aluguel de lanterna	6 centavos
Afiação de ferramentas	6 centavos
Checagem de peso	9 centavos
Enfermaria	2 centavos
Hospital	1 centavos
Fundo beneficente	6 centavos
Taxa sindical	6 centavos
Total	4 xelins e 5 centavos

Algumas dessas deduções, tais como o Fundo Beneficente e as Taxas Sindicais, são, por assim dizer, responsabilidade do próprio minerador, as outras são impostas pelas minas de carvão. Não são as mesmas em todos os distritos. Por exemplo, a injusta trapaça de fazer o minerador pagar pelo aluguel de sua lanterna (a seis centavos por semana, ele consegue comprar várias lanternas em um ano) não predomina em todo lugar. Mas, o total das deduções, sempre parece ser mais ou menos a mesma quantia. Analisando os cinco demonstrativos de pagamento do minerador de Yorkshire, com ganho bruto semanal de duas libras, quinze xelins e dois centavos, o ganho líquido, após as deduções, cai para apenas duas libras, onze xelins e quatro centavos, uma redução de três xelins e dez centavos por semana. O demonstrativo de pagamento, naturalmente, apenas menciona deduções que são impostas ou pagas por meio da empresa de mineração de carvão; tem de se acrescentar as taxas sindicais, o que leva a uma redução total no salário para quatro xelins. Provavelmente, pode-se dizer, com segurança, que as deduções de um tipo e de outro tiram cerca de quatro xelins do salário semanal de cada minerador adulto. De forma que as cento e quinze libras, onze xelins e seis centavos que eram a média de ganho de um minerador na Grã-Bretanha em 1934 ficam, na verdade, em torno de cento e cinco libras. Por outro lado, a maioria dos mineradores recebe subsídios em espécie, podendo comprar carvão para seu consumo próprio a um preço reduzido, geralmente oito ou nove xelins a tonelada. Mas, de acordo com Jones, citado acima, "o valor médio de todos os subsídios em espécie para todo o país é de apenas quatro centavos por dia". E esses quatro centavos por dia são uma compensação, em muitos casos, pelo tanto que o minerador tem de gastar em taxas para ir e voltar da mina. Assim, considerando a indústria como um todo, a soma que o minerador pode de fato trazer para casa e chamar de sua não passa de – e talvez nem chegue a – duas libras por semana.

Enquanto isso, quanto carvão, em média, uma mina produz?

A tonelagem de carvão extraída anualmente por pessoas empregadas na mineração sobe regularmente, embora bastante devagar. Em 1914, cada minerador produzia, em média, duzentas e cinquenta e três toneladas de carvão; em 1934, ele produzia duzentas e oitenta toneladas. [Segundo o *The Coal Scuttle*, pois o *The Colliery Yearbook and Coal Trades Directory* dá um número um pouco maior.] É uma média para trabalhadores de todos os tipos; aqueles, de fato, trabalhando no veio do carvão extraem uma quantidade significativamente maior – em muitos casos, provavelmente, bem superior a mil toneladas cada. Mas, tomando essas duzentas e oitenta toneladas como um número representativo, vale a pena notar que enorme conquista representa. Tem-se uma melhor ideia disso ao se comparar a vida de um minerador com a de outra pessoa qualquer. Se eu chegar a viver até os sessenta anos, provavelmente terei escrito trinta romances, ou o suficiente para encher duas prateleiras de tamanho médio em uma biblioteca. No mesmo período, o minerador médio produz oito mil e quatrocentas toneladas de carvão; carvão suficiente para pavimentar a Trafalgar Square com sessenta centímetros de profundidade ou para abastecer sete famílias grandes com combustível para mais de cem anos.

Dos cinco demonstrativos de pagamento que mencionei acima, pelo menos três estão carimbados com as palavras "dedução por morte". Quando um minerador morre no trabalho, é comum os outros trabalhadores fazerem uma doação, geralmente um xelim cada, para sua viúva, e isso é coletado pela empresa mineradora e automaticamente deduzido de seus salários. O detalhe significativo aqui é o carimbo. A taxa de acidentes entre os mineradores é tão alta, se comparada com a de outros negócios, que fatalidades são consideradas tão normais quanto seriam em pequenas guerras. A cada ano, um minerador entre novecentos morre, e um em cada seis fica machucado; claro que a maioria desses ferimentos são pequenos, mas um bom número leva a casos de invalidez. Isso significa que, se a vida de trabalho de um minerador é de quarenta anos, ele tem uma chance em sete de escapar de se ferir e uma em vinte de chegar à morte. Nenhum outro negócio chega perto desse em periculosidade. O segundo mais perigoso é a navegação: um marinheiro a cada mil e trezentos morre por ano. Os números que citei se aplicam, claro, a mineradores como um todo; para aqueles que, de fato, trabalham no subterrâneo, a proporção de ferimento seria bem maior. Todo minerador de longa data com quem conversei tinha ou sofrido um sério acidente ou visto alguns de seus colegas morrerem, e em cada família mineradora eles contam histórias de pais, irmãos ou tios que morreram no trabalho. ("E ele caiu de uma altura de duzentos metros, eles não teriam juntado seus pedaços se ele não estivesse usando um novo casaco à prova d'água", etc., etc., etc.) Algumas dessas histórias são aterrorizantes ao extremo. Um minerador, por exemplo, descreveu para mim como um colega seu, um trabalhador "avulso", ficou soterrado pelo desabamento de uma rocha. Eles correram até ele e conseguiram descobrir sua cabeça e ombros para que ele pudesse respirar; ele estava vivo e conversou com eles. Então, viram que o teto estava vindo abaixo de novo e tiveram de correr para se salvar; em um segundo o "avulso" foi soterrado. De novo, correram até ele e liberaram sua cabeça e ombros, e de novo ele estava vivo e conversou com os outros. Então, o teto desabou uma terceira vez, e desta vez eles demoraram horas até poderem descobri-lo; quando conseguiram, ele estava morto. Mas o minerador que me contou a história (ele mesmo havia ficado soterrado em uma ocasião, mas teve sorte o bastante de ficar com a cabeça prensada entre as pernas, de forma que havia um pequeno espaço para ele respirar) não julgou que fosse um dos acidentes mais hediondos. O curioso, para ele, era que o "avulso" sabia perfeitamente bem que o local onde ele estava trabalhando não era seguro, e todo dia que ia lá esperava que um acidente acontecesse. "Sua cabeça funcionava de tal modo, que ele beijava a esposa todos os dias antes de sair para trabalhar. E ela me disse depois que, um pouco antes disso, fazia vinte anos que ele não a beijava."

A causa mais obviamente compreensível de acidentes são as explosões de gás, que sempre estão mais ou menos presentes na atmosfera da mina. Há uma lanterna especial que é usada para testar se há gás no ar, e quando ele está presente em quantidades consideráveis pode ser detectado pela chama azul de uma Davy comum. Se o pavio queima todo e a chama ainda é azul, a proporção de gás é perigosamente alta; ele é, portanto, difícil de detectar, porque não se distribui uniformemente pela atmosfera, mas fica em rachaduras e fendas. Antes de começar a trabalhar, um minerador sempre testa a presença de gás enfiando sua lanterna em todo canto. O gás pode ser inflamado por uma faísca durante operações explosivas ou por meio de abrasão em uma pedra, ou por uma lanterna defeituosa, ou por uma combustão espontânea do carvão – gerada por um fogo que fica latente no pó do carvão e é muito difícil de apagar. Os grandes desastres da mineração que acontecem de tempos em tempos, nos quais várias centenas de homens morrem, são geralmente causados por explosões; daí as pessoas pensarem que as explosões são os principais problemas na mineração. Na verdade, a grande maioria dos acidentes se deve aos perigos diários da mina; em particular, a quedas do teto. Há, por exemplo, "ciladas" – buracos circulares dos quais um pedaço de pedra grande o suficiente para matar um homem dispara com a prontidão de uma bala. Até onde posso lembrar, com apenas uma exceção, todos os mineradores com quem conversei declararam que o novo maquinário, e a "aceleração" em geral, tornaram o trabalho mais perigoso. Isso, em parte, deve-se ao conservadorismo, mas eles podem dar vários motivos. Para começar, a velocidade na qual o carvão agora é extraído significa que durante horas seguidas um trecho do teto bastante longo fica sem suporte. Há também a vibração, que tende a deixar tudo meio solto, e o barulho, que torna mais difícil detectar sinais de perigo. Devemos lembrar que a segurança de um minerador no subterrâneo depende bastante de seu próprio cuidado e habilidade. Um minerador experiente declara saber por instinto quando o teto não está seguro; ele diz que "pode sentir o peso sobre si". E consegue, por exemplo, ouvir os leves rangidos das estacas. A razão pela qual ainda se prefere, em geral, usar as estacas de madeira no lugar de barrotes de ferro é que as estacas de madeira, quando o teto está para vir abaixo, dão o alarme com um rangido, enquanto o barrote de ferro desaba inesperadamente. O barulho devastador das máquinas torna impossível ouvir qualquer coisa, o que aumenta o perigo.

Quando um minerador é ferido, é impossível atendê-lo de imediato. Ele fica deitado esmagado embaixo de um peso enorme de pedra em algum canto terrível do subsolo, e mesmo depois de ter sido libertado é necessário arrastá-lo por mais de uma milha, talvez, pelas galerias onde ninguém consegue ficar ereto. Normalmente, quando conversamos com um homem que já foi ferido, descobrimos que foi duas horas antes de conseguirem levá-lo até a superfície. Às vezes, claro, há acidentes no elevador. O elevador sobe ou desce vários metros na velocidade de um trem expresso, e é operado por alguém na superfície que não consegue ver o que está acontecendo. Ele conta com indicadores muito sutis para dizer-lhe a distância que o elevador chegou, mas é possível que cometa erros, e já houve casos de o elevador colidir com o fundo do poço à velocidade máxima. A mim, soa como uma forma hedionda de morrer. Pois, conforme aquela caixa de aço vai zumbindo pela escuridão, deve chegar um momento em que os dez homens que vão ali dentro *sabem* que há algo de errado; e mal suportam pensar nos segundos restantes antes que sejam esmagados. Um minerador me disse que, uma vez, ele estava em um elevador que apresentava algum problema. Ele não reduziu a velocidade quando devia, e eles acharam que o cabo tinha arrebentado. Chegaram ao fundo em segurança, mas, quando ele saiu do elevador, descobriu que havia quebrado um dente, pois travou a boca forte demais na expectativa da violenta batida.

Exceto pelos acidentes, os mineradores parecem ser saudáveis, como obviamente têm de ser, considerando os esforços musculares que se exigem deles. Tendem a ter mais reumatismo e problemas nos pulmões pelo ar impregnado de poeira, mas a doença industrial mais característica é nistagmo. Trata-se de uma enfermidade nos olhos que faz o globo ocular oscilar de uma maneira estranha quando chegam perto da luz. Presume-se que seja devido ao trabalho em meio à quase escuridão, e às vezes resulta em cegueira total. Mineradores com essa deficiência ou qualquer outra são compensados pela empresa, às vezes com um pagamento único, às vezes com uma pensão semanal. A pensão nunca chega a mais do que vinte e nove xelins por semana; se cair para menos de quinze xelins, o trabalhador deficiente pode também conseguir algum benefício por doação ou por meio do Comitê de Assistência Social. Se eu fosse um minerador com deficiência, preferiria muito mais um pagamento único, pois assim, de qualquer forma, eu teria meu dinheiro garantido. Pensões por deficiência não são garantidas por nenhum fundo centralizado, de forma que, se a empresa mineradora for à falência, é o fim da pensão para o minerador, embora ele figure entre os outros credores.

Fiquei em Wigan por um tempo com um minerador que sofria de nistagmo. Ele conseguia enxergar, mas não muito longe. Vinha recebendo uma compensação de vinte e nove xelins por semana nos últimos nove meses, mas a empresa mineradora agora falava em colocá-lo em uma "compensação parcial" de quatorze xelins por semana. Tudo depende de o médico avaliá-lo como apto a trabalhar sob a luz "em cima", ou seja, na superfície. Mesmo que o médico o avaliasse como apto, não é preciso dizer que não haveria nenhum trabalho disponível "em cima", mas ele poderia sacar a doação e a empresa economizaria quinze xelins por semana. Observando esse homem dirigir-se até a empresa para receber sua compensação, fiquei chocado com as profundas diferenças que ainda existem pelo status. Ali se encontrava um homem que havia ficado parcialmente cego em um dos trabalhos mais úteis de todos e estava recebendo uma pensão à qual ele tinha todo o direito, se é que alguém tem o direito a alguma coisa. Ainda assim, ele não podia, por assim dizer, *exigir* sua pensão – ele não podia, por exemplo, recebê-la quando e como ele desejasse. Ele tinha de ir à empresa uma vez por semana na hora marcada por ela, e quando chegava lá era mantido esperando por horas no vento frio. Pelo que sei, esperava-se que ele também demonstrasse respeito e gratidão a quem quer que o pagasse; de qualquer forma, ele tinha de perder uma tarde toda e gastar seis centavos nas tarifas de ônibus. É muito diferente para um membro da burguesia, até para um desleixado como eu. Mesmo quando estou à beira da fome, tenho certos direitos atrelados ao meu status burguês. Não ganho muito mais do que um minerador ganha, mas, pelo menos, recebo o pagamento de uma maneira educada e posso retirá-lo quando eu escolher. E, mesmo quando minha conta está quase zerada, as pessoas do banco são muito educadas.

Esse negócio de inconveniência e indignidade triviais, de ser mantido esperando, de ter de fazer tudo quando é conveniente para o outro, é inerente à vida da classe trabalhadora. Mil influências pressionam um trabalhador para dentro de um papel passivo. Ele não age; agem sobre ele. Ele se sente o escravo de uma misteriosa autoridade e tem firme convicção de que "eles" nunca permitirão isso. Quem são "eles"?, perguntei. Ninguém parecia saber, mas evidentemente "eles" eram onipotentes.

Uma pessoa de origem burguesa atravessa a vida com alguma expectativa de obter o que deseja, dentro de limites razoáveis. Daí o fato de que em tempos de estresse pessoas que receberam educação formal tenderem a se manifestar; elas não são mais bem-dotadas do que as outras e sua "educação" é geralmente inútil por si só, mas estão acostumadas a uma certa quantidade de deferência e consequentemente têm a ousadia necessária a um comandante. Que elas irão se manifestar parece ser considerado natural, sempre e em todo lugar. Em *History of the Commune* [História da Comuna], de Lissagaray,[12] há uma passagem interessante descrevendo fuzilamentos que aconteceram após a Comuna ser suprimida. As autoridades estavam fuzilando os líderes e, como não sabiam que eram os líderes, basearam-se no princípio de que aqueles de melhor classe seriam os líderes. Um oficial andou pela fila de prisioneiros, escolhendo os tipos que tinham a aparência citada. Um homem levou um tiro por estar usando um relógio, outro porque "tinha uma cara inteligente". Eu não gostaria de levar um tiro por parecer inteligente, mas acredito que, em quase toda revolta, os líderes tenderiam a ser pessoas que saberiam pronunciar todos os "s".

---

12 Prosper-Olivier Lissagaray (1838-1901), jornalista e palestrante francês, escreveu sobre a Comuna de Paris de 1871. (N. da T.)

4

Quando você caminha pelas cidades industriais, se perde em labirintos de casinhas de tijolos escurecidas pela fumaça, deteriorando-se em um caos desordenado, cercadas de vielas lamacentas e quintalzinhos cheios de cinzas, onde há latas de lixo malcheirosas e varais cheios de roupas encardidas, além de banheiros quase em ruínas. O interior dessas casas é sempre muito parecido um com o outro, embora o número de cômodos varie de dois a cinco. Todos têm quase exatamente a mesma sala de estar, de três a quatro metros quadrados, com uma cozinha aberta; nas maiores, há uma copa também, nas menores a pia e o fogão ficam na sala. Nos fundos, há um quintal, ou parte de um quintal, compartilhado por várias casas, com espaço apenas para o lixo e o banheiro. Ninguém tem água quente instalada. Você pode andar, literalmente, por centenas de quilômetros de ruas habitadas por mineradores – cada um deles, quando está empregado, fica preto da cabeça aos pés todos os dias – e em nenhuma casa pela qual você passar será possível tomar um banho. Seria bastante simples instalar um sistema de água quente a partir da cozinha, mas o construtor poupava talvez dez libras com cada casa em que não o instalava, e na época em que essas casas foram construídas, ninguém imaginava que mineradores fossem querer banhos.

Notem que a maioria dessas casas é velha, cinquenta ou sessenta anos no mínimo, e muitas não são, de forma alguma, adequadas para a moradia humana. Elas continuam a ser alugadas simplesmente porque não há outras. E esse é o cerne da questão sobre moradia nas áreas industriais: não que as casas sejam apertadas e feias, insalubres e desconfortáveis, ou que elas estejam distribuídas em cortiços incrivelmente nojentos em torno de fundições que expelem dejetos e canais fedorentos e depósitos de resíduos que emanam fumaça sulfurosa – embora tudo isso seja perfeitamente verdadeiro –, mas o fato é que não há casas suficientes.

A "falta de moradia" é uma expressão que tem sido disseminada bastante livremente desde a guerra, mas significa muito pouco para todos com uma renda acima de dez libras por semana, ou mesmo cinco libras, em alguns casos. Onde os aluguéis são altos, a dificuldade não é encontrar casas, mas encontrar inquilinos. Ande por qualquer rua em Mayfair e verá placas com os dizeres "Aluga-se" em metade das janelas. Mas, nas áreas industriais, a simples dificuldade de achar uma casa é um dos piores agravantes da pobreza. Significa que as pessoas irão aceitar qualquer coisa – qualquer buraco ou espelunca, qualquer desgraça cheia de percevejos e com chão apodrecendo e paredes trincando, qualquer extorsão por parte de um senhorio avarento e de corretores chantagistas – para simplesmente colocar um teto sobre suas cabeças. Estive em casas desoladoras, casas em que eu não moraria uma semana nem mesmo que me pagassem, e descobri que os inquilinos estavam lá há vinte, trinta anos, e apenas esperando que tivessem a sorte de morrer ali. Em geral, essas condições são aceitas como normais, embora não sempre. Algumas pessoas mal compreendem que tais coisas como casas dignas existam e encaram insetos e vazamentos como obra de Deus; outras xingam amargamente seus senhorios; mas todos se apegam desesperadamente a suas casas para que o pior não aconteça. Enquanto a falta de moradia persistir, as autoridades locais não podem fazer muito para tornar as casas existentes mais habitáveis. Eles podem "condenar" uma casa, mas não podem ordenar que ela seja derrubada até que o inquilino tenha outra casa para onde ir; portanto, as casas condenadas permanecem de pé, e não ajuda em nada ela ser condenada, porque o senhorio não irá gastar mais do que ele pode em uma casa que será demolida mais cedo ou mais tarde. Em uma cidade como Wigan, por exemplo, há mais de duas mil casas que foram condenadas há anos, e partes inteiras da cidade seriam condenadas se houvesse alguma esperança de outras casas serem construídas para substituí-las. Cidades como Leeds e Sheffield têm milhares de casas populares[13] que estão todas condenadas, mas permanecerão de pé por décadas.

Inspecionei um grande número de casas e vilas e fiz anotações sobre os pontos essenciais. Acredito quer posso dar uma ideia melhor de como

---

13 Construídas do século XVIII ao início do XX para acolher o grande número de trabalhadores das fábricas após a Revolução Industrial, essas casas só têm livre uma parede entre as quatro, ou seja, apenas a da frente, com uma porta e uma janela. Era comum várias casas dividirem banheiros e o suprimento de água. Com o tempo, foram consideradas insalubres, devido à fraca iluminação, ventilação deficiente e baixas condições de higiene, sendo, aos poucos, demolidas e substituídas. (N. da T.)

são as condições, transcrevendo alguns excertos do meu caderno, anotados mais ou menos aleatoriamente. São apenas notas breves e elas requerem algumas explicações, que darei na sequência. Aqui estão algumas de Wigan:

1. **Casa no bairro Wallgate.** Do tipo popular. Um cômodo em cima, outro embaixo. Sala medindo 3 m x 3,5 m, o mesmo para o quarto do andar superior. Nicho sob as escadas, com 1,5 m x 1,5 m, que serve de despensa, copa e depósito de carvão. Janelas abrem. Distância até o banheiro de 45 metros. Aluguel: 4 xelins e 9 centavos; taxas: 2 xelins e 6 centavos; total: 7 xelins e 3 centavos.

2. **Casa nas proximidades.** Medidas iguais à anterior, mas sem nicho embaixo da escada, simplesmente um recesso de 60 cm de profundidade contendo a pia – não há espaço para despensa, etc. Aluguel: 3 xelins e 2 centavos; taxa: 2 xelins; total: 5 xelins e 2 centavos.

3. **Casa no bairro Scholes.** Condenada. Um cômodo em cima, outro embaixo. Cômodos 4,5 m x 4,5 m. Pia e fogão na sala, depósito de carvão sob as escadas. Piso cedendo. Nenhuma janela abre. Casa decentemente seca. Bom senhorio. Aluguel: 3 xelins e 8 centavos; taxas: 2 xelins e 6 centavos; total: 6 xelins e 2 centavos.

4. **Casa nas proximidades.** Dois cômodos em cima, dois embaixo e depósito de carvão. Paredes caindo. Entra bastante água nos cômodos superiores. Piso desigual. Janelas do andar de baixo não abrem. Senhorio ruim. Aluguel: 6 xelins; taxas: 3 xelins e 6 centavos; total: 9 xelins e 6 centavos.

5. **Casa em Greenough's Row.** Um cômodo, dois no andar de cima. Sala medindo 4,5 m x 2,5 m. Parede com rachaduras e infiltração de água. Janelas de trás não abrem, a da frente, sim. Dez pessoas na família, sendo oito crianças com idades bem próximas. Autoridades estão tentando despejá-los por superlotação, mas não encontraram outro lugar para abrigá-los. Senhorio ruim. Aluguel: 4 xelins; taxas: 2 xelins e 3 centavos; total: 6 xelins e 3 centavos.

Já é bastante sobre Wigan. Tenho mais páginas com anotações do mesmo tipo. Aqui, uma de Sheffield – exemplar típico das milhares de casas "populares" de Sheffield:

6. **Casa na rua Thomas.** Popular, dois cômodos em cima, outro embaixo. Porão embaixo. Sala 4,2 m x 3,0 m e cômodos de cima iguais. Pia na sala. Andar de cima não tem portas, mas dá para escada aberta. Paredes da sala levemente úmidas, paredes nos cômodos superiores caindo aos pedaços e gotejando de todos os lados. Casa tão escura que a luz tem de ser mantida acesa o dia todo. Eletricidade estimada em 6 centavos por dia (provavelmente um exagero). Seis pessoas na família, pais e quatro filhos. Marido (recebendo auxílio do Comitê de Assistência Social) é tuberculoso. Uma criança no hospital, as outras parecem saudáveis. Inquilinos estão no local há sete anos. Mudariam, mas não encontram outra casa disponível. Aluguel: 6 xelins e 6 centavos, taxas inclusas.

Aqui, algumas em Barnsley:

1. **Casa na rua Wortley.** Dois cômodos no andar de cima, um no de baixo. Sala 3,5 m x 3,0 m. Pia e fogão na sala, depósito de carvão sob a escada. Pia desgastada quase reta e constantemente transbordando. Paredes não tão firmes. Iluminação a gás, funciona com moedas de 1 centavo. Casa muito escura e iluminação a gás estimada em 4 centavos por dia. Cômodos de cima são, na verdade, um quarto grande dividido em dois. Paredes muito ruins – a do quarto dos fundos toda rachada. Esquadrias desfazendo-se e preenchidas com madeira. Chuva entra por diversos lugares. Esgoto corre por baixo da casa e fede no verão, mas a prefeitura diz que "não pode fazer nada". Seis pessoas na casa, dois adultos e quatro crianças, sendo que a mais velha tem quinze anos. Segunda mais nova no hospital – suspeita de tuberculose. Casa infestada de percevejos. Aluguel: 5 xelins e 3 centavos, taxas inclusas.

2. **Casa na rua Peel.** Popular. Dois cômodos em cima, dois embaixo e porão grande. Sala com 3m^2 que abriga fogão e pia. Os cômodos debaixo são do mesmo tamanho, provavelmente pensados como sala de estar, mas usados como quartos. Cômodos de cima do mesmo tamanho que os de baixo. Sala muito escura. Iluminação a gás estimada em 4 xelins e meio centavo por dia. Distância do banheiro de 65 metros. Quatro camas na casa para oito pessoas

– pais idosos, duas moças adultas (mais velha com vinte e sete anos), um rapaz e três crianças. Pais têm uma cama, filho mais velho outra e as cinco pessoas restantes dividem as outras duas. Percevejos – muito ruim; piora no calor. Miséria indescritível no cômodo de baixo e cheiro no de cima quase insuportável. Aluguel: 7 xelins e meio centavo, incluindo as taxas.

3. **Casa em Mapplewell** (pequena vila mineradora perto de Barnsley). Dois cômodos em cima, um embaixo. Sala 4,0 m x 4,2 m. Pia na sala. Gesso rachando e caindo das paredes. Sem grelha no forno. Leve vazamento de gás. Cômodos de cima 3,0 m x 2,5 m cada um. Quatro camas (para seis pessoas, todas adultas), mas "uma cama não serve para nada", provavelmente por falta de colchões e cobertores. Cômodo próximo à escada não tem porta e escada não tem corrimão, de forma que, quando a pessoa sai da cama, o pé pende no vazio e a pessoa pode cair de três metros de altura sobre pedras. Chão tão podre que é possível ver o cômodo no andar de baixo. Percevejos, mas "eu os mantenho quietos com inseticida para ovelhas". Estrada de terra próxima a esses casebres é como um depósito de lixo e dizem que fica intransitável no inverno. Banheiros de pedra nos extremos dos jardins quase em ruínas. Inquilinos estão na casa há vinte e dois anos. Têm uma dívida de 11 libras no aluguel e vêm pagando 1 xelim extra por semana para quitá-la. Senhorio está recusando e pediu que deixem a casa. Aluguel: 5 xelins, incluindo as taxas.

E assim por diante. Eu poderia continuar com exemplos – eles poderiam ser multiplicados por centenas de milhares se alguém decidisse fazer uma inspeção casa a casa pelos distritos industriais. Enquanto isso, algumas expressões que usei requerem explicações. "Um cômodo em cima, um cômodo embaixo" significa um cômodo em cada andar, por exemplo, quando a casa tem dois cômodos apenas. O que chamei de casas "populares" são casas geminadas pelos fundos, duas casas construídas em uma, cada lado da casa sendo a porta da frente de outra pessoa, de forma que, se você passa por uma fileira do que aparentemente são doze casas, você está na verdade vendo vinte e quatro. As casas da frente dão para a rua e as de trás dão para o quintal, e só tem uma saída de cada casa. O efeito disso é óbvio. Os banheiros ficam no quintal dos fundos, então, se você mora na casa que dá para a rua, para chegar ao banheiro ou ao cesto de lixo, tem de sair pela frente da casa e dar a volta no quarteirão – uma distância que pode chegar a cento e oitenta metros; se você mora nos fundos, por outro lado, a vista que se tem é de uma fileira de banheiros. Há também casas do tipo que se chama "fundo cego", que são casas únicas, mas nelas o construtor deixou de colocar uma porta nos fundos – por pura maldade, aparentemente. As janelas que se recusam a abrir são uma peculiaridade das velhas cidades mineradoras. Algumas dessas cidades encontram-se tão solapadas por antigos trabalhos de mineração que o chão está constantemente cedendo e as casas acima deslizam para os lados. Em Wigan, você passa por fileiras inteiras de casas que deslizaram de forma assombrosa, tendo as janelas ficado dez ou vinte graus desniveladas. Às vezes, a parede da frente estufa para fora e chega a parecer que a casa está grávida de sete meses. A fachada pode ser refeita, mas logo a protuberância aparece de novo. Quando uma casa afunda repentinamente, suas janelas ficam bloqueadas para sempre e as portas têm de ser recolocadas. Localmente, isso não gera qualquer surpresa. A história do minerador que chega em casa do trabalho e descobre que só pode entrar esmagando a porta da frente com um martelo é considerada engraçada. Em alguns casos, anotei "senhorio bom" ou "senhorio ruim" porque há muita variação no que os habitantes dos cortiços dizem de seus senhorios. Encontrei – o que era de se esperar, talvez, que os pequenos senhorios são geralmente os piores. Dizer isso vai contra a maré, mas é possível ver o motivo. Idealmente, o pior tipo de senhorio de uma casa no cortiço seria um homem gordo funesto, preferencialmente um bispo, que está recebendo uma renda enorme extorquindo seus inquilinos. Na verdade, é uma pobre mulher que investiu o que poupou a vida inteira em três casas no cortiço, mora em uma delas, e tenta viver do aluguel das outras duas – nunca, consequentemente, sobra nenhum dinheiro para fazer os reparos.

Meras anotações como essas, no entanto, só têm valor como lembretes para mim mesmo. Conforme as leio, relembro o que lá vi, mas elas não podem, por si só, dar uma ideia muito grande de como são as condições naqueles medonhos cortiços no Norte. Palavras são coisas tão frágeis. Qual

George Orwell

o propósito de uma expressão curta como "vazamentos no teto" ou "quatro camas para oito pessoas"? É o tipo de coisa pela qual seus olhos passam e nada registram. Mas, ainda assim, que tamanha miséria elas encobrem! Tomemos a questão da superpopulação, por exemplo. Com bastante frequência, tem-se oito ou mesmo dez pessoas morando um uma casa de três cômodos. Um desses cômodos é uma sala de estar, e como ela provavelmente mede três metros e meio quadrados e contém, além do equipamento de cozinha e da pia, uma mesa, algumas cadeiras e uma cômoda, pois não há espaço no quarto, então, há oito ou dez pessoas dormindo em dois quartos pequenos, provavelmente em, no máximo, quatro camas. Se algumas dessas pessoas são adultas e têm de ir para o trabalho, pior ainda. Em uma casa, me lembro, três moças adultas dividiam a mesma cama e todas iam para o trabalho em horários diferentes, cada uma atrapalhando a outra quando se levantava ou chegava; em outra casa, uma mineradora jovem que trabalhava no turno da noite dormia de dia em uma cama estreita na qual outro membro da família dormia à noite. Há uma dificuldade adicional quando há crianças crescidas, já que não seria bom deixar meninos e meninas adolescentes dormirem na mesma cama. Em uma família que visitei havia um pai, uma mãe, um filho e uma filha de cerca de dezessete anos, e apenas duas camas para todos eles. O pai dormia com o filho, e a mãe, com a filha; era o único arranjo que descartava o perigo do incesto. Então, havia a desgraça da água pingando do teto e escorrendo pelas paredes, que no inverno torna alguns cômodos inabitáveis. Há também os percevejos. Uma vez que eles entram na casa, ficam até o fim dos tempos; não há maneira segura de eliminá-los. Depois, tem o problema das janelas que não abrem. Não preciso chamar a atenção para o que isso deve significar, no verão, em uma sala minúscula e abafada onde o fogão, sobre o qual toda a comida é feita, tem de ser mantido aceso mais ou menos constantemente. Sem contar as mazelas especialmente relacionadas com as casas populares. Uma caminhada de quarenta e cinco metros até o banheiro ou a lata de lixo não é exatamente um estímulo para se manter limpo. Nas casas da frente – em uma rua lateral onde a prefeitura não interfira –, as mulheres adquiriram o hábito de jogar seus restos pela porta da frente, de forma que a sarjeta está sempre cheia de folhas de chá e farelos de pão. E vale a pena considerar o que significa para uma criança crescer em uma das vielas dos fundos onde sua vista é delimitada por fileiras de banheiros e um muro.

Em tais locais, uma mulher é apenas uma pobre escrava embaraçando-se em uma infinidade de tarefas. Ela consegue até manter as esperanças, mas o que ela não consegue é garantir nenhum padrão de limpeza e organização. Há sempre alguma coisa a ser feita, não há utensílios e quase literalmente nenhum espaço para se virar. Assim que você limpa o rosto de uma criança, a outra está suja; antes de lavar os potes de uma refeição, a próxima já tem de ser feita. Encontrei bastante variação nas casas que visitei. Algumas eram tão dignas quanto podia se esperar que fossem diante das circunstâncias; algumas eram tão deploráveis que não tenho esperança de descrevê-las adequadamente. Para começar, o cheiro – dominante e inerente – era indescritível. Mas a miséria e a confusão! Uma cuba cheia de água imunda aqui, uma bacia repleta de potes não lavados ali, mais vasilhas empilhadas em algum canto estranho, jornais rasgados espalhados por toda parte, e no meio sempre a mesma mesa hedionda coberta de panos pegajosos, atolada de utensílios de cozinha, pedaços de ferro e meias remendadas, além de porções de pão velho e nacos de queijo enrolados em jornal engordurado! E tem o congestionamento em um cômodo minúsculo, onde ir de um lado para o outro é uma viagem complicada entre móveis, trombando com um varal de roupas úmidas toda vez que você se mexe, e as crianças com os pés tão cheios de terra quanto cogumelos! Há cenas que se destacam vividamente na memória. A sala de estar quase vazia de um casebre em uma pequena vila mineradora, onde a família inteira saía para trabalhar e todos pareciam desnutridos; a família numerosa de filhos e filhas adultos sem ter nada para fazer, todos estranhamente parecidos, com cabelos ruivos, ossos esplêndidos e rostos comprimidos pela desnutrição e pela ociosidade; e um filho alto sentado ao lado da lareira, indiferente ao ponto de não notar a entrada de um estranho, lentamente tirando uma meia pegajosa do pé. Um quarto hediondo em Wigan, onde toda a mobília, que parecia ser constituída de baús e barris, estava caindo aos pedaços; uma velha com o pescoço enegrecido e o cabelo escorrido denunciando seu senhorio em um sotaque irlandês misturado com o de Lancashire; e a mãe dela, com mais de noventa anos, sentada ao fundo no barril que servia como cômoda e nos olhava vagamente com um rosto estúpido e amarelado. Eu poderia encher páginas e mais páginas com lembranças de interiores de casas similares.

Claro que o estado miserável das casas dessas pessoas, às vezes, é culpa delas. Mesmo que você more em uma casa popular e tenha quatro filhos, com uma renda total de trinta e dois xelins e seis centavos por semana do Comitê de Assistência Social, não há necessidade de manter penicos cheios pela sala. Mas, da mesma forma, as circunstâncias em que vivem não encorajam o autorrespeito. O fator determinante é provavelmente o número de crianças. Os interiores mais bem conservados que vi eram sempre em casas sem crianças ou com apenas uma ou duas crianças; com seis filhos em uma casa de três cômodos, fica bastante difícil manter qualquer coisa dentro de um padrão de dignidade. Chama muito a atenção o fato de que as situações mais indignas nunca estão no andar debaixo. Você pode visitar um bom número de casas, mesmo entre os mais pobres desempregados, e ter uma impressão errada. Essas pessoas, você pensa, não poderiam estar tão mal se elas ainda tivessem uma boa quantidade de móveis e louças. Mas é nos cômodos de cima que a desolação da pobreza realmente se mostra. Seja porque o orgulho faz as pessoas se apegarem a seus móveis da sala, ou porque a roupa de cama rende mais empenhada, eu não sei, mas, certamente, muitos dos quartos que eu vi eram locais medonhos. Entre as pessoas que estiveram desempregadas por muitos anos continuamente, eu diria que é exceção encontrar alguém que tenha um jogo completo de roupas de cama. Com frequência, não há nada que possa propriamente ser chamado de roupa de cama – apenas um monte de panos velhos e uma miscelânea de trapos sobre uma armação de cama de ferro. Dessa forma, a superlotação fica agravada. Uma família de quatro pessoas que conheci – pai, mãe e dois filhos – possuíam duas camas, mas só podiam usar uma delas, porque não tinham colchão, lençóis e cobertores para a outra.

Qualquer um que queira ver os piores efeitos da falta de moradia deveria visitar as horríveis casas-trailers que abundam em muitas cidades do Norte. Desde a guerra[14], diante da completa impossibilidade de se obter casas,

---

14 O autor se refere à Primeira Guerra Mundial (1914-1918). (N. da T.)

parte da população migrou para quarteirões supostamente temporários em trailers fixos. Wigan, por exemplo, com uma população de cerca de oitenta e cinco mil habitantes, tem por volta de duzentos trailers com uma família em cada – talvez no total seja algo perto de mil pessoas ao todo. Quantas dessas colônias de trailers existem em toda a área industrial seria difícil de descobrir com precisão. As autoridades locais são reticentes sobre elas e os relatórios censitários de 1931 parecem ter decidido ignorá-los. Mas, até onde eu pude apurar, eles se encontram na maioria das grandes cidades em Lancashire e Yorkshire, e talvez mais ao norte também. A probabilidade é que por todo o Norte da Inglaterra haja milhares, talvez dezenas de milhares de famílias (não indivíduos), que não possuam residência além de um trailer fixo.

Entretanto, o termo "trailer" é bastante enganoso. Ele evoca a imagem de um aconchegante acampamento cigano (com tempo bom, claro), com fogueiras crepitando e crianças colhendo amoras e roupas multicoloridas esvoaçando no varal. As colônias de trailers em Wigan e Sheffield não são assim. Observei várias delas, inspecionei aquelas em Wigan com bastante cuidado, e nunca vi miséria comparável, exceto no Extremo Oriente. De fato, quando as vi, lembrei-me imediatamente das imundas barracas em que vi trabalhadores indianos morando na Birmânia. Mas, de fato, nada no Oriente poderia ser tão ruim, pois no Oriente não há o frio úmido e penetrante para com ele rivalizar, e o sol é desinfetante.

Ao longo das margens do lamacento canal de Wigan, estão trechos de terra onde os trailers foram jogados como se fossem lixo. Alguns são, de fato, de ciganos, mas são muito velhos e estão em mau estado de conservação. A maioria são ônibus de um andar (os menores de dez anos atrás) que tiveram suas rodas removidas e são sustentados por escoras de madeira. Alguns são, simplesmente, vagões com sarrafos semicirculares em cima, sobre os quais uma lona é estendida, de forma que não haja nada entre as pessoas embaixo dela e o ar do lado de fora. Dentro, esses lugares têm normalmente um metro e meio de largura por dois de altura (eu não poderia ficar em pé ereto em quase nenhum deles) e algo entre dois metros e quatro metros e meio de comprimento. Alguns, suponho, sejam habitados por apenas uma pessoa, mas não vi nenhum que de fato tivesse menos de dois habitantes, e outros continham famílias grandes. Um, por exemplo, medindo quatro metros de comprimento, tinha sete pessoas – sete pessoas em cerca de cento e trinta metros cúbicos de espaço, o que significa dizer que cada pessoa tinha para si um espaço bem menor do que um banheiro público. A sujeira e a lotação desses espaços são tamanhas que você não consegue imaginar, a menos que comprove com os próprios olhos e mais especificamente com o nariz. Cada um contém um minúsculo chalé e móveis que possam ser enfiados nele – às vezes duas camas, mais comumente uma, na qual a família toda tem de se amontoar da melhor forma. É quase impossível dormir no chão, porque a umidade vem de baixo. Vi colchões ainda molhados às onze da manhã. No inverno, é tão frio que os chalés têm de ficar com o fogo queimando dia e noite, e as janelas, desnecessário dizer, nunca são abertas. A água é obtida de um hidrante comum a toda a colônia, alguns dos moradores chegam a caminhar cento e quarenta a cento e oitenta metros para conseguir um balde de água. Não há quaisquer instalações sanitárias. A maioria das pessoas constrói uma pequena cabana que serve como banheiro no estreito trecho de chão em volta do trailer, e uma vez por semana cavam um buraco nela para enterrar os dejetos. Todos as pessoas que vi nesses lugares, especialmente as crianças, estavam indescritivelmente sujas, e não duvido que tivessem piolhos também. Não é possível que não tivessem. O pensamento que me atormentava conforme eu passava de trailer em trailer era "O que acontece naqueles interiores exíguos quando alguém morre?", mas esse, claro, era o tipo de pergunta que você raramente ousa fazer.

    Algumas pessoas estão morando em trailers há muitos anos. Teoricamente, a prefeitura está acabando com as colônias de trailers e colocando seus habitantes em casas; mas, como as casas não estão sendo construídas, os trailers permanecem em pé. A maioria das pessoas com quem conversei tinha desistido da ideia de algum dia conseguir uma moradia decente novamente. Elas estavam todas desempregadas, e um emprego e uma casa pareciam a eles algo distante e impossível. Alguns nem pareciam se preocupar; outros compreendiam bastante claramente a miséria na qual estavam vivendo. O rosto de uma mulher não sai da minha cabeça, um rosto cansado, de aparência cadavérica, que carregava um olhar de insuportável sofrimento e degradação. Eu percebi que naquela horrível pocilga, lutando para manter a grande ninhada de filhos limpa, ela se sentia como eu me sentiria se estivesse todo coberto de estrume. É importante lembrar que essas pessoas não são ciganas; são ingleses decentes que já tiveram, exceto as crianças que nasceram ali, um lar próprio um dia; além disso, seus trailers são muito inferiores aos dos ciganos e eles não têm a vantagem de estarem sempre se mudando. Sem dúvida, ainda há pessoas da classe média que acham que as classes inferiores não se importam com esse tipo de coisa e que, se passassem por uma colônia de trailers viajando de trem, imediatamente presumiriam que aquelas pessoas viviam ali por sua própria escolha. Eu nunca discuto com esse tipo de pessoa. Mas vale a pena notar que moradores de trailers nem ao menos poupam dinheiro vivendo ali, pois estão pagando o mesmo aluguel que pagariam por casas. Não conheci um aluguel menor do que cinco xelins por semana (cinco xelins por sessenta metros cúbicos de espaço!) e há até casos em que o aluguel chega a dez xelins. Alguém deve estar lucrando com aqueles trailers! Mas é certo que a contínua existência deles se deve à escassez de moradia, e não diretamente à pobreza.

Conversando uma vez com um minerador, eu perguntei quando que a falta de moradias começou a se tornar aguda no distrito dele; ele respondeu "Quando nos contaram sobre isso", querendo dizer que até recentemente os padrões das pessoas eram tão baixos que elas aceitavam qualquer nível de superlotação como normal. Ele acrescentou que, quando era criança, onze pessoas de sua família dormiam em um quarto e não pensavam nada sobre isso, e que, mais tarde, quando já era adulto, ele e sua esposa tinham morado em umas daquelas casas populares antigas nas quais você não só tem de andar alguns metros para chegar ao banheiro, como tem de esperar em uma fila quando chega lá, já que o banheiro é compartilhado por trinta e seis pessoas. E quando sua esposa teve a doença da qual ela acabou morrendo, ainda tinha de percorrer aqueles cento e oitenta metros até o banheiro. Isso, ele disse, era o tipo de coisa que as pessoas suportariam "até falarem para elas".

Não sei se é verdade. O que é certo é que ninguém hoje acha suportável que onze pessoas durmam em um quarto, e que mesmo pessoas com uma renda razoável sejam vagamente incomodadas pelo pensamento nos "cortiços". Daí o alvoroço em torno de "realojamento" e "limpeza dos cortiços" que temos de tempos em tempos desde a guerra. Bispos, políticos, filantropos gostam de falar ardorosamente sobre "limpeza dos cortiços", porque eles podem, assim, desviar a atenção de assuntos mais sérios e fingir que, se você eliminar os cortiços, elimina a pobreza. Mas essa conversa toda levou a resultados surpreendentemente pequenos. Até onde se descobriu, o acúmulo de pessoas não melhorou, talvez tenha ficado um pouco pior, em comparação a doze anos atrás. Certamente há uma grande variação na velocidade com que diferentes cidades estão atacando o problema de habitação. Em algumas, a construção parece estar quase em um impasse, em outras, está avançando rapidamente e os senhorios particulares estão sendo retirados do negócio. Liverpool, por exemplo, tem sido reconstruída, principalmente com esforços da prefeitura. Sheffield também está sendo posta abaixo e reconstruída bem rapidamente, embora talvez não rápido o suficiente, considerando a imundície incomparável de seus cortiços. [O número de casas da prefeitura em processo de construção em Sheffield no começo de 1936 era mil trezentos e noventa e oito. Para substituir a área dos cortiços totalmente, diz-se que Sheffield necessita de cem mil casas.]

O que não sei é por que o realojamento andou a passos tão lentos no geral e por que algumas cidades conseguem dinheiro emprestado para as construções muito mais facilmente que outras. Essas perguntas teriam de ser respondidas por alguém que soubesse mais sobre a máquina de governo local do que eu. Uma casa da prefeitura normalmente custa algo entre trezentas e quatrocentas libras; custa muito menos quando é construída por "trabalho direto" do que quando construída por contrato. O aluguel dessas casas estaria em uma média de mais de vinte libras por ano sem contar as taxas, de forma que se poderia pensar que, mesmo permitindo despesas suplementares e juros sobre empréstimos, ele pagaria qualquer companhia para construir quantas casas pudessem ser alugadas. Em muitos casos, as casas teriam de ser habitadas por beneficiários do Comitê de Assistência Social, assim os órgãos locais iriam, simplesmente, pegar o dinheiro de um bolso e pôr no outro – por exemplo, desembolsar dinheiro na forma de reparação e tomá-lo de volta na forma de aluguel. Mas eles têm de pagar a reparação em todo caso e, no momento, a proporção do que eles pagam está sendo engolida pelos senhorios particulares. As razões dadas para a baixa taxa de construção são falta de dinheiro e dificuldade de achar espaços – pois as casas da Companhia não são erguidas pouco a pouco, mas em "lotes", às vezes centenas de casas de uma vez. Uma coisa que sempre me parece misteriosa é o fato de tantas cidades do Norte considerarem construir prédios públicos imensos e luxuosos ao mesmo tempo que têm uma necessidade gritante de moradias. A cidade de Barnsley, por exemplo, recentemente gastou perto de cento e cinquenta mil libras em um novo prédio para a prefeitura, sem falar dos banheiros públicos. (Os banheiros públicos em Barnsley contêm dezenove banheiras – essa é uma cidade de 70 mil habitantes, a maioria mineradores, sem que nenhum deles tenha uma banheira em casa!) Por cento e cinquenta mil libras, trezentas e cinquenta casas poderiam ser construídas e ainda sobrariam dez mil libras para gastar na prefeitura. Entretanto, não finjo entender os mistérios do governo local. Simplesmente registro o fato de que casas são necessárias com urgência e elas estão sendo construídas, no geral, com uma lerdeza paralisante.

Ainda assim, casas estão sendo construídas, e projetos de construção da prefeitura, com suas fileiras e mais fileiras de casinhas vermelhas, uma igual à outra, assim como uma ervilha é igual à outra (de onde veio essa expressão? Ervilhas possuem grande individualidade), são uma característica comum dos subúrbios de cidades industriais. Quanto à sua semelhança e como elas se comparam com as casas de cortiços, posso dar uma ideia melhor transcrevendo mais dois excertos do meu diário. A opinião dos locatários sobre suas casas varia bastante, então relatarei uma favorável e uma desfavorável. Ambas são de Wigan e do tipo de casas mais baratas, "sem sala de visitas":

1. **Casa do conjunto residencial Beech Hill.**
    Andar inferior: sala de estar grande com lareira, armários e cômoda fixa, piso de composição vinílica. Pequeno corredor, cozinha grande. Fogão elétrico moderno, alugado da prefeitura por quase o mesmo preço que o fogão a gás.
    Andar de cima: dois quartos grandes e um bem pequeno – adequado apenas para armazenagem ou quarto temporário. Banheiro com privada e água quente.
    Pequeno jardim. Isso varia muito nas casas do conjunto, mas normalmente menor do que um lote.
    Quatro pessoas na família, pais e dois filhos. Marido em bom

emprego. Casa parece bem construída e agradável de olhar. Várias restrições, por exemplo: é proibido criar frango e pombos, receber hóspedes, sublocar ou ter qualquer tipo de negócio sem a permissão da prefeitura. (Fácil de cumprir no caso de receber hóspedes, mas não nos outros.) Locatário muito satisfeito com a casa e orgulhoso dela. Casas nesse conjunto estão bem cuidadas. Prefeitura é boa nos reparos, mas é bem exigente com os locatários quanto à organização do lugar.
Aluguel: 11 xelins e 3 centavos, incluindo as taxas. Tarifa de ônibus até a cidade: 2 centavos.

2. **Casa no conjunto residencial Welly.**
Andar inferior: sala de estar 4 m x 3 m, cozinha bem menor, despensa minúscula sob as escadas, banheiro pequeno, mas bom. Fogão a gás, luz elétrica. Privada do lado de fora.
Andar de cima: um quatro 3,5 m x 3,0 m com uma minúscula lareira, outro do mesmo tamanho sem lareira, outro 2,0 m x 1,8 m. Melhor quarto tem pequeno guarda-roupa embutido na parede. Jardim de cerca de 20 m x 10 m.
Seis pessoas na família, pais e quatro filhos. O mais velho tem 19 anos, a mais velha tem 22. Ninguém trabalha exceto o filho mais velho. Locatários muito descontentes. Suas reclamações são: "Casa é fria, úmida e com correntes de ar. Lareira na sala não esquenta e deixa o recinto muito sujo, por ser muito baixa. Lareira no melhor quarto muito pequena para ser usada. Paredes no andar de cima rachadas. Devido à inutilidade do quarto pequeno, cinco pessoas dormem no mesmo quarto, uma (o filho mais velho) no outro".
Os jardins nesse projeto estão abandonados.
Aluguel: 10 xelins e 3 centavos, taxas inclusas. Distância da cidade pouco mais de um quilômetro – não há ônibus.

Eu poderia dar muitos outros exemplos, mas esses dois são suficientes, já que os tipos de casas da prefeitura não variam muito de um lugar para outro. Duas coisas são claramente óbvias. A primeira é que, por pior que sejam, essas casas são melhores do que as de cortiço que substituíram. O simples fato de possuírem um banheiro e um pedaço de jardim já compensaria qualquer desvantagem. A outra é que são muito mais caras para se morar. É bastante comum para um homem ser despejado de uma casa condenada onde ele está pagando seis ou sete xelins por semana e lhe ser dada uma casa da prefeitura onde ele terá de pagar dez. Isso só afeta aqueles que estão ou estiveram trabalhado recentemente, porque, quando um homem está no Comitê de Assistência Social, seu aluguel é avaliado em um quarto de seu auxílio e, se for mais do que isso, ele consegue uma ajuda extra; de qualquer forma, há certos tipos de casas da prefeitura às quais pessoas que recebem auxílio não são admitidas. Mas há outras formas em que a vida em uma propriedade da prefeitura é cara, esteja o morador trabalhando ou não. Para começar, devido a aluguéis mais altos, o comércio no entorno é muito mais caro e não há uma quantidade muito grande de lojas. De novo, em uma casa separada das outras, relativamente grande, longe do amontoado do cortiço, é muito mais frio e mais combustível tem de ser queimado. E, mais uma vez, há o gasto, especialmente para um homem trabalhando, de ir e vir da cidade. Esse último é um dos problemas mais óbvios do realojamento. A limpeza dos cortiços significa dispersão da população. Quando se reconstrói em grande escala, o que você faz como consequência é esvaziar o centro da cidade e redistribuir a população nos arredores. Isso é muito bom de certa forma; você tira as pessoas de vielas fétidas e as coloca onde há espaço para respirar. Mas, do ponto de vista das pessoas em si, o que você faz é afastá--las oito quilômetros de seu local de trabalho. A solução mais simples seria apartamentos. Se as pessoas estão indo viver em cidades grandes, elas têm de aprender a morar umas em cima das outras. Mas os trabalhadores do Norte não apreciam muito os apartamentos; mesmo onde eles existem, são desdenhosamente chamados de "colmeia". Quase todo mundo diz que quer "uma casa própria", e aparentemente uma casa no meio de um quarteirão ininterrupto cheio de casas de quase cem metros de comprimento soa mais como "casa própria" para eles do que um apartamento situado no meio do ar.

Quero voltar à segunda das duas casas da prefeitura que mencionei acima. O locatário reclamou que a casa era fria, úmida e assim por diante. Talvez, a casa tenha sido construída com material de baixa qualidade, mas também há a possibilidade de ele estar exagerando. Quando foi morar lá, ele tinha vindo de um casebre imundo no meio de Wigan que, por coincidência, eu havia inspecionado antes; enquanto estava lá, ele tinha feito grande esforço para conseguir uma casa da prefeitura e, depois de pouco tempo nessa casa, quis voltar para o cortiço. Parece simplesmente um capricho, mas encobre uma queixa genuína. Em muitos casos, talvez na metade deles, descobri que as pessoas nas casas da prefeitura não gostam delas de fato. Estão contentes por terem saído do fedor do cortiço, sabem que é melhor para seus filhos ter mais espaço para brincar, mas não se sentem de fato em casa. As exceções são geralmente pessoas com bons empregos que podem pagar um pouco mais por combustível, móveis e transporte, e que, de qualquer forma, são de um tipo "superior". Os outros, os típicos habitantes dos cortiços, sentem falta daquele calor de gente amontoada com que estão acostumados. Reclamam que "lá no interior", querem dizer nos limites da cidade, eles estão "passando fome", congelando. Certamente, a maioria das propriedades da prefeitura é sombria no inverno. Em algumas em que estive, empoleiradas em encostas argilosas sem árvores e cortadas por ventos congelantes, seriam lugares horríveis para se viver. Não quer dizer que os moradores do cortiço queiram sujeira e lotação porque eles gostam, como a burguesia de barriga cheia ama acreditar. (Vejam, por exemplo, a conversa sobre a limpeza dos cortiços no livro *O Canto do Cisne*, de Galsworthy,[15] em que a crença cultivada por quem vivia da renda de aluguéis, de que o morador do cortiço é que faz o cortiço, e não vice-versa, é colocada na boca de um judeu filantropo.) Deem às pessoas uma casa mais decente e elas logo aprenderão a mantê-la decente. Além do mais, com uma casa de aparência agradável para morar, eles melhoram a autoestima e a limpeza, e seus filhos começam a ter mais chances na vida. No entanto, em um lote da prefeitura há uma atmosfera desconfortável, parecida com a de uma prisão, e as pessoas que moram lá estão perfeitamente cientes disso.

E é aí que se chega à dificuldade central do problema de moradia. Quando você caminha pelos cortiços de Manchester escurecidos pela fumaça, você

---

15 John Galsworthy (1867-1933), escritor e dramaturgo inglês, ganhou o Prêmio Nobel de Literatura de 1932. *O Canto do Cisne* foi lançado em 1928. (N. da T.)

acha que a única coisa a se fazer é botar abaixo essas abominações e construir casas dignas no lugar. Mas o problema é que, ao destruir os cortiços, você destrói outras coisas também. Há uma escassez imensa de casas e elas não estão sendo construídas com a velocidade desejada; mas, no que diz respeito ao realojamento, a questão é que está sendo feito – talvez seja inevitável – de uma maneira monstruosamente desumana. Não quero dizer simplesmente que as casas novas são feias. Todas as casas são novas em algum momento e, de fato, o tipo de casa que a prefeitura está construindo agora não é, de forma alguma, insultante de se olhar. Nos arredores de Liverpool, há um número tão grande de casas da prefeitura que, juntas, formariam uma cidade, e elas são bastante agradáveis de se ver; os quarteirões de apartamentos de operários no centro da cidade, que tomaram como modelo, acredito eu, os apartamentos de operários em Viena, são prédios definitivamente bonitos. Mas há algo implacável e desalmado no negócio como um todo. Tomemos, por exemplo, as restrições que pesam sobre um morador de casas da prefeitura. Não há permissão para manter sua casa e seu jardim como se quer – em algumas propriedades, há até uma regulamentação que diz que todo jardim tem de ter o mesmo tipo de sebe. Não há permissão para criar frangos ou pombos. Os mineradores de Yorkshire gostam de ter pombos domésticos; eles os têm no quintal dos fundos e os colocam para fora e fazem-nos apostar corrida aos domingos. Mas pombos são aves que trazem sujeira e a prefeitura os aboliu. As restrições sobre lojas são mais sérias. O número de lojas no entorno de um lote da prefeitura é rigidamente limitado, e dizem que é dada preferência a cooperativas e cadeias de lojas; pode não ser totalmente verdade, mas certamente essas são as lojas que normalmente são vistas lá. Isso é bastante ruim para o público em geral, mas do ponto de vista do lojista independente é um desastre. Muitos pequenos lojistas ficaram completamente arruinados por alguns esquemas de realojamento que não tomam nem conhecimento de sua existência. Uma parte inteira da cidade está condenada; atualmente, as casas estão sendo demolidas e as pessoas, transferidas para alguma acomodação a quilômetros de distância. Dessa forma, todos os pequenos lojistas do bairro veem sua clientela ser retirada deles de uma tacada só e não recebem nenhum centavo de compensação. Eles não podem transferir seu negócio para um novo projeto, porque, mesmo que consigam bancar a mudança e os aluguéis muito mais altos, provavelmente lhes seria negada a licença. Quanto aos pubs, eles foram quase completamente banidos dos novos conjuntos habitacionais, e os poucos que restam são lugares decadentes. Todos equipados pelas grandes cervejarias e muito caros. Para a população de classe média, isso seria um incômodo – poderia significar caminhar um quilômetro para conseguir um copo de cerveja; para a classe trabalhadora, que usa o pub como um tipo de clube, é um sério golpe na vida comunitária. É uma grande realização colocar moradores de cortiços em casas decentes, mas é uma infelicidade que, devido aos peculiares ares do nosso tempo, também seja considerado necessário roubar-lhes os últimos vestígios de sua liberdade. As pessoas sentem isso, e é esse sentimento que estão expressando quando reclamam que suas casas novas – muito melhores, como casas, do que as anteriores – são frias, desconfortáveis e "não acolhedoras".

Às vezes, eu penso que o preço da liberdade não é tanto vigília eterna, mas sujeira eterna. Há alguns projetos da prefeitura nos quais piolhos são sistematicamente eliminados dos novos inquilinos antes de eles serem admitidos nas novas casas. Todas as suas posses, exceto o que eles estão vestindo, são tiradas deles, fumigadas e mandadas para a nova casa. Esse procedimento tem seus motivos, pois é uma pena que pessoas acabem levando insetos para dentro das casas novas (um percevejo vai te seguir na sua mala se ele tiver a mínima chance), mas é o tipo de coisa que te faz desejar que a palavra "higiene" possa ser retirada do dicionário. Insetos são ruins, mas um estado de coisas em que os homens permitam que sejam banhados como ovelhas é pior. Talvez, todavia, em um caso de limpeza dos cortiços, deva-se tomar por natural uma certa quantidade de restrições e desumanidade. No final das contas, a coisa mais importante é que as pessoas morem em casas dignas e não em pocilgas. Já vi muitos cortiços passarem por uma espécie de euforia. Um lugar onde as crianças possam respirar um ar limpo, as mulheres tenham algumas conveniências para salvá-las do trabalho estafante e um homem um pedaço de um jardim para plantar deve ser muito melhor do que as ruazinhas de Leeds e Sheffield. No geral, os projetos habitacionais da prefeitura são melhores do que os cortiços, mas por uma diferença pequena.

Quando eu estava analisando a questão da habitação, visitei e inspecionei várias casas, talvez cem ou duzentos ao todo, em várias cidades e vilas mineradoras. Não posso terminar esse capítulo sem comentar sobre a extraordinária cortesia e boa vontade com a qual fui recebido em todos os lugares. Não fui sozinho – sempre tinha algum amigo local entre os desempregados para me mostrar a região –, mas, mesmo assim, seria impertinente ir se infiltrando na casa de pessoas estranhas e pedir para ver as rachaduras na parede do quarto. As pessoas, no entanto, foram surpreendentemente pacientes e pareceram entender, quase sem que precisasse explicar, por que eu as estava entrevistando e o que eu queria. Se qualquer pessoa não autorizada entrasse na *minha* casa e começasse a perguntar se eu tinha muitos problemas com insetos e o que achava do senhorio, eu provavelmente a mandaria para o inferno. Isso só aconteceu comigo uma vez, e naquele caso a mulher era levemente surda e achou que eu fosse um espião do Teste de Meios; mas ela até abrandou depois de um tempo e me deu a informação que eu queria.

Já me disseram que não pega bem para um escritor citar suas próprias críticas, mas quero aqui contradizer uma que recebi no *Manchester Guardian*[16], que diz assim sobre um dos meus livros:

> *"Seja estabelecido em Wigan ou Whitechapel, Orwell ainda exerceria seu poder infalível de fechar os olhos para tudo que é bom a fim de proceder com sua calorosa difamação da humanidade."*

Errado. Orwell ficou estabelecido em Wigan por um bom tempo e isso não lhe inspirou nenhum desejo de difamar a humanidade. Ele gostou muito de Wigan – das pessoas, não do cenário. De fato, ele só tem uma queixa a fazer e é a respeito do aclamado Wigan Pier, que desejava ardentemente ver. Que tristeza! O Wigan Pier havia sido demolido, e nem tinham mais certeza de onde era o local em que ele ficava.

---

16 O diário britânico *The Guardian* era conhecido até 1959 como *Manchester Guardian*. (N. da T.)

5

Quando se veem os números do desemprego na casa dos dois milhões, é extremamente fácil interpretar que dois milhões de pessoas estão fora do trabalho e o resto da população está completamente confortável. Admito que até recentemente eu mesmo tinha o hábito de pensar assim. Costumava calcular que, se você colocasse os desempregados registrados em dois milhões e inserisse os indigentes e os que por um motivo ou outro não estão registrados, poderia chegar ao número de cinco milhões de pessoas subnutridas na Inglaterra (pois todos que recebem algum auxílio são subnutridos).

Esse número é bastante subestimado, porque, em primeiro lugar, as únicas pessoas que aparecem em estatísticas de desemprego são aquelas que estão realmente sacando o benefício – isto é, em geral, os chefes de família. Os dependentes de um homem desempregado não aparecem na lista ao menos que também estejam recebendo um auxílio à parte. Um oficial da Central do Trabalho me disse que, para se chegar ao número real de pessoas vivendo (não sacando) do auxílio, tem-se de multiplicar os números oficiais por pelo menos três. Só isso mostra que o número de desempregados chega a seis milhões. Mas, além disso, há muitas pessoas que estão trabalhando, mas que, de um ponto de vista financeiro, podem muito bem estarem desempregadas, porque não recebem nada que possa ser descrito como um salário com o qual é possível viver. [Por exemplo, um censo recente das fábricas de algodão de Lancashire revelou que mais de quarenta mil empregados em tempo integral recebem menos de trinta xelins por semana cada um. Em Preston, para pegar apenas uma cidade, o número de pessoas recebendo mais de trinta xelins por semana era seiscentos e quarenta e o número de pessoas recebendo menos de trinta xelins era três mil cento e treze.] Consideremos esses e seus dependentes, incluamos, como antes, os pensionistas idosos, os indigentes e outros não classificados e chegamos a uma população de subnutridos de bem mais de dez milhões. Sir John Orr[17] dimensiona em vinte milhões.

---

17 John Boyd Orr (1880-1971), professor, médico, biólogo, fisiologista e político escocês. Ganhou o Prêmio Nobel da Paz de 1949 por sua pesquisa científica em nutrição e seu trabalho como primeiro diretor-geral da Organização das Nações Unidas para Alimentação e Agricultura. (N. da T.)

Consideremos os números de Wigan, que é uma cidade típica dos distritos industriais e mineradores. O número de trabalhadores segurados é por volta de trinta e seis mil (vinte e seis mil homens e dez mil mulheres). Desses, o número de desempregados no começo de 1936 era cerca de dez mil. Mas isso foi no inverno, quando as minas estavam trabalhando na capacidade máxima; no verão, seria provavelmente doze mil. Multipliquemos por três, como acima, e obtemos trinta mil ou trinta e seis mil. A população total de Wigan é um pouco abaixo de oitenta e sete mil; de forma que mais de uma pessoa a cada três – não apenas os trabalhadores registrados – está ou sacando o auxílio ou vivendo exclusivamente do auxílio. Aquelas dez ou doze mil pessoas desempregadas incluem um núcleo regular de quatro a cinco mil mineradores que estiveram continuamente desempregados pelos últimos sete anos. E Wigan não está tão mal quanto cidades industriais. Mesmo em Sheffield, que tinha ido bem no último ano devido a guerras ou rumores de guerra, a proporção de desemprego é mais ou menos a mesma – para três trabalhadores registrados um está desempregado.

Quando um homem fica desempregado pela primeira vez, enquanto seu seguro estiver válido, recebe "benefício integral", sobre o qual incidem as seguintes taxas por semana:

Homem solteiro	17 xelins
Esposa	9 xelins
Cada filho menor de 14 anos	3 xelins

Portanto, em uma família típica de pais e três filhos entre os quais um tem mais de quatorze anos, o valor total do auxílio seria de trinta e dois xelins por semana, mais alguma coisa que pode ser ganha pelo filho mais velho. Quando o seguro expira, antes de ele entrar para o Comitê de Assistência Social, recebe durante vinte e seis semanas um "benefício provisório" do Conselho de Assistência ao Desemprego, sendo as taxas as seguintes por semana:

Homem solteiro	15 xelins
Casal	24 xelins
Filho 14-18 anos	6 xelins
Filho 11-14 anos	4 xelins e 6 centavos
Filho 8-11 anos	4 xelins
Filho 5-8 anos	3 xelins e 6 centavos
Filho 3-5 anos	3 xelins

Assim, no Conselho de Assistência ao Desemprego a renda de uma típica família de cinco pessoas seria de trinta e sete xelins e seis centavos por semana se nenhum filho trabalhasse. Quando um homem recebe benefício do Conselho de Assistência ao Desemprego, um quarto do seu auxílio é considerado aluguel, sendo o mínimo sete xelins e seis centavos por semana. Se o aluguel que ele paga é maior que um quarto de seu benefício, ele recebe um auxílio extra, mas, se é menor do que sete xelins e seis centavos, uma quantia correspondente é deduzida. O pagamento no Comitê de Assistência Social, teoricamente, sai das taxas locais, mas é garantido por um fundo central. As taxas do benefício são, semanalmente:

Homem solteiro	12 xelins e 6 centavos
Casal	23 xelins
Filho mais velho	4 xelins
Outros filhos	3 xelins

Ficando a critério dos conselhos locais, essas taxas variam levemente, e um homem solteiro pode ou não conseguir um extra de dois xelins e seis centavos por semana, aumentando seu benefício para quinze xelins. Como no Conselho de Assistência ao Desemprego, um quarto do auxílio dos homens casados é destinado ao aluguel. Assim, em uma típica família considerada no exemplo acima, o total da renda seria de trinta e três xelins por semana, um quarto disso destinado ao aluguel. Além disso, na maioria dos distritos, uma bolsa-carvão de um xelim e seis centavos por semana (isso é equivalente a cerca de 50 quilos de carvão) é garantida por seis semanas antes e seis semanas depois do Natal.

Pode ser constatado que a renda de uma família que recebe o benefício normalmente fica na média de trinta xelins por semana. Pelo menos um quarto disso é destinado ao aluguel, o que quer dizer que uma pessoa média, criança ou adulto, tem de ser alimentada, vestida, aquecida e cuidada de outras formas com seis ou sete xelins por semana. Enormes grupos de pessoas, provavelmente no mínimo um terço de toda a população das áreas industriais, estão vivendo nesse padrão. O Teste de Meios é rigidamente aplicado, e pode ser que lhe seja recusada a reparação se houver a menor suspeita de que esteja recebendo dinheiro de outra fonte. Trabalhadores das docas, por exemplo, que são geralmente contratados por meio dia, têm de se registrar em uma Central do Trabalho duas vezes por dia; se eles não o fizerem, subentende-se que estão trabalhando e seu auxílio é reduzido proporcionalmente. Vi casos de evasão do Teste de Meios, mas devo dizer que, nas cidades industriais, onde há ainda um pouco de vida comunitária e todos têm vizinhos que os conhecem, é muito mais difícil do que seria em Londres. Normalmente um rapaz que está, na verdade, morando com seus pais tenta obter um endereço de acomodação, de forma que supostamente ele tenha uma instalação separada e receba um benefício separado. Mas há muita espionagem e fofoca. Um homem que conheci, por exemplo, foi visto alimentando os frangos do vizinho enquanto o vizinho estava fora. Reportaram às autoridades que ele tinha um emprego de alimentar frangos e ele teve bastante dificuldade em refutar essa informação. A piada favorita em Wigan era sobre um homem que teve o benefício negado baseado no fato de que ele "trabalhava transportando madeira". Ele fora visto, segundo dizem, carregando madeira à noite. Teve de explicar que não estava transportando madeira, mas estava deixando sua residência à noite para evitar o pagamento do aluguel. A "madeira" era sua mobília.

O efeito mais cruel e maligno do Teste de Meios é a forma com que separa famílias. Pessoas idosas, às vezes acamadas, são tiradas de suas casas por ele. Um pensionista idoso, por exemplo, se for viúvo, normalmente moraria com algum de seus filhos; seus dez xelins semanais vão para as despesas da casa, e provavelmente ele não é malcuidado. Para o Teste de Meios, no entanto, ele conta como um "hóspede" e, se ele fica em casa, o auxílio de seus filhos será reduzido. Então, talvez aos setenta ou setenta e cinco anos, ele tenha de optar por viver em hospedarias, entregando sua pensão para o dono do estabelecimento e praticamente passando fome. Vi vários casos assim. Está acontecendo por toda a Inglaterra nesse momento, graças ao Teste de Meios.

No entanto, apesar da medonha extensão do desemprego, é fato que a pobreza – a pobreza extrema – é menos evidente no Norte industrial do que é em Londres. Tudo é mais pobre e mais miserável, há menos carros a motor e menos pessoas bem vestidas, mas também há menos pessoas que são visivelmente necessitadas. Mesmo em uma cidade do tamanho de Liverpool ou Manchester, você é surpreendido pelo menor número de mendigos. Londres é um tipo de redemoinho que atrai pessoas degradadas para lá, e é tão vasta que a vida é solitária e anônima. Até você infringir a lei, ninguém vai te notar, e você pode desmoronar como não poderia em um lugar onde os vizinhos conhecessem você. Mas, nas cidades industriais, o antigo modo de vida comunitário ainda não se desfez, a tradição ainda é forte e quase todos têm família, portanto, um lar. Em uma cidade de cinquenta mil ou cem mil habitantes, não há uma população informal por explicar; ninguém dormindo nas ruas, por exemplo. Além do mais, há só mais isto a ser dito sobre a regulamentação do desemprego: que ele não desencoraja as pessoas a se casarem. Um homem e sua esposa vivendo com vinte e três xelins por semana não estão longe de passar fome. Mas eles podem construir um lar simples; estão bem melhores que um homem solteiro com quinze xelins. A vida de um homem solteiro desempregado é horrível. Ele às vezes mora em uma hospedaria comum, mas frequentemente em um quarto "mobiliado" pelo qual normalmente paga seis xelins por semana, se virando o melhor que pode com os restantes nove xelins (digamos seis xelins por semana para comida e três para roupas, cigarro e pequenas diversões). Claro que assim ele não irá se alimentar e se cuidar apropriadamente, e um homem que mora em um quarto que custa seis xelins por semana não tem nenhum incentivo para ficar dentro dele mais do que o necessário. Então, passa seus dias vadiando na biblioteca pública ou em qualquer outro local onde possa se esquentar, que é quase que a única preocupação de um homem solteiro desempregado no inverno. Em Wigan, um refúgio favorito é o cinema, que é incrivelmente barato lá. Você sempre consegue um lugar por quatro centavos e, na matinê, em alguns locais, até por dois centavos. Mesmo pessoas quase passando fome pagariam dois centavos para sair do frio horrendo de uma tarde de inverno. Em Sheffield, fui levado até um salão público para ouvir uma palestra de um clérigo e, de longe, foi a pior e mais idiota palestra que eu já tinha ouvido ou esperava ouvir. Achei fisicamente impossível participar; de fato, meus pés me carregaram para fora, parecia que por sua própria vontade, antes que a palestra chegasse à metade. Ainda assim, o salão estava abarrotado de homens desempregados; eles teriam participado de algo bem pior em busca de um lugar quente onde se abrigar.

Houve vezes em que vi homens solteiros que recebiam o auxílio vivendo em extrema pobreza. Em uma cidade, eu me lembro de um grupo deles agachados, mais ou menos clandestinamente, em uma casa abandonada que estava praticamente desmoronando. Eles haviam recolhido restos de móveis, supostamente de depósitos de resíduos, e me lembro que a única mesa que tinham era um suporte de lavatório com cobertura de mármore. Mas esse tipo de coisa é exceção. Um solteiro da classe trabalhadora é uma raridade, contanto que um homem esteja casado, o desemprego altera comparativamente pouco seu estilo de vida. Seu lar é empobrecido, mas, ainda assim, é um lar, e pode-se notar em toda parte que aquela posição anômala criada pelo desemprego – o homem estava sem trabalho enquanto o trabalho da mulher continua como antes – não alterou o status relativo dos sexos. Em um lar da classe trabalhadora, é o homem que é o senhor, e não, como em um lar da classe média, a mulher ou o bebê. Você praticamente nunca verá, por exemplo, em um lar da classe trabalhadora, um homem fazendo o menor serviço doméstico. O desemprego não mudou essa convenção, que parece um pouco injusta. O homem fica ocioso de manhã até a noite, mas a mulher está mais ocupada do que nunca – mais ainda, para dizer a verdade, porque ela tem de se virar com menos dinheiro. Até onde posso dizer pela minha experiência, as mulheres não protestam. Acredito que elas, assim como os homens, sentem que o homem perderia sua masculinidade se, simplesmente por estar desempregado, se transformasse em uma "'dona de casa".

Mas não há dúvidas sobre o sufocante e debilitante efeito do desemprego sobre todos, casados ou solteiros, e sobre os homens mais do que sobre as mulheres. Os melhores intelectuais não se posicionarão contra isso. Uma ou duas vezes aconteceu de eu encontrar homens desempregados de genuína habilidade literária; há outros que não encontrei, mas cujos trabalhos vejo ocasionalmente nas revistas. Às vezes, com longos intervalos, esses homens escrevem um artigo ou um conto que é bem melhor do que a maioria das coisas que são endossadas pelos críticos. Por que, então, fazem pouco uso de seu talento? Eles têm todo o tempo livre do mundo; por que não se sentam e escrevem livros? Porque para escrever livros você precisa não apenas de conforto e solidão – e solidão nunca é fácil de conseguir em um lar da classe trabalhadora –, mas precisa também de paz de espírito. Você não consegue se concentrar em nada, não consegue comandar o espírito de esperança no qual tudo tem de ser criado com aquela nuvem má e sombria do desemprego pairando sobre você. Apesar disso, um desempregado que se sente bem em meio aos livros pode se ocupar lendo. Mas e aquele que tem dificuldade para ler? Tomemos um minerador, por exemplo, que trabalhou em uma mina desde a infância e foi treinado para ser nada mais que um minerador. Com que diabos ele irá preencher os dias vazios? É absurdo dizer que ele deve procurar por trabalho. Não há trabalho a ser encontrado, e todos sabem disso. Você não pode continuar procurando trabalho todos os dias por sete anos. Há as hortas, que ocupam o tempo e ajudam a alimentar uma família, mas em uma cidade grande só há hortas para uma pequena parcela da população. Há, então, os centros ocupacionais que começaram alguns anos atrás a ajudar os desempregados. No geral, esse movimento foi um fiasco, mas alguns dos centros ainda estão florescendo. Visitei um ou dois deles. Há abrigos em que os homens podem se aquecer e há aulas periódicas de carpintaria, sapataria, trabalho com couro, cesto, alga marinha, teares, etc., etc., etc.; a ideia é que os homens possam fazer móveis e outras coisas, não para vender, mas para suas próprias casas, podem usar as ferramentas de graça e materiais a baixo custo. A maioria dos socialistas com quem conversei denuncia esse movimento assim como denuncia o projeto – muito se fala dele, mas não se chega a lugar nenhum com ele – por dar aos desempregados pequenas posses. Eles dizem que os centros ocupacionais são simplesmente um mecanismo para manter os desempregados quietos e dar-lhes a ilusão de que algo está sendo feito por eles. Sem dúvida, esse é o motivo subjacente. Mantenha um homem ocupado remendando botas e é menos provável que ele leia o *Daily Worker*[18]. Há também uma desagradável atmosfera de Associação Cristã de Jovens nesses lugares que você pode sentir assim que entra. Os desempregados que os frequentam são, na maioria, do tipo que presta reverência – o tipo que te diz muito polidamente que ele é "Temperança" e vota no partido conservador. Mesmo aqui você se sente dividido. Pois provavelmente é melhor que um homem perca seu tempo com uma baboseira tal qual artesanato com alga marinha do que não fazer absolutamente nada durante anos.

De longe, quem mais está fazendo pelos desempregados é o Movimento Nacional dos Trabalhadores Desempregados (MNTD). Essa é uma organização revolucionária que pretende manter os desempregados unidos, impedi-los de furar greve e aconselhá-los legalmente contra o Teste de Meios. É um movimento que foi construído em cima de nada com os centavos e esforços dos próprios desempregados. Vi bastante coisa feita pelo MNTD, e admiro bastante os homens, esfarrapados e mal alimentados como os outros, que mantêm a organização viva. Admiro mais ainda o tato e a paciência com que eles fazem isso, pois não é fácil convencer as pessoas que são beneficiárias do Comitê de Assistência Social a contribuir com uma cota de um centavo por semana. Como disse antes, a classe trabalhadora inglesa não mostra muita capacidade de liderança, mas tem um maravilhoso talento para organização. Todo o movimento sindical comprova isso; assim como os excelentes clubes dos homens trabalhadores – realmente um tipo de pub cooperativo esplendidamente organizado – que são muito comuns em Yorkshire. Em muitas cidades, o MNTD possui abrigos e organiza discursos de palestrantes comunistas. Mas, mesmo nesses abrigos, os homens que vão lá não fazem nada além de sentar-se em torno do fogão e ocasionalmente jogar dominó. Se isso pudesse ser combinado com algo mais ao longo das filas dos centros ocupacionais, chegaria mais perto do que é necessário. É algo terrível ver um homem capacitado correr para se fincar, ano após ano, em completa e desesperançada ociosidade. Não deve ser impossível dar a ele a chance de usar suas mãos e construir móveis e outras coisas para sua própria casa sem

---

18 Jornal publicado pelo Partido Comunista de 1930 a 1966. (N. da T.)

transformá-lo em um bebedor de chocolate da Associação Cristã de Jovens. Devemos encarar o fato de que vários milhões de homens na Inglaterra nunca irão – a menos que uma outra guerra ecloda – ter um emprego real enquanto viverem. Uma coisa que provavelmente poderia ser feita – e certamente deve ser feita de fato – é dar a cada homem desempregado um pedaço de terra e ferramentas de graça se ele assim escolheu. É vergonhoso que homens que se espera que vivam do Comitê de Assistência Social nem ao menos tenham a chance de cultivar vegetais para suas famílias.

Para estudar o desemprego e seus efeitos, você tem de ir até as áreas industriais. No Sul, o desemprego existe, mas ele é disperso e estranhamente discreto. Há vários distritos rurais onde quase não se ouve falar de um homem sem trabalho, e não se vê em lugar nenhum o espetáculo de quarteirões inteiros de cidades vivendo do auxílio e do Comitê de Assistência Social. É só quando você dorme na rua onde ninguém tem um emprego, onde conseguir um emprego parece tão provável quanto possuir um avião e muito menos provável do que ganhar cinquenta libras no Bilhar do Futebol, que você começa a ter uma noção das mudanças pelas quais nossa civilização está passando. Pois uma mudança está acontecendo, não há dúvidas sobre isso. A atitude da classe trabalhadora submersa é profundamente diferente do que era sete ou oito anos atrás.

Eu me conscientizei do problema do desemprego pela primeira vez em 1928. Naquela época, eu havia acabado de voltar da Birmânia, onde o desemprego era apenas uma palavra, e eu tinha ido para lá quando ainda era um garoto e o *boom* do pós-guerra ainda não tinha passado. Quando eu vi homens desempregados pela primeira vez em bairros próximos, o que me horrorizou e surpreendeu foi descobrir que muitos deles tinham vergonha de estarem desempregados. Eu era muito ignorante, mas não tão ignorante para imaginar que, quando a perda de mercados internacionais deixa dois milhões de homens fora do trabalho, esses dois milhões não têm mais culpa do que as pessoas que não obtêm resultados na bolsa de apostas em corridas de cavalos em Calcutá. Mas, naquela época, ninguém se importava em admitir que ele provavelmente iria continuar. As classes médias ainda falando sobre "vadios preguiçosos e vagabundos vivendo do auxílio", e naturalmente essas opiniões atravessavam até mesmo a classe trabalhadora. Lembro-me de quão perplexo me senti quando pela primeira vez estive em meio a vagabundos e mendigos, ao descobrir que uma boa proporção, talvez um quarto, desses seres que fui ensinado a olhar como parasitas cínicos eram jovens mineradores decentes e colhedores de algodão encarando seus destinos com o mesmo tipo de espanto apalermado de um animal preso numa armadilha. Eles simplesmente não conseguiam entender o que estava acontecendo com eles. Haviam sido criados para trabalhar e parecia que nunca mais teriam a oportunidade de trabalhar de novo. Nas circunstâncias em que estavam era inevitável, primeiramente, que fossem assombrados por um sentimento de degradação pessoal. Essa era a atitude diante do desemprego naqueles dias: era um desastre que acontecia a *você* como um indivíduo e cuja culpa era *sua*.

Quando duzentos e cinquenta mil mineradores estão desempregados, é parte da ordem das coisas que Alf Smith, um minerador morando nas ruas escondidas de Newcastle, estivesse desempregado. Alf Smith é simplesmente um dos duzentos e cinquenta mil, um número apenas. Mas nenhum ser humano acha fácil ver a si mesmo como um número apenas. Contanto que Bert Jones do outro lado ainda esteja empregado, Alf Smith tende a se sentir desonrado e fracassado. Daí aquele horrível sentimento de impotência e desespero que é quase o pior mal do desemprego – muito pior do que qualquer dificuldade, pior do que a desmoralização do ócio forçado, o único menos ruim do que a degeneração física dos filhos de Alf Smith, nascidos no Comitê de Assistência Social. Qualquer um que tenha visto Greenwood encenar *Love on the Dole*[19] [Amor sob o Auxílio] deve se lembrar do terrível momento em que o trabalhador pobre, bom e tolo bate na mesa e grita "Ó, Deus, mandai-me um trabalho!". Isso não era exagero dramático. Era um toque de realidade. Aquele grito deve ter sido proferido, quase que com as mesmas palavras, em dezenas de milhares, talvez centenas de milhares de lares ingleses, nos últimos quinze anos.

Mas acho que não mais – ou, pelo menos, não com tanta frequência. As pessoas estão parando de lutar contra as autoridades. Afinal, mesmo

---

19 Romance escrito por Walter Greenwood (1903-1974) em 1933 sobre a pobreza da classe trabalhadora no Norte da Inglaterra nos anos 1930. Em 1934, foi adaptado para o teatro. (N. da T.)

a classe média – sim, os jogadores de bridge de categoria abaixo de seus competidores nas cidades do interior – está começando a compreender que existe uma coisa chamada desemprego. A frase "Minha querida, não acredito nessa baboseira toda sobre desemprego. Porque na semana passada nós precisávamos de um homem para cuidar do jardim e simplesmente não achamos ninguém. Eles não querem trabalhar, isso sim!", que você escutava em toda digna mesa de chá cinco anos atrás, está ficando perceptivelmente menos frequente. Quanto à classe trabalhadora em si, ganhou imensamente em conhecimento econômico. Acredito que o *Daily Worker* conseguiu um feito grande aqui: sua influência não tem ligação nenhuma com sua circulação. Mas, de qualquer forma, eles aprenderam uma lição bem clara, não apenas porque o desemprego está muito difundido, mas porque está durando muito. Quando as pessoas vivem de auxílio por anos seguidos, elas ficam acostumadas com ele, e sacar o auxílio, embora permaneça sendo desagradável, deixa de ser vergonhoso. Dessa forma, a tradição do velho e independente asilo de pobres é enfraquecida, assim como o antigo medo da dívida é enfraquecido pelo sistema de compra a prazo de bens. Nas ruazinhas de Wigan e Barnsley, vi todo tipo de privação, mas provavelmente vi muito menos miséria deliberada do que teria visto dez anos atrás. As pessoas entenderam, de qualquer forma, que o desemprego é uma coisa que elas não podem evitar. Não é apenas Alf Smith que está sem trabalho agora; Bert Jones também está, e ambos estão há anos. Isso faz uma diferença enorme quando as coisas são as mesmas para todos.

Então, vemos populações inteiras acomodando-se, por assim dizer, a uma vida que depende do Comitê de Assistência Social. E o que eu acho admirável, talvez haja um pouco de esperança aí, é que eles conseguiram fazer isso sem desmoronar espiritualmente. Um homem trabalhador não se desintegra sob a pressão da pobreza tanto quanto um da classe média. Por exemplo, o fato de a classe trabalhadora não achar nada de errado em se casar estando vivendo do auxílio pode incomodar a velha senhora em Brighton, mas é uma prova do bom senso essencial que eles possuem; eles compreendem que perder o emprego não significa que você deixa de ser um ser humano. Assim, de certa forma, as coisas nas áreas depreciadas não são tão ruins quanto poderiam ser. A vida ainda é bastante normal, mais normal do que se tem o direito de esperar. Famílias estão empobrecidas, mas o sistema familiar não se rompeu. As pessoas estão, efetivamente, vivendo uma versão reduzida de suas vidas anteriores. Em vez de se enraivecer contra seus destinos, eles tornaram as coisas toleráveis ao baixar o nível de seus padrões.

Não necessariamente baixam seus padrões cortando os luxos e se concentrando nas necessidades; com mais frequência é o contrário – a forma mais natural, se você parar para pensar. Daí o fato de que, em uma década de depressão inigualável, o consumo de todos os luxos mais baratos aumentou. As duas coisas que provavelmente fizeram a maior diferença foram os filmes e a produção em massa de roupas baratas desde a guerra. O jovem que abandona a escola aos quatorze anos e arruma um emprego que não possibilita crescimento ou melhoria estará desempregado aos vinte, provavelmente para sempre; mas, por duas libras e dez xelins, ele consegue comprar a prazo um terno que, se olhado de relance, parece que foi feito sob medida na Savile Row[20]. Uma moça pode parecer com alguém famoso em um anúncio de moda por menos ainda. Você consegue ter moedas de meio centavo no bolso e nenhuma perspectiva no mundo, e apenas um cantinho em um quarto com vazamento para onde voltar; mas, com suas roupas novas, é possível ficar na esquina, deliciando-se em um devaneio à luz do dia como Clark Gable ou Greta Garbo, o que pode ser uma boa recompensa. E mesmo em casa há, geralmente, pelo menos uma xícara de chá – uma "bela xícara de chá" – e o pai, que está desempregado desde 1929, fica temporariamente feliz porque tem um bom palpite para a corrida de cavalos.

O comércio, desde a guerra, teve de se adequar para atender às demandas de pessoas mal pagas e mal alimentadas, o que resultou em um item considerado de luxo sendo hoje quase sempre mais barato que uma necessidade. Um par de sapatos simples custa tanto quanto um muito sofisticado. Pelo preço de uma refeição requintada você compra um quilo de doces baratos. Você não compra muita carne com três centavos, mas compra uma bela porção de peixe com fritas. Meio litro de leite custa três centavos, e mesmo a cerveja mais fraca sai por quatro centavos meio litro, mas aspirinas são sete comprimidos por um centavo e você consegue espremer quarenta

---

20 Rua no bairro de Mayfair, em Londres, famosa pelas casas de alfaiataria. (N. da T.)

xícaras de chá de um pacote de cento e quinze gramas. E, acima de tudo, tem o jogo, o mais barato dos luxos. Mesmo as pessoas quase passando fome podem comprar uma esperança que dura alguns dias ("algo pelo que viver", como eles dizem) apostando um centavo em um bolão. O jogo organizado praticamente adquiriu o status de uma grande indústria. Um fenômeno como o Bilhar do Futebol, por exemplo, movimenta cerca de seis milhões de libras por ano, quase tudo dos bolsos das pessoas da classe trabalhadora. Por acaso eu estava em Yorkshire quando Hitler reocupou a Renânia. Hitler, Locarno, o fascismo e a ameaça de guerra mal geraram interesse local, mas a decisão da Associação de Futebol de parar de publicar as rodadas com antecedência (era uma tentativa de sufocar o Bilhar do Futebol) moveu toda Yorkshire em uma tempestade de fúria. E então há o estranho espetáculo da moderna ciência elétrica despejando milagres em cima de uma população de barriga vazia. Você pode tremer a noite toda por não ter cobertores, mas de manhã vai à biblioteca pública e lê uma notícia que foi telegrafada, para o seu bem, de São Francisco ou Cingapura. Vinte milhões de pessoas estão mal alimentadas, mas literalmente todo mundo na Inglaterra tem acesso a um rádio. O que perdemos em comida ganhamos em eletricidade. Partes inteiras da classe trabalhadora que foram despojadas de tudo que realmente precisam estão sendo compensadas, em partes, pelos pequenos luxos que mitigam a superfície da vida.

Você considera tudo isso desejável? Não, eu não. Mas pode ser que o ajuste psicológico que a classe trabalhadora está visivelmente fazendo seja o melhor que ela possa fazer nessas circunstâncias. Ela nem se tornou revolucionária nem perdeu o respeito por si mesma; simplesmente manteve o controle e se acostumou a fazer o melhor das coisas em um padrão peixe com fritas. A alternativa seria sabe-se lá quais agonias desesperadas e infinitas; ou poderiam ser tentativas de insurreições que, em um país fortemente governado como a Inglaterra, apenas levaria a massacres fúteis e a um regime de repressão selvagem.

Claro que o desenvolvimento pós-guerra de pequenos luxos foi algo muito favorável para nossos governantes. É bastante provável que peixe com fritas, meias de seda, salmão enlatado, chocolate a preço reduzido (cinco barras de cinquenta e cinco gramas por seis centavos), os filmes, o rádio, chá forte e

O caminho para Wigan Pier

o Bilhar do Futebol, tudo isso reunido tenha evitado a revolução. Portanto, às vezes nos dizem que a coisa toda é uma manobra astuta dos governantes – do tipo "pão e circo" – para manter o desempregado na desgraça. O que já vi dos nossos governantes não me convence que eles tenham essa inteligência toda. A coisa aconteceu, mas por um processo inconsciente – a interação bastante natural entre a necessidade que o produtor tem de um mercado e a necessidade que as pessoas à beira da fome têm de paliativos baratos.

75

6

Quando eu era menino e estava na escola, um palestrante costumava vir uma vez por semestre e dar aulas excelentes sobre as famosas batalhas do passado, tais como Blenheim, Austerlitz, etc. Ele gostava de citar a máxima de Napoleão "Um exército marcha com seu estômago", e no final da palestra, de repente, se virava para nós e perguntava "Qual a coisa mais importante no mundo?". Esperava que nós disséssemos "Comida!", e se não disséssemos ele ficava decepcionado.

Obviamente, por um lado ele estava correto. Um ser humano é primariamente um saco no qual se colocar comida; as outras funções e capacidades podem ser mais endeusadas, mas em um dado momento elas vêm depois. Um homem morre e é enterrado e todas as suas palavras e ações são esquecidas, mas a comida que ele comeu vive depois dele no som ou nos ossos podres de seus filhos. Acho que é plausível discutir que as dietas são mais importantes que mudanças de dinastias ou mesmo religião. A Grande Guerra, por exemplo, nunca teria acontecido se a comida enlatada não tivesse sido inventada. E a história dos últimos quatrocentos anos na Inglaterra teria sido imensamente diferente se não fosse pela introdução do cultivo de raízes e vários outros vegetais no final da Idade Média, e um pouco mais tarde a introdução de bebidas não alcoólicas (chá, café, chocolate) e também de destilados aos quais os bebedores de cerveja ingleses não estavam acostumados. Ainda assim é curioso como raramente toda essa importância da comida é reconhecida. Você vê estátuas por todos os lados de políticos, poetas, bispos, mas nenhuma de cozinheiros ou curadores de bacon ou verdureiros. Dizem que o imperador Carlos V erigiu uma estátua ao inventor dos defumadores, mas esse é o único exemplo de que consigo me lembrar no momento.

Então, talvez, o que é mesmo importante sobre os desempregados, a coisa verdadeiramente básica se você olhar para o futuro, é a dieta da qual eles estão vivendo. Como disse antes, uma família média de desempregados vive com uma renda de cerca de trinta xelins por semana, da qual pelo menos um quarto é destinado ao aluguel. Vale a pena ver no detalhe como o dinheiro restante é gasto. Tenho aqui um orçamento que me foi fornecido por um minerador e sua esposa. Pedi a eles que fizessem uma lista que representasse o mais precisamente possível seus gastos em uma semana típica. O subsídio desse homem era de trinta e dois xelins por semana, e ele tinha dois filhos, além da esposa, um de dois anos e cinco meses e outro de dez meses. Aqui está a lista:

Itens	Preço
Aluguel	9 xelins e ½ centavo
Cooperativa de Roupas	3 xelins
Carvão	2 xelins
Gás	1 xelim e 3 centavos
Leite	10 centavos e ½
Taxas sindicais	3 centavos
Seguro (para filhos)	2 centavos
Carne	2 xelins e 6 centavos
Farinha (12 kg)	3 xelins e 4 centavos
Fermento	4 centavos
Batatas	1 xelim
Gordura de carne	10 centavos
Margarina	10 centavos
Bacon	1 xelim e 2 centavos
Açúcar	1 xelim e 9 centavos
Chá	1 xelim
Geleia	7 centavos e ½
Ervilhas e repolho	6 centavos
Cenouras e cebolas	4 centavos
Aveia	4 centavos e ½
Sabão, anil, etc.	10 centavos
Total	1 libra e 12 centavos

Além disso, três pacotes de leite em pó eram fornecidos semanalmente para os bebês pela Clínica do Bem-Estar das Crianças. Um ou dois comentários se fazem necessários. Para começar, a lista deixa muita coisa de fora – graxa, pimenta, vinagre, fósforos, madeira, lâminas de barbear, reposição de utensílios, o desgaste da cama e de outros móveis, para mencionar os primeiros que me ocorrem. Qualquer dinheiro gasto com isso significaria redução em algum outro item. Uma despesa mais séria é com o tabaco. Esse homem era um fumante moderado, mesmo assim, o tabaco raramente custaria menos que um xelim por semana, o que significa uma redução mais tarde na comida. As "cooperativas de roupas", pelas quais os desempregados pagam bastante, são geridas por grandes negociantes de tecidos em todas as cidades industriais. Sem eles seria impossível para os desempregados comprarem roupas novas. Não sei se eles compram roupas de cama por esses clubes. Essa família em particular, como acabei sabendo, praticamente não possuía roupa de cama.

Na lista acima, se você direcionar um xelim para o tabaco e deduzir isso e outros itens não alimentícios, sobram dezesseis xelins e cinco centavos e meio. Digamos dezesseis xelins e deixemos o bebê fora da conta, pois ele estava recebendo seus pacotes de leite semanais da Clínica de Bem-Estar. Esses dezesseis xelins têm de bancar toda a alimentação, incluindo o combustível, de três pessoas, sendo dois adultos. A primeira pergunta é se seria ao menos teoricamente possível para três pessoas serem adequadamente alimentadas com dezesseis xelins na semana. Quando o debate sobre o Teste de Meios estava em progresso, houve uma briga desagradável sobre a quantia mínima semanal com a qual um ser humano poderia manter-se vivo. Pelo que me lembro, uma corrente de nutricionistas chegou a cinco xelins e nove centavos, enquanto outra corrente, mais generosa, estabeleceu cinco xelins e nove centavos e meio. Depois disso, chegaram cartas aos jornais de várias pessoas que clamavam se alimentar na semana com quatro xelins. Aqui está um orçamento semanal (ele foi impresso na *New Statesman*[21] e também no *News of the World*[22]) que peguei entre outros:

---

21 Revista semanal britânica de conteúdo político publicada desde 1913. (N. da T.)
22 Jornal tabloide britânico publicado semanalmente aos domingos. (N. da T.)

Itens	Preço
3 pães integrais	1 xelim
250 g de margarina	2 centavos e ½
250 g de gordura de carne derretida	3 centavos
500 g de queijo	7 centavos
500 g de cebola	1 centavo e ½
500 g de cenoura	1 centavo e ½
500 g de biscoitos quebrados	4 centavos
1 kg de tâmaras	6 centavos
1 lata de leite em pó	5 centavos
10 laranjas	5 centavos
Total	1 libra e 12 centavos

Notem que esse orçamento não contém nada para combustível. Na verdade, o autor explicitamente declarou que não poderia pagar pelo combustível e comeu sua comida crua. Se a carta era genuína ou uma pegadinha, não importa no momento. O que eu acho que deve ser admitido é que essa lista representa um gasto tão sensato quanto possa ser calculado; a pessoa tinha de viver com três xelins e onze centavos e meio em uma semana, praticamente não podia extrair mais valor alimentar daí do que isso. Então, talvez, seja possível se alimentar adequadamente com o subsídio do Comitê de Assistência Social se a pessoa se concentrar nos itens alimentícios essenciais; mas só assim.

Agora, comparemos essa lista com o orçamento do minerador desempregado que eu dei antes. A família do minerador gasta apenas dez centavos por semana em vegetais verdes e dez centavos e meio em leite (lembremos que há uma criança de menos de três anos), e nada em frutas; mas eles gastam um xelim e nove centavos em açúcar (cerca de 3 quilos e meio de açúcar) e um xelim em chá. A meia coroa gasta em carne pode representar um pedaço pequeno e os materiais para fazer um cozido; às vezes, pode significar quatro ou cinco latas de carne moída. A base da dieta deles, entretanto, é pão de farinha branca e margarina, carne moída, chá adoçado e batatas – uma dieta desoladora. Não seria melhor se eles gastassem mais dinheiro em itens integrais e naturais como laranjas e pão integral ou se, como o autor da carta à *New Statesman*, poupassem combustível e comessem as cenouras cruas? Sim, seria, mas o ponto é que nenhum ser humano comum vai fazer uma coisa dessas. O ser humano comum logo morreria de fome em vez de viver de pão integral e cenouras cruas. E o mal peculiar é este, que quanto menos dinheiro você tem, menor a tendência a gastar em comida mais saudável. Um milionário pode desfrutar seu café da manhã com suco de laranja e biscoitos com fibras; um homem desempregado, não. Aqui começamos a ver o efeito daquela tendência que mencionei no final do último capítulo. Quando se está desempregado, que significa dizer quando se está mal alimentado, maltratado, entediado e triste, você não quer comer uma comida integral sem graça. Você quer comer algo um pouco mais "gostoso". Sempre há alguma coisa barata para te tentar. Vamos comprar três centavos de batatas fritas! Saia correndo e compre um sorvete de dois centavos! Acenda a chaleira e tomaremos uma bela xícara de chá! É assim que sua mente funciona quando você está no nível de um beneficiário do Comitê de Assistência Social. Pão branco e margarina e chá adoçado não te alimentam muito, mas eles são *mais legais* (pelo menos, a maioria das pessoas acha) do que pão integral e gordura de carne e água fria. O desemprego é uma miséria sem fim que tem de ser constantemente atenuada, e especialmente com chá, o ópio do homem inglês. Uma xícara de chá, ou mesmo uma aspirina, é muito melhor como um estimulante temporário do que a crosta de um pão integral.

Os resultados de tudo isso são visíveis em uma degeneração física que você pode estudar diretamente, usando os olhos, ou inferindo, olhando as estatísticas vitais. A média de estatura nas cidades industriais é terrivelmente baixa, mais baixa até que em Londres. Em Sheffield, você tem a sensação de estar caminhado entre uma população de trogloditas. Os mineradores são homens esplêndidos, mas normalmente pequenos, e o simples fato de que seus músculos estão enrijecidos pelo trabalho constante não significa que seus filhos começam a vida com uma condição física melhor. De qualquer forma, os mineradores são fisicamente o melhor exemplo da população. O sinal mais óbvio de subnutrição é a má saúde bucal. Em Lancashire, teríamos de procurar muito até encontrar uma pessoa da classe trabalhadora com bons dentes naturais. Na verdade, veem-se poucas pessoas com dentes naturais, além das crianças; e mesmo os dentes das crianças têm uma aparência levemente azulada, que significa, provavelmente, deficiência de cálcio. Vários dentistas me disseram que nos distritos industriais uma pessoa acima dos trinta anos com algum dente natural é uma anomalia. Em Wigan, várias pessoas me confessaram que era melhor se livrar dos dentes o mais cedo possível. "Dentes são uma desgraça", uma mulher me disse. Em uma casa em que fiquei, havia, além de mim, cinco pessoas, a mais velha tinha quarenta e três e o menino mais novo, quinze. Deles, o garoto era o único que possuía dentes naturais, e os dentes dele obviamente não durariam muito. Quanto às estatísticas vitais, o fato de que, em qualquer grande cidade industrial, as taxas de mortalidade e de mortalidade infantil entre os mais pobres são sempre cerca de o dobro das taxas nos bairros mais abastados – bem mais que o dobro em alguns casos – praticamente não requer comentário.

Claro que não se deve imaginar que más condições físicas são unicamente devido ao desemprego, pois é provável que a média de estatura venha declinando em toda a Inglaterra há bastante tempo, e não meramente entre os desempregados nas áreas industriais. Isso não pode ser estatisticamente provado, mas é uma conclusão que se impõe sobre nós se usarmos os olhos, mesmo em áreas rurais e mesmo em cidades prósperas como Londres. No dia em que o corpo do Rei George V passou por Londres em direção à Abadia de Westminster, aconteceu de eu ficar preso uma ou duas horas na Trafalgar Square. Ao olhar em volta, era impossível não se impressionar pela decadência física da Inglaterra moderna. As pessoas ao meu redor não eram da classe trabalhadora na sua maioria; eram lojistas – o tipo vendedor com um toque de prosperidade. Mas, que cenário formavam! Membros fracos, rostos enfermos, debaixo do choroso céu de Londres! Raramente se via um homem bem formado ou uma mulher com aparência digna, nem uma feição saudável em lugar nenhum. Conforme o caixão do rei foi passando, os homens tiraram seus chapéus, e um amigo que estava na multidão do outro lado da rua Strand me disse depois "O único toque colorido eram as cabeças carecas". Mesmo os guardas, pareceu-me – havia um batalhão caminhando ao lado do caixão –, não eram o que costumavam ser. Onde estão aqueles homens enormes com o peito como um tonel e bigodes como as asas de águias que atravessavam minha visão de infância vinte ou trinta anos atrás? Enterrados, suponho, na lama de Flandres. No lugar deles estão esses meninos com suas caras pálidas que foram escolhidos pela altura e, consequentemente, parecem varas vestidas com casacos – a verdade é que, na Inglaterra moderna, um homem com mais de um metro e oitenta geralmente é só pele e osso e nada mais. Sei que o físico do inglês diminuiu, não há dúvida de que, em partes, é devido ao fato de que a Grande Guerra cuidadosamente selecionou um milhão dos melhores homens da Inglaterra e os assassinou, muito antes de eles terem tido tempo de procriar. Mas o processo deve ter começado mais cedo, e isso se deve, em última instância, ao estilo de vida não saudável, por exemplo, causado pela industrialização. Eu não me refiro ao hábito de morar em cidade – provavelmente a cidade é mais saudável do que o campo, de muitas maneiras –, mas à técnica industrial moderna que fornece substitutos baratos para tudo. Podemos descobrir, a longo prazo, que comida enlatada é arma mais mortal do que uma metralhadora.

 É uma tristeza que a classe trabalhadora inglesa – a nação inglesa no geral, nesse sentido – seja excepcionalmente ignorante sobre comida e a desperdice. Já apontei em outros lugares quão civilizada é a ideia que um trabalhador braçal francês tem do que é uma refeição comparado com um inglês, e não acredito que você vá ver em uma casa francesa o desperdício que geralmente vê nas inglesas. Claro, nos lares mais pobres, onde todos estão desempregados, você não vê muito desperdício real, mas, naqueles em que as pessoas podem comprar um pouco mais, sempre há. Eu poderia dar exemplos assombrosos disso. Mesmo o hábito nortista de assar o próprio pão é levemente esbanjador em si, porque uma mulher sobrecarregada de trabalho não consegue assar mais do que uma vez, no máximo duas vezes, por semana e é impossível dizer de antemão quanto pão será desperdiçado, de forma que uma certa quantidade sempre terá de ser jogada fora. O usual é assar seis pães grandes e doze pequenos de uma vez. Isso tudo é parte da velha e generosa atitude inglesa diante da vida, e é uma qualidade adorável, mas desastrosa no momento.

 Trabalhadores ingleses em todos os lugares, até onde eu sei, recusam pão integral; normalmente é impossível comprar pão integral em um bairro de classe trabalhadora. Eles, às vezes, justificam dizendo que esse tipo de pão é "sujo". Suspeito que o real motivo seja que no passado o pão integral era confundido com o pão preto, que é tradicionalmente associado com o papado e sapatos de madeira. (Eles já têm o bastante do papado e de sapatos de madeira em Lancashire. Uma pena que não tenham o pão preto também!) Mas o paladar inglês, especialmente da classe trabalhadora, agora automaticamente rejeita boa comida. O número de pessoas que preferem ervilhas e peixes enlatados a ervilhas e peixes de verdade deve estar crescendo ano a ano, e muitas pessoas que poderiam colocar leite de verdade em seu chá iriam preferir aquele leite enlatado – ou mesmo aquele leite enlatado horrível que é feito de açúcar e farinha de milho e traz na embalagem os dizeres "INADEQUADO PARA BEBÊS" em letras enormes. Em alguns bairros, estão sendo feitos esforços para ensinar os desempregados sobre valor alimentar e sobre gastar o dinheiro de forma mais inteligente. Quando você fica sabendo de uma coisa como essa, tem o lado bom e o lado ruim. Ouvi um palestrante comunista ficar muito bravo com isso. Em Londres, ele disse, grupos de damas da sociedade têm agora a coragem de entrar nas casas do leste londrino e dar lições de compras para as esposas dos desempregados. Ele citou isso como um exemplo da mentalidade da classe governante inglesa. Primeiro, você condena uma família a viver com trinta xelins por semana, e depois você tem a maldita impertinência de dizer a eles como têm de gastar seu dinheiro. Ele estava bem certo – concordo plenamente. Embora, ao mesmo tempo, seja uma pena que, simplesmente pela falta de uma tradição apropriada, as pessoas engulam porcarias como leite enlatado e nem mesmo saibam que é inferior ao produto da vaca.

Tenho dúvidas, no entanto, se os desempregados iriam, no final das contas, se beneficiar caso aprendessem a gastar seu dinheiro mais economicamente. Pois é somente o fato de que não são econômicos que mantém seus subsídios tão altos. Um inglês associado ao Comitê de Assistência Social recebe quinze xelins por semana porque essa é a menor quantia com a qual é concebível se manter vivo. Se ele fosse, digamos, um trabalhador indiano ou japonês, que pode viver de arroz e cebolas, não receberia quinze xelins por semana – teria sorte se recebesse quinze xelins em um mês. Nossos auxílios aos desempregados, embora miseráveis, são concebidos para atender uma população com padrões muito altos e pouca noção de economia. Se os desempregados aprendessem a ser melhores gerentes, estariam visivelmente muito melhores, e eu imagino que isso não seria muito antes que o auxílio fosse proporcionalmente reduzido.

O preço baixo do combustível ajuda a mitigar o desemprego no Norte. Em qualquer local nas áreas carvoeiras, o preço do carvão no varejo é de cerca de um xelim e seis centavos por cinquenta quilos. No sul da Inglaterra, é cerca de um xelim e seis centavos. Além do mais, mineradores na ativa geralmente podem comprar carvão direto da mina a oito ou nove xelins a tonelada, e aqueles que têm um porão em suas casas, às vezes, estocam uma tonelada e a vendem (ilegalmente, suponho) para aqueles que estão sem trabalho. Mas, fora isso, há um roubo imenso e sistemático de carvão pelos desempregados. Chamo de roubo porque tecnicamente é isso, embora não prejudique ninguém. Na "sujeira" que é despachada da mina vai junto uma certa quantidade de pedaços de carvão, e pessoas desempregadas passam bastante tempo recolhendo-os dos depósitos de resíduos. Durante todo o dia, sobre aquelas estranhas montanhas cinza, você vê pessoas vagando de um lado para o outro com sacos e cestos em meio àquela fumaça sulfurosa (muitos depósitos contêm algo queimando debaixo da superfície), capturando minúsculos pedaços de carvão que ficam enterrados aqui e ali. Você encontra homens indo embora, pedalando bicicletas estranhas feitas em casa e ao mesmo tempo maravilhosas – bicicletas feitas de partes enferrujadas coletadas em pontos de descarga de dejetos, sem selins, sem correntes e quase sem os pneus – sobre as quais estão sacolas penduradas contendo talvez vinte e cinco quilos de carvão, fruto de meio dia de buscas. Em tempos de greve, quando todos estão com pouco combustível, os mineradores aparecem com picaretas e pás e se enterram nos depósitos de resíduos, de onde vem a aparência de rede que a maioria dos depósitos tem. Durante greves longas, em lugares onde há afloramento do carvão à superfície, eles afundam minas de superfície e as carregam por metros para dentro da terra.

Em Wigan, a competição entre pessoas desempregadas pelas sobras de carvão tornou-se tão agressiva que levou a um costume extraordinário chamado "escalada pelo carvão", que vale a pena ver. Na verdade, eu preferiria que isso nunca tivesse sido filmado. Um minerador desempregado me levou para vê-lo em uma tarde. Chegamos ao local, uma cadeia de montes de velhos depósitos de resíduos com uma ferrovia correndo pelo vale abaixo. Duzentos homens esfarrapados, cada um com um saco e ferramenta atados a seus casacos, esperavam sobre um desses montes que eles chamam de *broo*.

Quando a sujeira sobe da mina, ela é carregada em vagões e um motor as leva até o topo de outro depósito de resíduos quatrocentos metros dali e a descarrega lá. O processo de "escalada do carvão" consiste em subir no trem enquanto ele está se movendo; qualquer vagão em que você conseguir embarcar enquanto estiver em movimento passa a ser "seu" vagão. Naquele dia, na hora que o trem surgiu no horizonte, com um grito selvagem, cem homens desceram a ladeira para pegá-lo na curva. Mesmo na curva, o trem ia a trinta quilômetros por hora. Os homens se arremessavam sobre ele, agarravam as anilhas na traseira do vagão e se içavam usando os para-choques, cinco ou seis deles em cada vagão. O motorista nem notou. Ele dirigia até o topo do depósito de resíduos, desatava os vagões e corria com o motor de volta para a mina, fazendo em seguida com uma nova sequência de vagões. Havia o mesmo alvoroço desenfreado de figuras esfarrapadas como antes. No final, apenas cerca de cinquenta homens não conseguiam entrar em algum vagão.

Nós caminhamos até o topo do depósito de resíduos. Os homens estavam escavando a sujeira e jogando para fora dos vagões, enquanto embaixo suas esposas e filhos ficavam ajoelhados, rapidamente escarafunchando a sujeira úmida com as mãos e retirando pedaços de carvão do tamanho de um ovo ou menores. Era comum ver uma mulher lançar-se sobre um minúsculo fragmento, limpá-lo em seu avental e analisá-lo para ter certeza de que era carvão, e com zelo colocá-lo em sua sacola. Claro, quando você está em cima de um vagão, não dá para saber de antemão o que vai nele; pode ser "sujeira" mesmo das estradas ou simplesmente xisto dos tetos. Se for um vagão de xisto, não haverá nenhum pedaço de carvão nele, mas em meio ao xisto ocorre uma outra rocha inflamável chamada hulha, que se parece muito com xisto comum, mas é levemente mais escura e conhecida por se dividir em linhas paralelas, como a ardósia. Dá um combustível razoável, não bom o suficiente para ter valor comercial, mas bom o suficiente para ser avidamente caçado pelos desempregados. Os mineradores sobre o vagão de xisto pegavam a hulha e a partiam com seus martelos. Lá embaixo, no fundo do *broo*, as pessoas que não haviam conseguido subir em nenhum vagão ficavam coletando minúsculas farpas que vinham descendo – fragmentos menores que uma avelã, mas estavam felizes o bastante por pegá-los.

Ficamos lá até o trem se esvaziar. Em duas horas, as pessoas haviam escavado a sujeira até o último grão. Penduraram suas sacolas no ombro ou na bicicleta e partiram para um difícil percurso de três quilômetros de volta para Wigan. A maioria das famílias tinha juntado cerca de vinte e cinco quilos de carvão e hulha, de forma que, no total, devem ter roubado dez toneladas de combustível. Esse negócio de roubar os vagões de dejetos ocorre todos os dias em Wigan, sobretudo no inverno, e em mais de uma mina de carvão. Claro que é extremamente perigoso. Ninguém ficou ferido na tarde em que eu estive lá, mas um homem teve ambas as pernas cortadas algumas semanas antes, e outro perdeu vários dedos uma semana depois. Tecnicamente é roubo, mas, como todos sabem, se o carvão não fosse roubado, seria simplesmente desperdiçado. Às vezes, em nome da formalidade, as empresas de minas de carvão processam alguém por roubar carvão, e na edição daquela manhã do jornal local havia uma fotografia dizendo que dois homens receberam uma multa de dez xelins. Mas as pessoas não ligam para os processos – na verdade, um dos homens mencionados no jornal estava lá naquela tarde – e os "ladrões" de carvão se revezam entre eles para pagar as multas. Assume-se que seja normal. Todos sabem que os desempregados têm de conseguir combustível de alguma forma. Então, toda tarde, centenas de homens arriscam seus pescoços e centenas de mulheres escarafuncham na lama por horas – e tudo isso por vinte e cinco quilos de combustível de qualidade inferior, que valeriam nove centavos.

Aquela cena fica na mente como uma das imagens de Lancashire: mulheres abatidas, vestindo seus xales, com seus aventais de saco e pesados tamancos negros, ajoelhadas na lama cinzenta e ao sopro de um amargo vento, procurando avidamente por minúsculas lascas de carvão. Estão contentes por fazer isso. No inverno, ficam desesperadas por combustível; é mais importante que comida. Enquanto isso, ao redor, até onde o olho alcança, estão os depósitos de resíduos e os guindastes das minas, e nenhuma daquelas minas consegue vender todo o carvão que são capazes de produzir. Isso deve ser solicitado ao Major Douglas[23].

---

23 Major Clifford Hugh Douglas (1879-1952), engenheiro britânico e pioneiro no movimento de reforma do crédito econômico-social. (N. da T.)

7

Conforme se viaja na direção norte, o olho, acostumado com o sul ou o leste, não nota muita diferença até que passe de Birmingham. Em Coventry, pode-se muito bem se sentir em Finsbury Park, e o Bull Ring em Birmingham não difere muito do Norwich Market, e entre todas as cidades do centro do país há trechos de civilização com vilarejos indistinguíveis daqueles do Sul. É apenas quando se chega um pouco mais ao norte, nas cidades das olarias, que se começa a encontrar a feiura real da industrialização – uma feiura tão terrível e tão surpreendente que a gente se sente obrigado, por assim dizer, a chegar a um acordo com ela.

Um depósito de resíduos é, na melhor das hipóteses, uma coisa hedionda, por ser tão sem planejamento e sem função. É algo que foi simplesmente despejado na terra, como se esvaziassem um cesto de lixo gigantesco. Nos arredores das cidades mineradoras, há paisagens horrorosas onde o horizonte está completamente cercado por montanhas cinza, repletas de lama na base e, por cima, cabos de aço nos quais tonéis de dejetos viajam lentamente por quilômetros. Com frequência há fogo nos depósitos de resíduos, e à noite é possível ver os pequenos riachos vermelhos de chama, além do movimento lento das labaredas azuis sulfurosas, que sempre parecem estar a ponto de expirar, mas explodem de novo. Mesmo quando um depósito afunda, como acaba acontecendo no final, apenas uma grama marrom maléfica cresce ali, e ela contribui para a aparência de rede na superfície. Um depósito que fica nos cortiços de Wigan, usado como parque de diversões, parece um mar recortado que, de repente, foi congelado; o "colchão de lã", como é chamado localmente. Mesmo séculos depois que arados tiverem passado sobre locais onde um dia existiram minas, os lugares de antigos depósitos de resíduos ainda poderão ser distinguíveis a partir de um avião.

Lembro-me de uma tarde de inverno no pavoroso ambiente de Wigan. Em volta havia aquela paisagem lunar de depósitos de resíduos, e ao norte, pelos desfiladeiros, entre as montanhas de dejetos, era possível ver as chaminés das fábricas emitindo nuvens de fumaça. O caminho do canal era uma mistura de cinzas e lama congelada, cruzado por pegadas de inúmeros tamancos, e por tudo em volta, até os depósitos de resíduos na distância, estendiam-se os "clarões" – piscinas de água parada que tinha penetrado nos vazios provocados pela diminuição de antigas minas. Era horrivelmente frio. Os "clarões" eram cobertos de gelo da cor âmbar, os barqueiros estavam agasalhados até os olhos em sacos, as travas dos portões tinham gelo como se fossem barbas. Parecia um mundo do qual a vegetação havia sido banida; nada existia exceto fumaça, xisto, gelo, lama, cinzas e água suja. Mas Wigan é até bonita comparada a Sheffield. Sheffield, suponho, poderia justamente clamar por ser chamada a mais feia cidade do Mundo Antigo: seus habitantes, que querem que ela seja proeminente em tudo, muito provavelmente clamam por isso eles mesmos. Tem uma população de meio milhão e contém prédios cada vez menos decentes do que uma vila média do leste da Inglaterra de quinhentos habitantes. E o fedor! Se, em raros momentos, deixamos de sentir o cheiro de enxofre, é porque começamos a sentir o cheiro de gás. Mesmo o rio raso que corre pela cidade é amarelo brilhante devido a um ou outro produto químico. Uma vez, parei na rua e contei o número de chaminés de fábricas que podia ver; havia trinta e três, mas teria muito mais se o ar não estivesse obscurecido pela fumaça. Uma cena em especial perdura na minha memória. Um terrível trecho de terreno baldio (de alguma forma, lá em cima, um pedaço de terreno baldio alcança um nível de feiura que seria impossível até em Londres) com grama pisada e cheio de jornais e panelas velhas. À direita, uma fileira esquelética e isolada de casas de quatro cômodos, vermelho-escuro, enegrecidas pela fumaça. À esquerda, uma visão interminável de chaminés de fábricas, desaparecendo em uma bruma sombria. Atrás de mim, um aterro ferroviário feito de resíduos de fornos. Na frente, do outro lado do trecho de terreno baldio, um prédio cúbico de tijolos amarelos e vermelhos, com a placa "Thomas Grocock, serviços de frete".

À noite, quando não se consegue ver as medonhas formas das casas devido à escuridão, uma cidade como Sheffield assume uma espécie de magnificência sinistra. Às vezes, as correntes de fumaça são rosadas, devido ao enxofre, e chamas serrilhadas, como serrotes circulares, espremem-se debaixo das chaminés da fundição. Pelas portas abertas da fundição, veem-se serpentes raivosas de ferro sendo puxadas por garotos avermelhados, e é possível ouvir o zumbido e o murro dos martelos a vapor, seguido pelo grito do ferro sob a pancada. As cidades ceramistas são quase igualmente feias de um jeito mais trivial. Bem em meio às fileiras de casas enegrecidas, uma boa parte da rua por assim dizer, estão os "bancos de argila" – chaminés cônicas de tijolos como garrafas de vinho gigantes enterradas no solo e arrotando fumaça na sua cara. É possível encontrar fossos de argila monstruosos a centenas de metros e quase tão profundos, com pequenos tonéis enferrujados rastejando sobre ferrovias em correntes, de um lado, e, do outro, homens agarrados como descobridores de safiras e cortando a face do penhasco com suas picaretas. Eu fiz aquele caminho com neve, e mesmo ela era negra. A melhor coisa que se pode dizer das cidades de olaria é que elas são bastante pequenas e acabam abruptamente. A menos de quinze quilômetros, você estará em um campo limpo e elas serão apenas uma mancha à distância.

Quando se contempla uma feiura como essa, duas perguntas lhe ocorrem. Primeiro: isso é inevitável? Segundo: isso importa?

Não acredito que haja qualquer coisa inerente e inevitavelmente feio sobre a industrialização. Uma fábrica ou mesmo uma estação de gás não é obrigada por sua própria natureza a ser feia, não mais que um palácio, um canil ou uma catedral. Tudo depende da tradição arquitetônica do período. As cidades industriais do Norte são feias porque foram construídas em uma época em que os métodos modernos de construção em aço e redução de fumaça eram desconhecidos, e todos estavam ocupados demais fazendo dinheiro para pensar em qualquer outra coisa. Elas continuam sendo feias principalmente porque os nortistas acostumaram-se e nem notam mais. Muitas pessoas em Sheffield ou Manchester, se sentissem o cheiro dos penhascos da Cornualha, provavelmente diriam não perceber a diferença. Mas, desde a guerra, a indústria inclinou-se a se mudar na direção do sul e, com isso, ficou quase que agradável. A típica fábrica do pós-guerra não é uma caserna esquálida ou um horrível caos de escuridão com chaminés que arrotam fumaça sem parar; é uma estrutura branca brilhante de concreto, vidro e aço, cercada de grama verde e canteiros de tulipas. É só notar as fábricas pelas quais se passa quando se sai de Londres pela Great Western Railway; elas podem não ser triunfos estéticos, mas certamente não são feias do mesmo modo que as estações de gás de Sheffield. De qualquer forma, embora a feiura da industrialização seja a coisa mais óbvia nela e aquilo que todo novato se pronuncia contra, tenho dúvidas se ela é centralmente importante. E sendo a industrialização o que é, talvez nem seja desejável que se disfarce de outra coisa. Como Aldous Huxley genuinamente observou, um moinho sombrio e satânico tem de parecer com um moinho sombrio e satânico, e não como um tempo de deuses misteriosos e esplêndidos. Além do mais, mesmo na pior das cidades industriais, é possível ver muitas coisas que não são feias em um sentido estético rígido. Uma chaminé que arrota fumaça ou um cortiço fedorento são repulsivos, principalmente, porque implicam vidas corrompidas e crianças doentes. Ao olhar para elas de um ponto de vista puramente estético, pode-se constatar um certo apelo macabro. Acho que tudo escandalosamente estranho geralmente acaba me fascinando mesmo quando eu abomino. As paisagens da Birmânia, que, quando eu estava lá, me estarreciam a ponto de povoarem meus pesadelos, depois pairaram em minha mente como fantasmas, de tal forma que fui obrigado a escrever um romance sobre o assunto para me livrar delas. (Em todos os romances sobre o Oriente, o cenário é o verdadeiro assunto.) Provavelmente, seria bastante fácil extrair uma história da beleza, como Arnold Bennett[24] fez, da escuridão das cidades industriais; pode-se facilmente imaginar Baudelaire[25], por exemplo, escrevendo um poema sobre o depósito de resíduos. Mas a beleza ou feiura da industrialização quase não importa. Seu real malefício jaz bem mais profundamente e é bastante indelével. É importante lembrar disso, porque existe sempre a tentação de pensar que a industrialização é inofensiva, contanto que seja limpa e organizada.

Mas, quando você vai para o Norte industrial, percebe que está bastante separado do cenário não familiar, fica consciente de adentrar uma terra desconhecida. Em parte por causa de certas diferenças reais que de fato existem, mas, ainda mais, por causa da polaridade norte-sul que nos foi incutida por muito tempo no passado. Existe na Inglaterra um curioso culto ao Norte, um tipo de esnobismo nortista. Alguém de Yorkshire quando estiver no Sul irá tomar o cuidado de deixar claro que considera os sulistas inferiores. Se lhe for perguntado o porquê, ele explicará que é apenas no Norte que a vida é "real", que o Norte é habitado por pessoas "reais" e o Sul, meramente por pessoas que vivem de pagamentos de aluguel e seus parasitas. O nortista tem

---

24 Arnold Bennett (1867 – 1931), romancista britânico. (N. da T.)
25 Charles Baudelaire (1821 – 1867), poeta francês. (N. da T.)

"garra", ele é sombrio, "obstinado", valente, caloroso e democrático; o sulista é esnobe, efeminado e preguiçoso – de qualquer forma, essa é a teoria. Logo, o sulista vai para o Norte, que seja pela primeira vez, com o vago complexo de inferioridade de um homem civilizado aventurando-se entre selvagens, enquanto o homem de Yorkshire, assim como o escocês, vem a Londres com o espírito de um bárbaro que está lá para pilhar. E sentimentos desse tipo, que são o resultado de uma tradição, não são afetados por fatos visíveis. Apenas um inglês de um metro e sessenta de altura e setenta e quatro centímetros de tórax sente que como um inglês ele tem um físico superior ao de Carnera[26] (sendo Carnera um latino), dá-se o mesmo com o nortista e o sulista. Lembro-me de um homenzinho magro de Yorkshire, que quase com certeza sairia correndo se um fox-terrier avançasse contra ele, dizendo-me que no Sul da Inglaterra ele se sentia como "um invasor selvagem". Mas o culto é com frequência adotado por pessoas que não nasceram no Norte. Um ou dois anos atrás, um amigo, criado no Sul, mas vivendo no Norte, me levava por Suffolk em um carro. Passamos por uma vila muito bonita. Ele olhou com desaprovação para as casinhas e disse:

> *"Claro que a maioria das vilas em Yorkshire são horríveis, mas as pessoas de lá são esplêndidas. Aqui é o contrário – vilas bonitas e gente detestável. Todas aquelas pessoas nas casinhas são imprestáveis, absolutamente imprestáveis".*

Não resisti e perguntei se ele conhecia alguém naquela vila. Não, ele não conhecia, mas, porque era o leste da Inglaterra, as pessoas eram obviamente imprestáveis. Outro amigo, de novo um sulista de nascimento, não perde a oportunidade de elogiar o Norte em detrimento do Sul. Aqui está um excerto de uma de suas cartas para mim:

> *"Estou em Clitheroe, Lancashire... Acho que água corrente é bem mais atrativa na charneca e nas montanhas do campo do que no sul abundante e indolente. O rio Trent, presunçoso e prateado, diz Shakespeare; quanto mais ao sul, mais presunçoso, digo eu."*

---

26 Primo Carnera (1906 - 1967), pugilista italiano campeão dos pesos-pesados. (N. da T.)

Aqui está um exemplo interessante do ritual nortista. Não apenas eu e você e todos no sul da Inglaterra descritos como "abundantes e indolentes", mas até a água, quando chega a uma certa latitude, deixa de ser H2O e se torna algo misticamente superior. Mas o interesse nessa passagem é que seu autor é um homem extremamente inteligente, de opiniões "avançadas" e que não sentiria nada além de desprezo pelo nacionalismo em sua forma ordinária. Apresente a ele uma premissa como "um britânico vale por três estrangeiros" e ele a repudiaria com horror. Mas, quando é uma questão de Norte versus Sul, ele está bastante pronto para generalizar. Todas as distinções nacionalistas – todas declaram ser melhores do que os outros porque têm um diferente formato do crânio ou falam um dialeto diferente – são completamente espúrias, mas são importantes, contanto que as pessoas acreditem nelas. Não há dúvida sobre a convicção inata do inglês de que aqueles que vivem mais ao sul dele são seus inferiores; mesmo nossa política internacional é, até certo ponto, governada por isso. Acredito, portanto, que vale a pena apontar quando e por que isso veio a existir.

Quando o nacionalismo primeiro se tornou uma religião, os ingleses olharam para o mapa e, notando que suas ilhas ficavam muito para cima no Hemisfério Norte, desenvolveram a agradável teoria de que quanto mais ao norte você mora, mais virtuoso você se torna. As histórias que me foram contadas quando eu era um garotinho começavam explicando de um modo ingênuo que um clima frio tornava as pessoas mais enérgicas, enquanto um clima quente as deixava preguiçosas; vem daí a derrota da Armada Espanhola. Esse disparate sobre a energia superior dos ingleses (na verdade, o povo mais preguiçoso da Europa) está em voga há, pelo menos, cem anos. "É melhor para nós", escreve um crítico da *Quarterly Review*[27] de 1827, "sermos condenados a trabalhar pelo bem do nosso país do que desfrutar em meio a oliveiras, vinhedos e vícios". "Oliveiras, vinhedos e vícios" reúne a atitude normal dos ingleses para com as raças latinas. Na mitologia de Carlyle, Creasey etc., o nortista ("teutônico", mais tarde "nórdico") é retratado como um camarada forte, vigoroso, com bigodes loiros e moral pura, enquanto o sulista é dissimulado, covarde e licencioso. Essa teoria nunca foi estendida

---

27 Jornal literário e político britânico que circulou de 1809 a 1967. (N. da T.)

até seu final lógico, que teria significado assumir que as melhores pessoas no mundo eram os esquimós, mas envolveu admitir que as pessoas que viviam ao norte de nós eram superiores a nós. Daí, em partes, o culto à Escócia e coisas escocesas que marcaram a vida inglesa tão profundamente durante os últimos cinquenta anos. Mas foi a industrialização que deu à rixa norte-sul seu peculiar viés. Até bem recentemente, a parte norte da Inglaterra era a parte retrógrada e feudal, e a indústria estava concentrada em Londres e no Sudeste. Na Guerra Civil, por exemplo, grosso modo uma guerra entre o dinheiro e o feudalismo, o Norte e o Oeste estavam do lado do rei e o Sul e o Sudeste, do Parlamento. Mas, com o crescente uso do carvão, a indústria migrou para o Norte, e lá surgiu um novo tipo de homem, o homem de negócios nortista que se fez sozinho – o sr. Rouncewell e o sr. Bounderby de Dickens[28]. O homem de negócios do norte, com sua odiosa filosofia "se dê bem ou dê o fora", era a figura dominante do século XIX, e como um cadáver tirânico ainda nos domina hoje. Esse é o tipo edificado por Arnold Bennett – o tipo que começa com meia coroa[29] e termina com cinquenta mil libras, e cujo principal orgulho é ser um camponês ainda maior depois de fazer dinheiro. Sob análise, sua única virtude acaba sendo o talento para ganhar dinheiro. Fomos ordenados a admirá-lo porque, embora seja tacanho, sórdido, ignorante, ganancioso e rude, ele tinha "garra", ele "se deu bem"; em outras palavras, ele soube como ganhar dinheiro.

Esse tipo de hipocrisia é hoje puro anacronismo, pois o homem de negócios do norte não é mais próspero. Mas as tradições não são mortas por fatos, e a tradição da "garra" do nortista persiste. Ainda se sente vagamente que ele irá "se dar bem", por exemplo, fazer dinheiro, onde um sulista irá fracassar. No fundo da mente de toda pessoa de Yorkshire e de todo escocês que vem a Londres, há a imagem de Dick Whittington[30] quando garoto, que começa vendendo jornal e termina como prefeito. E isso, lógico, está muito longe da sua pretensão. Mas, um grande erro que se pode cometer é imaginar

---

28 O sr. Rouncewell é um personagem do romance *A Casa Soturna* [Bleak House, 1853] e o sr. Bounderby, de *Tempos Difíceis* [Hard Times, 1854], de Charles Dickens (1812-1870). (N. da T.)
29 Uma coroa equivalia a cinco xelins. (N. da T.)
30 Richard Whittington (1354-1423), mercador do final do período medieval, que foi quatro vezes prefeito de Londres. (N. da T.)

que esse sentimento se estende para a genuína classe trabalhadora. Quando fui a Yorkshire pela primeira vez, alguns anos atrás, imaginei que estivesse indo para uma terra de camponeses. Estava acostumado com a pessoa de Yorkshire que vivia em Londres com suas arengas intermináveis e o orgulho da suposta vivacidade de seu dialeto ("É melhor prevenir do que remediar", como dizemos no West Riding[31]), e eu esperava encontrar um bom tanto de indelicadeza. Mas não vi nada do tipo, pelo menos não entre os mineiros. Na verdade, os mineradores de Lancashire e Yorkshire me trataram com tanta gentileza e educação que era até constrangedor; pois, se há um tipo de homem a quem eu me sinto inferior, é o minerador. Certamente, ninguém mostrou qualquer sinal de desprezo por mim pelo fato de eu vir de uma parte diferente do país. Isso tem sua importância quando a gente lembra que o esnobismo regional dos ingleses é nacionalismo em miniatura; pois sugere que esnobar alguém devido ao local de origem não é característico da classe operária.

Há, no entanto, uma real diferença entre Norte-Sul e, no mínimo, um toque de verdade naquela imagem do sul inglês como uma enorme Brighton habitada por conquistadores de eventos sociais. Por razões climáticas, a classe de parasitas que vive de dividendos tende a se estabelecer no sul. Em uma cidade algodoeira de Lancashire, passam-se meses sem que se ouça um sotaque "instruído", enquanto quase não há cidade no sul da Inglaterra onde se possa atirar um tijolo sem atingir uma "sobrinha" de bispo. Consequentemente, sem nenhuma aristocracia fútil para ditar o ritmo, o aburguesamento da classe trabalhadora, embora esteja ocorrendo no Norte, é lento. Todos os sotaques, por exemplo, persistem fortemente, enquanto os do Sul estão ruindo diante de filmes e da BBC. Logo, o sotaque "instruído" classifica a pessoa mais como um estrangeiro do que como parte da fútil aristocracia; e isso é uma imensa vantagem, pois torna bem mais fácil entrar em contato com a classe trabalhadora.

Mas é sempre possível ser realmente íntimo da classe trabalhadora? Terei de discutir isso mais tarde; só vou dizer agora que não acho que seja possível. Sem dúvida, é mais fácil no Norte do que seria no Sul encontrar

---

31 Nome de uma das antigas divisões no condado de Yorkshire; as outras duas eram East Riding e North Riding. (N. da T.)

pessoas da classe trabalhadora aproximadamente nas mesmas condições. É bastante fácil viver na casa de um minerador e ser aceito como alguém da família; já com um trabalhador de fazenda no Sul provavelmente seria quase impossível. Vi o bastante da classe trabalhadora para evitar idealizá-los, mas sei que se pode aprender muito em uma casa da classe trabalhadora, se ao menos você conseguir entrar. O ponto essencial é que seus ideais e preconceitos de classe média são testados no contato com outros que não são necessariamente melhores, mas são, certamente, diferentes.

Tomemos, por exemplo, as diferentes atitudes diante da família. Uma família da classe trabalhadora permanece unida assim como o faz uma da classe média, mas a relação é bem menos tirânica. Um homem trabalhador não tem aquele peso fatal do prestígio da família pendendo do seu pescoço como uma pedra de moinho. Apontei antes que uma pessoa da classe média, submetida à pobreza, sucumbe totalmente, e isso geralmente ocorre devido à influência de sua família – ao fato de que ele tem inúmeros parentes resmungando ou pressionando-o dia e noite por fracassar em "se dar bem". O fato de que a classe trabalhadora sabe se unir e a classe média não sabe, provavelmente se deve às suas diferentes concepções de lealdade familiar. Você não pode ter um sindicato eficaz de trabalhadores da classe média, porque em tempos de greve quase toda esposa da classe média iria encorajar seu marido a furar a greve e tomar o emprego de outro. Outra característica da classe trabalhadora, a princípio desconcertante, é a sua franqueza com qualquer um que considerem um igual. Se você oferecer a um trabalhador algo que ele não quer, ele te diz que não quer; uma pessoa da classe média aceitaria para evitar ofender. E, de novo, tomemos a atitude da classe trabalhadora diante da "educação". Como é diferente da nossa, e como é imensamente mais sólida! Trabalhadores com frequência demonstram uma vaga reverência pela aprendizagem em outras pessoas, mas, quando a "educação" diz respeito a eles mesmos, eles não se deixam enganar e a rejeitam com um instinto saudável. Na minha época, eu costumava lamentar por imagens bem fantasiosas de rapazes de quatorze anos sendo arrastados da aula sob protestos e colocados para trabalhar em empregos desalentadores. A mim parecia terrível que o destino de um "emprego" fosse cair sobre um garoto de quatorze anos. Claro que agora eu sei que não há um só garoto da classe operária em mil que não anseie pelo dia em que deixará a escola. Ele quer realizar um trabalho de verdade, não perder seu tempo em bobagens ridículas como história e geografia. Para a classe trabalhadora, a noção de permanecer na escola até quase ser adulto parece meramente desprezível e covarde. A ideia de um rapagão de dezoito anos, que deveria trazer para seus pais uma libra por semana, ir para a escola em um uniforme ridículo e ainda ser fustigado por não fazer suas lições... Impossível! Apenas imagine um rapaz de dezoito se permitindo castigar! Ele é um homem quando o outro ainda é um bebê. Ernest Pontifex, no livro *The Way of All Flesh*, de Samuel Butler[32], depois de ter tido alguns vislumbres da vida real, olhou para atrás, para seus anos na escola pública e na universidade, e descobriu um "deboche doentio e incapacitante". Há mais coisas na vida da classe média que soam doentias e incapacitantes quando se olha da perspectiva da classe trabalhadora.

Em um lar da classe trabalhadora – não estou pensando no desempregado, mas em lares comparativamente prósperos –, você respira uma atmosfera aconchegante, decente, profundamente humana, que não é tão fácil de encontrar em outro lugar. Devo dizer que o trabalhador braçal, se ele estiver em um trabalho regular e obtendo bons ganhos – e esse "se" vai ficando cada vez maior –, tem mais chances de ser feliz do que um homem "instruído". Sua vida doméstica parece entrar em um formato naturalmente mais são e agradável. Com frequência fiquei impactado pela completude peculiar e tranquila, a simetria perfeita, por assim dizer, do interior do lar da classe trabalhadora no seu melhor. Especialmente em noite de inverno após o chá, quando o fogo brilha na lareira e dança espelhado no guarda-fogo de aço; quando o pai, em mangas de camisa, se senta na cadeira de balanço de um lado da lareira lendo os resultados das corridas, e a mãe se senta do outro com sua costura, as crianças estão felizes com balas de menta de um centavo, e o cachorro se refestela no capacho – é um bom lugar para se estar, desde que você não apenas esteja ali, mas seja parte dali para ser tomado como algo natural.

---

32 Samuel Butler (1835-1902), romancista e crítico inglês, escreveu o romance *The Way of All Flesh* entre 1873 e 1884, mas ele só foi publicado, postumamente, em 1903. (N. da T.)

Essa cena ainda é reduplicada na maioria dos lares ingleses, embora não em tantos como antes da guerra. A felicidade depende grandemente de uma questão – se o pai tem trabalho. Mas a imagem que invoquei, de uma família da classe operária sentada em volta do fogo depois de comer uns arenques e tomar um chá forte, faz parte apenas de nosso próprio momento no tempo e não poderia pertencer nem ao futuro nem ao passado. Adiante duzentos anos no futuro utópico e essa cena será totalmente diferente. Quase nenhuma das coisas que imaginei ainda estará aqui. Naquela era em que não haverá trabalho braçal e todos serão "instruídos", é pouco provável que o pai seja um homem rude com mãos engrandecidas e que goste de se sentar vestindo mangas de camisa e dizer "Está vindo uma guerra aí". Não haverá uma lareira a carvão, apenas algum tipo de aquecedor invisível. A mobília será feita de borracha, vidro e aço. Se ainda houver coisas como jornais vespertinos, certamente não haverá neles notícias sobre corridas, pois apostas seriam sem sentido em um mundo onde não há pobreza, e o cavalo desapareceria da face da Terra. Cachorros também terão sido eliminados sob alegação de promover a higiene. E igualmente não haverá tantas crianças se os controladores de nascimentos fizerem seu trabalho. Mas, movamo-nos para a Idade Média e estaremos em mundo quase igualmente estranho. Uma cabana sem janelas, uma fogueira que solta a fumaça na sua cara, pois não há chaminés, pão bolorento, comida rústica, piolhos, escorbuto, um nascimento anual e uma morte de criança por ano também, e o padre aterrorizando com histórias sobre o inferno.

Curiosamente, não são os triunfos da engenharia moderna, nem o rádio, nem o cinematógrafo, nem os cinco mil romances que são publicados anualmente, nem as multidões nas corridas em Ascot, nem os jogos entre Eton e Harrow, mas a memória dos interiores dos lares da classe trabalhadora – especialmente como eu os vi às vezes em minha infância antes da guerra, quando a Inglaterra ainda era próspera – que me lembra que a nossa era não foi tão ruim assim para se viver.

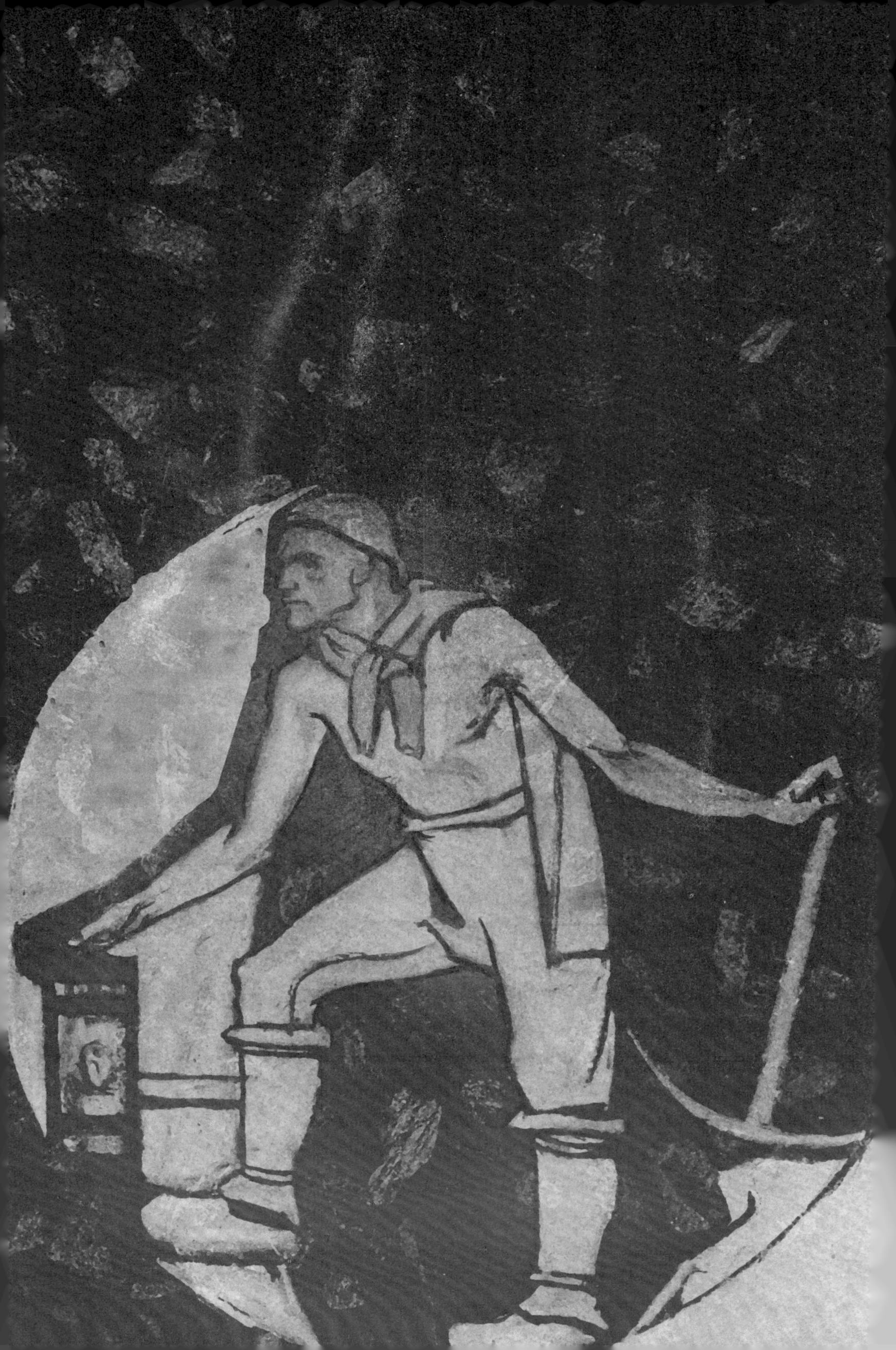

PARTE DOIS

8

A estrada de Mandalay para Wigan é longa e as razões para pegá-la não ficam imediatamente claras.

Nos primeiros capítulos deste livro, fiz um registro bastante fragmentado de várias coisas que vi nas regiões carvoeiras de Lancashire e Yorkshire. Por um lado, fui para lá porque queria constatar o que o desemprego em massa significa em sua pior forma; por outro, para observar o mais típico recorte da classe operária inglesa em detalhe. Isso foi necessário como parte de minha aproximação com o socialismo, pois, antes de você ter certeza de que é genuinamente a favor do socialismo, você tem de decidir se as coisas no presente são toleráveis ou não toleráveis, e você tem de assumir uma atitude clara diante da questão terrivelmente difícil das classes. Aqui tenho de divagar e explicar como minha própria atitude diante da questão das classes foi desenvolvida. Obviamente isso envolve escrever um pouco de biografia, e eu não faria isso se não achasse que sou bastante típico da minha classe, ou, melhor, subcasta, para ter uma certa importância sintomática.

George Orwell

Nasci no que se pode chamar de camada "meio-baixa" da classe média alta. A classe média alta, que teve seu auge nos anos oitenta e noventa, com Kipling[33] como seu poeta laureado, era uma espécie de monte de escombros deixados para trás quando a maré da prosperidade vitoriana retrocedeu. Ou talvez seja melhor mudar a metáfora e descrevê-la não como um monte, mas como uma camada – a camada da sociedade que jaz entre trezentas libras e duas mil libras por ano: minha família mesmo não estava tão longe do fundo. Note que a descrevo em termos de dinheiro, pois essa é a maneira mais rápida de se fazer entender. No entanto, o ponto essencial sobre o sistema de classes inglês é que ele não é completamente explicável em termos de dinheiro. Grosso modo, é uma estratificação com base no dinheiro, mas também é interpenetrado por uma espécie de sistema de castas sombrio; mais como um bangalô moderno construído às pressas, assombrado por fantasmas medievais. Daí o fato de que a classe média alta se estende ou se estendeu para ganhos tão baixos quanto 300 libras por ano – isto é, para ganhos muito mais baixos do que os das pessoas meramente da classe média sem nenhuma pretensão social. Provavelmente, há países onde se pode prever as opiniões de um homem com base na sua renda, mas nunca é bastante seguro fazer isso na Inglaterra; sempre se tem de levar em consideração também as tradições dele. Um oficial naval e um verdureiro muito provavelmente têm a mesma renda, mas eles não são pessoas equivalentes e eles só estariam do mesmo lado em questões muito grandes, tais como uma guerra ou uma greve geral – talvez nem assim.

Claro que é óbvio agora que a classe média alta está com os dias contados. Em cada cidade do interior no Sul da Inglaterra, sem mencionar os tristes desperdícios de Kensington e Earl's Court, aqueles que a conheceram em seus dias de glória estão morrendo, levemente amargurados por um mundo que não se comportou como deveria. Nunca abro um dos livros de Kipling ou entro em uma daquelas enormes e entediantes lojas que uma vez foram o refúgio preferido da classe média alta sem pensar "Mudança

---

33 Rudyard Kipling (1865-1936), poeta inglês que ganhou o Prêmio Nobel de Literatura em 1907 e foi um dos mais populares escritores da Inglaterra entre o final do século XIX e o início do século XX. (N. da T.)

e decadência é tudo que eu vejo em volta³⁴". Mas, antes da guerra, a classe média, embora já não muito próspera, ainda tinha confiança em si mesma. Antes da guerra, ou você era um cavalheiro ou não era um cavalheiro, e se você fosse um cavalheiro, você se esforçava para se comportar como tal, não importa qual fosse sua renda. Entre aqueles que ganhavam quatrocentas libras por ano e aqueles que ganhavam duas mil ou mesmo mil havia uma grande distância, mas era uma distância que os menos afortunados faziam de tudo para ignorar. Provavelmente, o traço distinguível da classe média alta era que suas tradições não eram, de forma alguma, comerciais, mas principalmente militares, oficiais e profissionais.

Pessoas dessa classe não possuíam terras, mas sentiam que eram proprietárias aos olhos de Deus e mantinham uma aparência semiaristocrática ao entrar em certas profissões e frentes de batalha ao invés do comércio. Garotos pequenos costumavam contar as ameixas em seus pratos e prever seus destinos entoando "Exército, Marinha, Igreja, Medicina, Direito"; e, mesmo entre esses, "Medicina" era levemente inferior aos outros e apenas acrescentado em nome da simetria. Pertencer a essa classe quando você está no nível de quatrocentas libras por ano era um negócio estranho, pois isso significava que sua nobreza era quase puramente teórica. Você vivia, por assim dizer, em dois níveis simultaneamente. Teoricamente, sabia tudo sobre os criados e como dar ordens a eles, embora na prática você tivesse um, no máximo, dois morando com você. Teoricamente, sabia como usar suas roupas e como pedir um jantar, embora, na prática, nunca pudesse ir a um alfaiate ou bancar restaurante decentes. Teoricamente, você sabia como atirar e cavalgar, embora não tivesse cavalos e nem um metro de terra sobre a qual caçar. Foi isso que explicou a atração que a Índia (mais recentemente o Quênia, a Nigéria, etc.) exerceu sobre o estrato inferior da classe média alta. As pessoas que foram lá como soldados ou oficiais não foram para ganhar dinheiro, mas porque na Índia, com cavalos baratos, caça de graça e hordas de criados negros, era fácil demais brincar de ser um cavalheiro.

No tipo de família que tenta manter o respeito e a dignidade, apesar

---

34 Verso do hino cristão "Abide with Me" [Fique Comigo], escrito em 1847 pelo poeta escocês Henry Francis Lyte, tradição nos países de língua inglesa. (N. da T.)

da pobreza da qual eu falo, há muito mais consciência da miséria do que em qualquer família da classe operária sobre o nível do auxílio que recebem. Aluguel, roupas e taxas escolares são um pesadelo sem fim, e todo luxo, mesmo um copo de cerveja, é uma extravagância reprovável. A renda da família toda praticamente vai para manter as aparências. É óbvio que pessoas desse tipo estão em uma posição anômala, e pode-se cair na tentação de descrevê-las como meras exceções e, portanto, sem importância. Na verdade, entretanto, elas são ou eram até numerosas. A maioria dos clérigos e professores, por exemplo, quase todos os oficiais anglo-indianos, uns poucos soldados e marinheiros, e um bom número de homens profissionais e artistas se encaixam nessa categoria. Mas a real importância dessa classe é que ela é a absorvedora de choques da burguesia. A real burguesia, aqueles na casa de duas mil libras por ano ou mais, tem seu dinheiro como uma grossa camada protetora entre eles e a classe que eles pilham; à medida que ficam cientes das ordens inferiores, eles se conscientizam delas como empregados, criados e comerciantes. Mas é bem diferente para os pobres-diabos mais abaixo que estão lutando para viver uma vida refinada com renda praticamente da classe operária. Esses últimos são forçados a um contato próximo e, em certo sentido, íntimo com a classe operária, e suspeito que é deles que vem a tradicional atitude de classe superior para com pessoas "comuns".

E que atitude é essa? Uma atitude de dar um risinho de superioridade, pontuado por explosões de ódio cruel. Tomemos qualquer edição da *Punch*[35] durante os últimos trinta anos. A revista mostra que uma pessoa da classe trabalhadora tem uma imagem de diversão, exceto em momentos estranhos, quando exibe sinais de ser muito próspera, então deixa de ser divertida e se torna endiabrada. Não adianta desperdiçar fôlego denunciando esse tipo de atitude. É melhor considerar como ela surgiu, e para fazer isso temos de compreender como as classes trabalhadoras se parecem aos olhos dos que vivem nela, mas têm hábitos e tradições diferentes.

Uma família que quer manter as aparências de dignidade e respeito está na mesma posição que uma família de "brancos pobres" vivendo na rua

---

35 Revista semanal britânica de humor e sátira. (N. da T.)

onde todos são negros. Nessas circunstâncias, você tem de se apegar à sua nobreza porque é a única coisa que tem; e, enquanto isso, é odiado por sua arrogância, pelo sotaque e maneiras que te denunciam como alguém do nível do patrão. Eu era muito jovem, não mais que seis anos, quando me atentei à distinção de classes pela primeira vez. Antes daquela idade, meus principais heróis tinham sido, em geral, pessoas da classe trabalhadora, porque elas sempre pareciam fazer coisas tão interessantes, como ser um pescador, um ferreiro ou um pedreiro. Lembro-me dos empregados em uma fazenda na Cornualha, que costumavam me levar para dar uma volta na semeadeira quando estavam plantando nabos e, às vezes, pegavam as ovelhas e as ordenhavam para me dar um pouco de leite; e dos trabalhadores construindo a casa nova ao lado, que me deixavam brincar com a argamassa molhada e com quem aprendi a palavra p--- pela primeira vez; e do encanador com cujos filhos eu costumava ir caçar ninho de passarinho. Mas não demorou muito para eu ser proibido de brincar com os filhos do encanador; eles eram "comuns" e me foi dito para manter distância. Isso era esnobe, se você preferir, mas era também necessário, pois pessoas da classe média não podiam se dar ao luxo de deixar seus filhos crescerem com sotaques vulgares. Então, muito cedo, a classe operária deixou de ser uma raça de seres amigáveis e maravilhosos e se tornou uma raça de inimigos. Entendemos que eles nos odiavam, mas nunca podemos compreender por que, e naturalmente nós atribuímos isso à mais pura e cruel maldade. Para mim, nos anos iniciais da minha meninice, para quase todas as crianças de famílias como a minha, pessoas "comuns" pareciam quase subumanas. Elas tinham rostos grosseiros, sotaques horríveis e maneiras repugnantes, odiavam todos que não eram como elas e, na menor oportunidade, iriam te insultar da forma mais brutal. Essa era nossa visão delas e, embora fosse falsa, era compreensível. Pois devemos nos lembrar que antes da guerra havia um ódio entre as classes na Inglaterra muito mais aberto do que é hoje. Naqueles tempos, era muito provável que você fosse insultado simplesmente por se parecer com um membro das classes superiores; hoje, por outro lado, é mais provável que fosse bajulado. Qualquer um com mais de trinta anos pode se lembrar da época em que era impossível para uma pessoa bem-vestida caminhar pelas ruas de um cortiço sem ser vaiado. Quarteirões inteiros de cidades grandes eram considerados perigosos por causa dos *hooligans* (hoje um tipo quase extinto[36]) e o menino morador de rua de Londres por toda parte, com sua voz alta e falta de escrúpulos intelectuais, poderia fazer um inferno das vidas dos que considerassem abaixo de sua dignidade responder a eles. Um terror recorrente das minhas férias, quando ainda garotinho, eram as gangues de "valentões", capazes de ir para cima de você em grupos de cinco ou dez. Quando tinha aulas, por outro lado, éramos nós que estávamos em maioria e os "valentões" eram oprimidos; me lembro de duas grandes batalhas selvagens no frio inverno de 1916-17. E essa tradição de hostilidade declarada entre uma classe superior e uma baixa aparentemente havia sido a mesma, no mínimo, um século atrás. Uma piada típica na revista *Punch* nos anos sessenta era a imagem de um cavalheiro pequeno, parecendo nervoso, cavalgando por um cortiço e uma multidão de meninos de rua o encurralando com gritos de "Aí vem um grã-fino! Vamos assustar seu cavalo!". Imagine só os meninos de rua tentando assustar seu cavalo agora! Seria muito mais provável que o ficassem rodeando numa leve esperança de ganhar alguns trocados. Durante os últimos doze anos, a classe operária inglesa se tornou servil com uma rapidez bastante assustadora. Estava prestes a acontecer, pois a terrível arma do desemprego os intimidou. Antes da guerra, sua posição econômica era relativamente forte, pois, embora não houvesse nenhum auxílio com o qual contar, o desemprego não era tão grande, e o poder da classe dominante não era tão óbvio quanto é agora. Um homem não via a ruína o encarando toda vez que falava de forma rude com um grã-fino, e ele naturalmente falava de forma rude com um grã-fino sempre que parecesse seguro o fazer. G. J. Renier, em seu livro sobre Oscar Wilde[37], aponta que a estranha e obscena explosão de fúria popular que se seguiu ao julgamento de Wilde foi essencialmente social na sua natureza. A turba londrina tinha pegado no pulo um membro da classe superior, e cuidaram para que ele

---

36 Orwell provavelmente se refere aqui ao uso inicial do termo, associado a gangues de jovens arruaceiros, que praticavam vandalismo. Ao longo dos anos, o termo sofreu leve mudança e hoje se aplica a torcedores de times de futebol que praticam atos violentos. (N. da T.)
37 O livro a que Orwell se refere chama-se *Oscar Wilde*, sobre a vida do escritor inglês, e foi publicado em 1933 pelo professor universitário e escritor holandês Gustaaf Johannes Petrus Renier (1892-1962). (N. da T.)

continuasse pulando. Tudo isso era natural e até apropriado. Se você trata as pessoas como a classe operária inglesa tem sido tratada durante os últimos dois séculos, é de se esperar que eles se ressintam. Por outro lado, os filhos das famílias que mantêm a aparência de dignidade apesar da pobreza não poderiam ser culpados se crescessem com ódio da classe trabalhadora, caracterizada para eles como gangue de "valentões" a vagar.

Mas havia outra dificuldade, mais séria. Aqui chegamos ao real segredo das distinções de classe no Ocidente – a verdadeira razão pela qual um europeu de criação burguesa, mesmo quando ele se diz comunista, não consegue, sem grande esforço, pensar em um trabalhador como seu igual. Isso está resumido em quatro palavras tenebrosas que as pessoas hoje em dia são cautelosas em pronunciar, mas que foram proferidas bem abertamente na minha infância. As palavras são: "As classes baixas fedem".

Foi isso que nos ensinaram – "as classes baixas fedem". E aqui, obviamente, você chega a uma barreira intransponível. Pois nenhuma sensação de gostar ou não gostar é tão fundamental quanto uma sensação física. Ódio racial, ódio religioso, diferenças de educação, de temperamento, de intelecto, mesmo diferenças de código moral, podem ser superadas, mas uma repulsa física não. Você pode sentir afeição por um assassino ou um sodomita, mas você não pode sentir afeição por um homem cujo hálito fede – fede habitualmente, quero dizer. Por mais que você o queira bem, por mais que você admire sua inteligência e caráter, se seu hálito fede, ele é horrível e no fundo do seu coração você irá odiá-lo. Pode não importar muito se um membro da classe média é criado para acreditar que as classes operárias são ignorantes, preguiçosas, bêbadas, rústicas e desonestas; é quando ele é criado para acreditar que elas são sujas que o estrago está feito. E, na minha infância, fomos criados para acreditar que eles eram sujos. Muito cedo na vida, adquire-se a ideia de que havia algo sutilmente repulsivo em um indivíduo da classe trabalhadora; não se chegaria mais perto disso. Você observava um operário grande e suado descendo a rua com sua picareta nos ombros; olhava para a camisa desbotada dele e as calças de veludo cotelê duras com sujeira acumulada de uma década; pensava naqueles emaranhados e camadas de trapos engordurados por baixo, e, debaixo de tudo, o corpo sem lavar, todo marrom (era assim que eu costumava imaginá-lo), com seu forte cheiro de bacon. Você observava um mendigo tirando suas botas em uma vala – urgh! Não lhe ocorria, seriamente, que o mendigo poderia não gostar de ter os pés sujos. E mesmo pessoas da "classe baixa" que você sabia serem bem limpas – criados, por exemplo – eram levemente nojentos. O cheiro de seu suor, a textura de suas peles, tudo era misteriosamente diferente.

Todo mundo que cresceu pronunciando todos os "s" em uma casa com um banheiro e um criado é provável que tenha esses sentimentos; daí o caráter abismal, impassível das distinções de classe no Ocidente. É estranho que não seja admitido com frequência. No momento, consigo pensar em apenas um livro em que isso é apresentado sem falsidade, é em *O Biombo Chinês*, de Somerset Maugham[38]. Maugham descreve um alto oficial chinês chegando a uma taberna de beira de estrada e fazendo algazarra, xingando as pessoas a fim de impressioná-las com o fato de ele ser um dignitário supremo e eles serem apenas vermes. Cinco minutos mais tarde, tendo afirmado sua dignidade da forma que julgou apropriada, está jantando em perfeita cordialidade com os carregadores de malas. Como um oficial, ele sente que tem de fazer sua presença ser notada, mas não tem qualquer noção de que os carregadores são de uma matéria diferente da dele. Observei inúmeras cenas diferentes na Birmânia. Entre mongóis – entre todos os asiáticos, pelo que sei – há uma espécie de equidade natural, uma intimidade relaxada entre os homens, que é simplesmente impensável no Ocidente. Maugham acrescenta:

> *"No Ocidente, somos separados de nossos companheiros pela nossa noção de cheiro. O homem trabalhador é nosso mestre, com tendência a nos dominar com mão de ferro, mas não se pode negar que ele fede: ninguém pode questionar, pois um banho ao amanhecer, quando você tem de se apressar para o trabalho antes do sino da fábrica tocar, não é algo prazeroso, nem o trabalho pesado tende à doçura; e você não troca seus lençóis mais do que pode quando a lavagem de roupa da semana deve ser feita por uma esposa de língua afiada. Eu não culpo o homem trabalhador porque ele fede, mas ele fede. Isso torna o*

---

[38] William Somerset Maugham (1874-1965), dramaturgo, romancista e contista britânico, publicou o livro *O Biombo Chinês* (*On a Chinese Screen*), em 1922.

relacionamento social difícil para pessoas de narinas sensíveis. A banheira matinal separa as classes mais efetivamente do que o nascimento, a riqueza ou a educação."

Enquanto isso, analisemos: as "classes baixas" fedem mesmo? Claro, como um todo, elas são mais sujas do que as classes superiores. Tendem a ser, considerando as circunstâncias em que vivem, pois mesmo hoje, menos da metade das casas na Inglaterra tem banheiros. Além disso, o hábito de tomar um banho completo todos os dias é bastante recente na Europa, e as classes operárias são, em geral, mais conservadoras do que a burguesia. Mas, os ingleses estão ficando visivelmente mais limpos, e podemos esperar que em cem anos eles serão quase tão limpos quanto os japoneses. É uma pena que aqueles que com frequência idealizam a classe trabalhadora achem ser necessário elogiar toda característica da classe trabalhadora e, portanto, finjam que a sujeira é de alguma forma um mérito por si só. Aqui, curiosamente, o socialista e o católico democrático sentimental do tipo de Chesterton às vezes dão-se as mãos; ambos irão dizer que a sujeira é saudável e "natural" e a limpeza é um mero capricho, ou, na melhor das hipóteses, um luxo. (De acordo com Chesterton, a sujeira é meramente um tipo de "desconforto" e, portanto, se enquadra como autopenitência. Infelizmente, o desconforto da sujeira é principalmente sofrido por outras pessoas. Não é mesmo muito desconfortável estar sujo – não chega nem perto do desconforto de tomar um banho frio em uma manhã de inverno.) Eles parecem não ver que estão simplesmente endossando a noção de que as pessoas da classe trabalhadora são sujas por opção, e não por necessidade. Na verdade, pessoas que têm acesso a um banheiro normalmente irão usá-lo. Mas, o essencial é que as pessoas da classe média acreditam que os trabalhadores são sujos – você vê pela passagem citada acima que o próprio Maugham acredita – e, o que é pior, que eles de alguma forma são inerentemente sujos. Quando eu era criança, uma das coisas mais terríveis que podia imaginar era beber água de uma garrafa que um operário tivesse bebido. Uma vez, quando eu tinha treze anos, estava em um trem voltando de uma cidade mercantil, e o vagão da terceira classe estava cheio de pastores e criadores de porcos que estiveram vendendo seus animais. Alguém pegou uma garrafa pequena de cerveja e foi passando entre eles; rodou de boca em boca, todos tomando um gole.

Não consigo descrever o horror que senti enquanto aquela garrafa fazia seu caminho em minha direção. Se eu bebesse dela depois de todas aquelas bocas masculinas de classe baixa, tinha certeza que vomitaria; por outro lado, se eles me oferecessem a bebida, eu não ousaria recusar, por medo de ofendê-los – vejam aqui como os escrúpulos da classe média atuam em duas vias. Hoje, graças a Deus, não sinto nada daquilo. O corpo de um trabalhador, como tal, não é mais repulsivo para mim do que o de um milionário. Ainda não gosto de beber da mesma xícara que outra pessoa bebeu – outro homem, quero dizer; com mulheres, não ligo – mas, pelo menos, a questão da classe não está envolvida. Foi estar lado a lado com mendigos que me curou disso. Mendigos não são muito sujos, como os ingleses dizem, mas eles são conhecidos por serem sujos, e quando você dividiu a cama com um bêbado e bebeu chá da mesma caneca que ele, você sente que já viu o pior e o pior não te aterroriza mais.

Mergulhei nesses assuntos porque eles são vitalmente importantes. Para se livrar de distinções de classe, você tem de começar por entender como uma classe figura quando vista pelos olhos de outra. É inútil dizer que as pessoas da classe média são "esnobes" e deixar por isso. Você não vai muito além de não compreender que esnobismo está atrelado a uma espécie de idealismo. Ele vem do treinamento precoce no qual uma criança de classe média é ensinada quase que simultaneamente a lavar seu pescoço, a estar pronta a morrer pelo país e a desprezar as "classes baixas".

Aqui, posso ser acusado de ser antiquado, pois fui uma criança antes e durante a guerra e pode ser alegado que crianças hoje são criadas com noções mais esclarecidas. Provavelmente é verdade que esse sentimento de classe seja bem pouco menos amargo do que era. A classe operária é submissa quando costumava ser abertamente hostil, e a fabricação de roupas baratas e a atenuação geral dos modos no pós-guerra abrandaram as diferenças superficiais entre uma classe e outra. Mas, sem dúvida, o sentimento essencial ainda está lá. Toda pessoa da classe média possui um preconceito de classe latente que só precisa de um pequeno gatilho para ser despertado; e se essa pessoa tiver mais de quarenta anos, provavelmente tem uma firme convicção de que sua própria classe foi sacrificada em favor da classe abaixo. Sugira a alguém de origem respeitável que está lutando para manter as aparências com uma renda de quatrocentas ou quinhentas libras por ano que ele é membro de uma classe de parasitas exploradores, e ele pensará que você está louco. Com genuína sinceridade, te apontará uma dúzia de formas pelas quais está em pior situação do que um trabalhador. A seus olhos, os trabalhadores não são uma classe submersa de escravos, eles são um fluxo sinistro se arrastando para cima para o engolir e a seus amigos e sua família também e varrer da existência toda a cultura e toda a decência. Daí aquela estranha ansiedade atenta para que a classe trabalhadora não prospere muito. Em uma edição da *Punch* logo após a guerra, quando o carvão ainda atingia altos preços, há uma imagem de quatro ou cinco mineradores com rostos sombrios e sinistros dirigindo um carro a motor barato. Um amigo pelo qual eles passam os chama e pergunta a eles onde pegaram emprestado o carro. Eles respondem: "Compramos esse troço!". Isso, como você vê, é "bom o bastante para a *Punch*"; pois mineradores comprarem um carro, mesmo que seja para dividir entre quatro ou cinco deles, é uma monstruosidade, uma espécie de crime contra a natureza. Essa era a atitude de doze anos atrás, e não vejo nenhuma evidência de qualquer mudança fundamental. A noção de que a classe trabalhadora tenha sido absurdamente mimada, irremediavelmente desmoralizada por auxílios, pensão por idade, educação de graça, etc., ainda é vastamente presente; ela foi simplesmente um pouco abalada, talvez, pelo reconhecimento recente de que o desemprego existe. Para muitas pessoas da classe média, provavelmente para a grande maioria acima de cinquenta anos, o típico trabalhador ainda se dirige à Central do Trabalho em uma motocicleta e guarda o carvão em sua banheira: "E acredite, meu querido, eles até se casam vivendo do auxílio!".

A razão pela qual o ódio entre as classes parece estar diminuindo é que hoje ele tende a não ser registrado, por um lado, devido a hábitos hipócritas do nosso tempo, por outro, porque jornais e mesmo livros agora têm de atrair um público proveniente da classe trabalhadora. Em princípio, você pode estudá-lo melhor em conversas particulares. Se quiser alguns exemplos impressos, vale a pena dar uma olhada na *obiter dicta*[39] do finado professor Saintsbury[40].

---

39 Latim: em um julgamento, são argumentos usados para completar um raciocínio, mas que não desempenham papel fundamental na decisão. (N. da T.)
40 George Saintsbury (1845-1943), escritor e crítico literário inglês. (N. da T.)

Saintsbury foi um homem muito culto e um crítico literário criterioso, mas, quando falava de assuntos políticos ou econômicos, ele só diferia do resto de sua classe pelo fato de que era ainda mais insensível e havia nascido cedo demais para se deixar afetar por uma noção comum de decência. De acordo com Saintsbury, seguro-desemprego era simplesmente "contribuir para apoiar os preguiçosos inúteis", e todo o movimento sindical não passava de um tipo de mendicância organizada:

> *"A palavra 'pobre' é quase útil agora, não é? Embora ser pobre, no sentido de ser completa ou parcialmente sustentado às custas de outras pessoas, seja uma aspiração ardente, até certo ponto atingida, de uma grande parte de nossa população e de todo um partido político."*

Todavia, Saintsbury reconhece que o desemprego existe e, de fato, pensa que ele deve existir, contanto que os desempregados não sejam submetidos a muito sofrimento:

> *"Não é o trabalho 'ocasional' geralmente o segredo e a válvula de escape de um sistema de trabalho seguro?*
> *Em um estado industrial e comercial complicado, ter um emprego fixo a ganhos regulares é impossível, enquanto o desemprego sustentado por auxílios, que beira os ganhos de um empregado, é desmoralizante, para início de conversa, e desastroso, conforme seu final vai se aproximando."*

O que exatamente está para acontecer com os "trabalhadores casuais" quando não há nenhum trabalho disponível não fica claro. Teoricamente (Saintsbury fala com aprovação sobre as boas "leis dos pobres"), ou eles vão para o asilo de pobres ou eles dormem nas ruas. Quanto à ideia de que todo ser humano, na verdade, tem de ter a chance de ganhar o mínimo para sobreviver, Saintsbury a rejeita com desdém:

> *"Mesmo o 'direito de viver'... Não vai além do direito à proteção contra o assassinato. A caridade certamente irá, a moralidade possivelmente poderá e a utilidade pública talvez deva acrescentar*

a essa proteção uma provisão pela continuidade da vida; mas é questionável se a justiça estrita a exige.

Quanto à doutrina insana de que nascer em um país dá à pessoa algum direito à posse de terras naquele país, ela mal merece ser mencionada."

Vale a pena refletir por um momento sobre as belas implicações do último trecho. O interesse em trechos como esses (e eles estão espalhados por todo o trabalho de Saintsbury) reside no fato de eles terem sido impressos, afinal. A maioria das pessoas fica um pouco tímida de colocar esse tipo de coisa no papel. Mas, o que Saintsbury está dizendo aqui, qualquer vermezinho com quinhentas libras ao ano "pensa" e, de certa forma, deve-se admirá-lo por dizer isso. É preciso muita coragem para ser tão abertamente "canalha" assim.

Essa é a opinião de um reacionário confesso. Mas, e quanto àquela pessoa da classe média cujas visões não são reacionárias, mas "avançadas"? Por baixo da máscara revolucionária, ela é tão diferente assim do outro?

Uma pessoa da classe média abraça o socialismo e talvez até se filie ao Partido Comunista. Que diferença isso faz, de verdade? Obviamente, vivendo dentro da estrutura de uma sociedade capitalista, ele tem de continuar ganhando o seu sustento, e não podemos culpá-lo se ele se apega a seu status econômico burguês. Mas há alguma mudança em seus gostos, seus hábitos, suas maneiras, sua base criativa – sua "ideologia", no jargão comunista? Há alguma mudança nele exceto que agora ele vota no Partido Trabalhista ou, quando possível, no Partido Comunista nas eleições? É de se notar que ele habitualmente ainda se reúne com os de sua própria classe; ele se sente muito mais à vontade com alguém de sua própria classe, que acha que ele é um bolchevique perigoso, do que com um membro da classe trabalhadora que supostamente concorda com ele; seus gostos para comida, vinho, roupas, livros, quadros, música, balé ainda são reconhecidos como gostos burgueses; mais importante de tudo, invariavelmente ele se casa com alguém de sua própria classe. Olhem para qualquer socialista burguês. Olhem para o Camarada X, membro do Partido Comunista da Grã-Bretanha e autor de *Marxismo para Crianças*. Acontece que o Camarada X é um velho egresso de Eton. Ele estaria pronto para morrer nas barricadas, pelo menos teoricamente, mas você nota que ele deixa o último botão do seu casaco desabotoado. Ele idealiza o proletariado, mas é notável quão pouco seus hábitos se assemelham aos deles. Talvez uma vez, em uma clara bravata, ele tenha fumado um charuto sem tirar o selo, mas seria quase impossível fisicamente para ele colocar pedaços de queijo em sua boca com a ponta da faca, ou se sentar em um ambiente fechado sem tirar o chapéu, ou mesmo beber o chá direto do pires. Conheci muitos socialistas burgueses, ouvi continuamente suas tiradas contra sua própria classe e, ainda assim, nunca, nem ao menos uma vez, encontrei um que tivesse adquirido hábitos à mesa dos proletários. E, afinal, por que não? Por que um homem deveria pensar que todas as virtudes residem no proletário sofrer para tomar sua sopa silenciosamente? Só pode ser porque em seu coração ele sente que as maneiras do proletariado são nojentas. Então, vejam que ele ainda responde ao treinamento que teve na infância, quando foi ensinado a odiar, temer e desprezar a classe trabalhadora.

9

Quando eu tinha quatorze ou quinze anos, era um garoto esnobe e detestável, mas não pior do que os garotos de hoje de mesma idade e classe. Suponho que não haja nenhum lugar no mundo onde o esnobismo seja tão onipresente e onde é cultivado de formas tão refinadas e sutis quanto em uma escola pública inglesa[41]. Aqui, pelo menos, pode-se dizer que a "educação" inglesa falha em realizar seu trabalho. Você esquece seu latim e seu grego depois de poucos meses após deixar a escola – estudei grego por oito ou dez anos, e agora, aos trinta e três, não sei dizer nem o alfabeto grego, mas seu esnobismo, a menos que você persista em arrancá-lo como a erva daninha que ele é, te acompanha até o fim da vida.

Na escola, eu ficava em uma posição difícil, pois estava entre meninos que, na maior parte, eram muito mais ricos do que eu, e eu apenas fui para uma escola pública cara porque ganhei uma bolsa de estudos. Essa é a experiência comum de garotos da camada inferior da classe média alta, os filhos de clérigos, de oficiais anglo-indianos, etc., e os efeitos que teve sobre mim foram provavelmente os mais usuais. Por um lado, me fez apegar-me mais do que nunca à minha nobreza; por outro, me encheu de ressentimento contra os garotos cujos pais eram mais ricos do que os meus e que faziam de tudo para que eu soubesse. Eu desprezava todo mundo que não fosse descrito como um "cavalheiro", mas também odiava os egoistamente ricos, especialmente aqueles que haviam ficado ricos muito recentemente. A coisa correta e elegante, eu sentia, era ter boa origem, mas não ter nenhum dinheiro. Isso era parte do credo do estrato inferior da classe média alta. Isso tinha um sentimento romântico, como um jacobino no exílio, que era muito reconfortante.

Mas aqueles anos, durante e depois da guerra, eram tempos estranhos

---

41 As escolas públicas na Inglaterra não são gratuitas nem financiadas por impostos pagos pelos contribuintes. Elas são mantidas por doações e pelo pagamento de taxas, que não são baixas, por parte das famílias dos alunos. Ganharam esse nome por serem abertas a alunos independentemente de localidade, denominação, comércio ou profissão dos pais. No início, só recebiam meninos, mas hoje muitas são mistas. Dentre as mais famosas estão Eton, que Orwell frequentou, Harrow e Winchester. (N. da T.)

para estar na escola, pois a Inglaterra estava mais próxima da revolução do que jamais estivera em pelo menos cem anos. Por quase toda a nação, corria uma onda de sentimento revolucionário que desde então foi revertido e esquecido, mas que deixou vários depósitos de sedimento para trás. Essencialmente, embora na época não se pudesse enxergar seu curso em perspectiva, foi uma revolta da juventude contra a velhice, resultado direto da guerra. Na guerra, os jovens foram sacrificados e os velhos se comportaram de uma forma, mesmo com a distância do tempo agora, que é horrível de se ver; eles foram rigidamente patriotas em locais seguros enquanto seus filhos caíam como faixas de feno diante das metralhadoras alemãs. Além disso, a guerra havia sido conduzida principalmente por homens velhos e com suprema incompetência. Por volta de 1918, todos com menos de quarenta anos estavam de mau humor com seus pais, e o espírito antimilitar que surgiu naturalmente após as batalhas se estendeu para uma revolta geral contra a ortodoxia e a autoridade. Naquela época, havia entre os jovens um curioso culto de ódio aos "homens velhos". A dominância dos "homens velhos" é tida como responsável por todo o mal causado à humanidade, e todas as instituições aceitas, desde os romances de Scott[42] até a Câmara dos Lordes, eram ridicularizadas simplesmente porque os "homens velhos" eram a favor delas. Por muitos anos foi a última tendência ser um *bolshie*, como as pessoas chamavam os bolcheviques. A Inglaterra estava cheia de opiniões contrárias mal amadurecidas. Pacifismo, internacionalismo, humanitarismo de todos os tipos, feminismo, amor livre, reforma do divórcio, ateísmo, controle de natalidade – coisas como essas estavam ganhando mais público do que teriam em tempos normais. E claro que o clima revolucionário se estendeu àqueles que tinham sido jovens demais para lutar, mesmo para garotos da escola pública. Naquela época, todos nós pensávamos que éramos criaturas iluminadas da nova era, banindo a ortodoxia que nos havia sido empurrada goela abaixo por aqueles detestáveis "homens velhos". Mantivemos, basicamente, a aparência esnobe da nossa classe, julgamos natural que podíamos continuar a receber nossos dividendos ou nos jogar em empregos amenos, mas também pareceu natural a nós sermos "contra o governo".

---

42 Walter Scott (1771-1832), poeta, romancista, dramaturgo e historiador escocês, autor do romance *Ivanhoé*, entre outros. (N. da T.)

O caminho para Wigan Pier

Nós ridicularizávamos a religião cristã, e talvez mesmo projetos obrigatórios e a Família Real, e não compreendíamos que estávamos meramente tomando parte em demonstrações mundiais de desgosto pela guerra. Dois incidentes ficaram na minha cabeça como exemplos de um sentimento revolucionário estranho daquela época. Um dia, o professor que nos ensinava inglês aplicou uma espécie de teste geral de conhecimento em que uma das perguntas era "Quem vocês consideram os dez maiores homens hoje?". De dezesseis meninos na sala (nossa idade média era dezessete anos), quinze incluíram Lênin[43] na lista. Isso foi em uma escola esnobe e cara, e o ano era 1920, quando os horrores da Revolução Russa ainda estavam frescos nas mentes de cada um. Também houve as assim chamadas celebrações pela paz, em 1919. Nossos pais haviam decidido por nós que devíamos celebrar a paz da maneira tradicional, bradando contra o inimigo derrotado. Iríamos marchar pelo jardim da escola carregando tochas e cantar canções patrióticas do estilo de "Rule Britannia"[44]. Os meninos – para a própria honra, acho eu – ridicularizaram todo o procedimento e cantaram letras blasfemas e rebeldes para as melodias apresentadas. Pergunto-me se as coisas aconteceriam da mesma maneira agora. Certamente, os meninos da escola pública que eu encontro hoje, mesmo os inteligentes, são muito mais à direita em suas opiniões do que eu e meus contemporâneos éramos quinze anos atrás.

Daí, aos dezessete ou dezoito anos, eu era tanto esnobe quanto revolucionário. Era contra todo tipo de autoridade. Tinha lido e relido as obras completas publicadas de Shaw, Wells e Galsworthy[45] (naquela época ainda considerados escritores perigosamente "avançados") e informalmente me descrevia como um socialista. Mas, eu não tinha muita ideia do que o socia-

---

43 Vladimir Ilyich Ulianov (1870-1924), conhecido como Lênin, foi líder da revolução comunista que derrubou o czarismo na Rússia em 1917 e fez surgir a União Soviética. (N. da T.)
44 Canção patriótica inspirada no poema *Rule, Britannia!*, de James Thomson, e musicada por Thomas Arne, em 1740. (N. da T.)
45 George Bernard Shaw (1856-1950), romancista, dramaturgo, ensaísta e jornalista irlandês. Foi cofundador da London School of Economics e recebeu o Prêmio Nobel de Literatura em 1925. Entre suas principais obras está *Pigmaleão* (1913), que foi inspiração para um filme de mesmo nome em 1938 e para o musical *My Fair Lady* (1956); Herbert George Wells, mais conhecido como W.G. Wells (1866-1946), escritor britânico, autor dos romances de ficção científica *Guerra dos Mundos*, que virou filme em 2005, e *O Homem Invisível*, ambos de 1897; para Galsworthy, ver nota 11. (N. da T.)

lismo significava, e nenhuma noção de que a classe operária era composta de seres humanos. À distância, e por meio de livros – *O Povo do Abismo*, de Jack London[46], por exemplo –, eu pude agonizar vendo seu sofrimento, porém ainda os odiava e os desprezava quando chegava próximo deles. Ainda me revoltava com seus sotaques e me enfurecia com sua contumaz grosseria. É fácil lembrar que, imediatamente após a guerra, as classes trabalhadoras inglesas estavam em clima de luta. Aquele foi o período das grandes greves do carvão, quando um minerador era tido como um demônio encarnado e as velhas damas olhavam embaixo de suas camas todas as noites para ver se Robert Smillie[47] estava escondido ali. Durante toda a guerra e ainda um pouco depois, houve altos salários e emprego abundante; as coisas estavam voltando a ser algo pior do que o normal e, naturalmente, a classe trabalhadora resistia. Os homens que haviam lutado tinham sido atraídos para o exército por promessas chamativas, e estavam voltando para casa para um mundo onde não havia empregos e nem mesmo casas. Além disso, haviam estado na guerra e adquirido uma atitude de soldado diante da vida, que é fundamentalmente, apesar da disciplina, uma atitude sem lei. Havia um sentimento turbulento no ar. A essa época pertence a canção com o refrão memorável:

> *Não há nada certo, mas*
> *o rico fica mais rico*
> *e o pobre tem mais filhos;*
> *Nesse meio-tempo,*
> *entre tempos,*
> *não nos divertimos?*

As pessoas não tinham ainda se estabelecido com uma vida de desemprego mitigada por infinitas xícaras de chá. Elas ainda esperavam vagamente pela utopia pela qual haviam lutado e, mais ainda do que antes, eram abertamente hostis às classes que pronunciavam todos os "s". Assim, para os

---

46 *O Povo do Abismo – Fome e Miséria no Coração do Império Britânico* (1905), escrito por Jack London (1876-1916), escritor estadunidense, cujo nome de batismo era John Griffith Chaney, trata das condições de vida da classe trabalhadora na Londres do início do século XX. (N. da T.)
47 Robert Smillie (1857 – 1940), sindicalista e membro do Partido Trabalhista britânico. (N. da T.)

amortecedores da burguesia, como eu, "pessoas comuns" ainda pareciam brutais e repulsivas. Olhando para trás, para aquele período, parece que eu passei metade do tempo denunciando o sistema capitalista e a outra metade vociferando contra a insolência dos motoristas de ônibus.

Quando ainda não tinha vinte anos, fui para a Birmânia, trabalhar na Polícia Imperial Indiana. Em um "posto avançado do Império" como a Birmânia, a questão de classe, à primeira vista, parecia ter sido arquivada. Não havia nenhum conflito de classe evidente ali, porque a coisa mais importante não era se você tinha frequentado uma das escolas certas, mas se sua pele era tecnicamente branca. De fato, a maioria dos homens brancos na Birmânia não era do tipo que na Inglaterra seriam chamados de "cavalheiros", mas, exceto pelos soldados comuns e uns poucos desinteressantes, eles levavam vidas condizentes com a de um "cavalheiro" – tinham criados, isto é, todos chamavam sua refeição da noite de "jantar" – e oficialmente eram considerados pertencentes à mesma classe. Eles eram "homens brancos", em contraposição à outra classe, julgada inferior, os "nativos". Mas o sentimento que se tinha pelos nativos não era o mesmo que se tinha pelas "classes baixas" na Inglaterra. O ponto crucial era que os "nativos", quer dizer, os birmaneses, não eram fisicamente repulsivos. Nós os considerávamos inferiores por serem "nativos", mas estávamos prontos para ser íntimos deles fisicamente; e esse, percebi, era o caso mesmo de homens brancos que tinham o mais vil preconceito de cor. Quando se tem muitos criados, logo você adquire hábitos preguiçosos, e eu habitualmente me permitia, por exemplo, ser vestido e despido por um garoto birmanês. Isso porque ele era birmanês e não repugnante; eu não teria suportado permitir um criado inglês me manusear daquele modo íntimo. Eu sentia por um birmanês quase o mesmo que sentia por uma mulher. Como muitas outras raças, os birmaneses têm um cheiro característico – não consigo descrevê-lo: é um cheiro que faz os dentes formigarem – mas esse cheiro nunca me enojou. (A propósito, orientais dizem que nós fedemos. Os chineses, acredito, dizem que um homem branco fede a cadáver. Os birmaneses dizem o mesmo – embora nenhum birmanês nunca tenha sido rude o bastante para dizer isso diretamente a mim.) E, de certa forma, minha atitude era defensável, pois, se encararmos o fato, devemos admitir que a maioria dos mongóis tem um corpo bem melhor do que a maioria dos homens brancos. Compare a pele do birmanês – como uma seda de malha firme, que não enruga até que ele passe dos quarenta, apenas murcha um pouco como um pedaço de couro seco – com a pele granulada e flácida de um homem branco. O homem branco tem pelos compridos e feios crescendo pelas pernas, braços e em uma parte feia do peito. O birmanês tem apenas um ou dois tufos nos locais apropriados; no restante quase não tem pelos e, normalmente, não tem barba também. O branco quase sempre fica careca; o birmanês raramente ou nunca. Os dentes do birmanês são perfeitos, embora geralmente desbotados pelo consumo de suco de bétel[48], os dentes do branco invariavelmente apodrecem. O branco normalmente não tem um corpo bem formado e, quando engorda, aumenta em lugares improváveis; o mongol tem ossos bonitos e, na velhice, o corpo é quase igual o da juventude. Reconhecidamente, as raças brancas produzem uns poucos indivíduos que, por poucos anos, são extremamente bonitos; mas, no geral, fale o que quiser, eles são bem menos agradáveis do que os orientais. Mas não era nisso que eu estava pensando quando descobri que as "classes baixas" inglesas são muito mais repugnantes do que os "nativos" birmaneses. Eu ainda estava pensando no meu preconceito anteriormente adquirido. Quando não tinha muito mais que vinte anos, me juntei a um regimento britânico por pouco tempo. Claro que eu admirava e gostava dos soldados rasos como qualquer jovem de vinte admiraria e gostaria de rapazes fortes e alegres cinco anos mais velhos com as medalhas da Grande Guerra no peito. E ainda assim, afinal, eles não me causavam a mínima repulsa; eles eram "pessoas comuns" e eu não me importava de estar bastante perto deles. Nas manhãs quentes, quando o grupo marchava pela rua, eu no final com um dos subalternos juniores, o vapor daqueles cem corpos suando na minha frente fazia meu estômago virar. E isso, observem, era puro preconceito. Pois um soldado é provavelmente tão inofensivo, fisicamente, quanto é possível para um homem branco ser. Geralmente, ele é jovem, quase sempre está saudável, devido a ar fresco e exercícios, e uma disciplina rigorosa o força a se manter limpo. Mas eu não via isso assim. Tudo que eu sabia era que se tratava de suor da "classe baixa" o que eu estava respirando, e só a ideia disso me enjoava.

---

48 Planta trepadeira usada para mascar. (N. da T.)

O caminho para Wigan Pier

Quando mais tarde me livrei do meu preconceito de classe, ou de parte dele, foi de uma maneira tortuosa e por um processo que levou vários anos. O que mudou minha atitude na questão de classe foi algo apenas indiretamente ligado a ela – algo quase irrelevante.

Estive na polícia indiana por cinco anos, e ao final daquele período odiava o imperialismo que eu estava servindo com uma amargura que provavelmente não conseguia explicar. Na atmosfera livre da Inglaterra, aquele tipo de coisa não é completamente inteligível. A fim de odiar o imperialismo, você tem de ser parte dele. Visto do lado de fora, o domínio britânico na Índia parece – na verdade, é – benevolente e mesmo necessário; e assim, sem dúvida, são os domínios francês no Marrocos e holandês em Bornéu, pois as pessoas geralmente governam melhor estrangeiros do que seu próprio povo. Mas é possível fazer parte de um sistema sem reconhecê-lo como uma tirania injustificável. Mesmo o anglo-indiano mais insensível está ciente disso. Cada rosto de "nativo" que ele vê na rua ressalta para ele sua monstruosa intrusão. E a maioria dos anglo-indianos não são tão complacentes sobre sua posição quanto as pessoas na Inglaterra acreditam. Dos indivíduos mais inesperados, de velhos malandros conservados no gim nas altas esferas governamentais, ouvi alguns comentários como: "Claro que não temos nenhum direito neste país maldito. Só que agora que estamos aqui, Deus permita que fiquemos". A verdade é que nenhum homem moderno, do fundo de seu coração, acredita que é certo invadir um país e dominar a população à força. A opressão estrangeira é um mal bem mais óbvio e compreensível do que a opressão econômica. Assim, na Inglaterra, resignadamente admitimos termos sido roubados a fim de mantermos meio milhão de ociosos inúteis no luxo, mas lutaríamos até o último homem para não sermos dominados por chineses; igualmente, pessoas que vivem de dinheiro que não fizeram nada para ganhar, sem o menor peso na consciência, enxergam claramente que é errado chegar e mandar em um país estrangeiro onde você não é desejado. O resultado é que todo anglo-indiano é assombrado pelo sentimento de culpa que ele geralmente esconde o melhor que pode, porque não há liberdade de expressão, e ser ouvido fazendo comentários insubordinados pode prejudicar sua carreira. Por toda a Índia há ingleses que secretamente odeiam o sistema do qual fazem parte, e apenas ocasionalmente, quando estão bem certos de estarem nas companhias corretas, sua amargura escondida transborda. Lembro-me de uma noite que passei em um trem com um homem do Serviço Educacional, um estranho cujo nome nunca descobri. Estava quente demais para dormir e passamos a noite conversando. Depois de meia hora com perguntas cautelosas, cada um de nós decidiu que o outro era "seguro"; e então por horas, enquanto o trem sacolejava lentamente pela noite escura, sentados em nossos beliches com garrafas de cerveja à mão, amaldiçoamos o Império Britânico – sentimento que vinha de dentro, de forma profunda e inteligente. Fez bem para nós dois. Mas estivéramos falando de coisas proibidas, e na luz extenuada da manhã, quando o trem se arrastava para Mandalay, nos separamos tão culpados quanto qualquer casal adúltero.

Até onde posso observar, quase todo anglo-indiano tem momentos em que sua consciência o incomoda. As exceções são homens que estão fazendo algo que é claramente útil e ainda teria de ser feito estivessem os britânicos na Índia ou não; agentes florestais, por exemplo, e médicos e engenheiros. Mas eu estava na polícia, o que quer dizer que era parte de uma verdadeira máquina de despotismo. Além disso, na polícia você vê o trabalho sujo do Império em detalhes, e há uma diferença considerável entre fazer o trabalho sujo e simplesmente se beneficiar dele. Muitas pessoas aprovam a pena de morte, mas a maioria das pessoas não realizaria o trabalho do carrasco. Mesmo os outros europeus na Birmânia desprezavam a polícia levemente por causa do trabalho brutal que ela tinha de fazer. Lembro-me de uma vez, quando estava inspecionando uma delegacia, e um missionário americano que eu conhecia até bem entrou por algum motivo. Como muitos missionários não conformistas, ele era um completo idiota, mas até que uma boa pessoa. Um dos meus subinspetores nativos estava intimidando um suspeito (eu descrevo essa cena em *Dias na Birmânia*[49]). O americano observava, e então virou para mim e disse pensativamente "Não desejaria ter seu emprego". Fiquei horrivelmente envergonhado. Pois *aquele* era o tipo de emprego que eu tinha! Até um missionário americano idiota, um abstêmio virgem do Meio-Oeste, tinha o direito de me desprezar e ter pena de mim! Mas eu deveria ter sentido a mesma vergonha mesmo se ninguém tivesse me dito

---

49 Primeiro romance de Orwell, lançado em 1934. (N. da T.)

isso. Eu tinha começado a nutrir um ódio indescritível por toda a máquina da assim chamada Justiça. Diga o que quiser, nossa lei criminal (muito mais humana, aliás, na Índia do que na Inglaterra) é algo horrível. Requer pessoas muito insensíveis para administrá-la. Os miseráveis prisioneiros agachados em celas fedorentas dos presídios, os rostos acinzentados e assustados de condenados a longas penas, os traseiros marcados de homens que foram açoitados com bambus, as mulheres chorando quando seus homens as deixaram ao serem presos – coisas como essas são doloridas demais quando, de alguma forma, você é diretamente responsável por elas. Vi um homem ser enforcado uma vez; me pareceu pior do que mil assassinatos. Nunca entrei em uma cadeia sem sentir (muitos que visitam cadeias sentem o mesmo) que meu lugar era do outro lado das grades. Eu pensava então – e penso agora, para todo efeito – que o pior criminoso que jamais viveu é moralmente superior a um juiz que decidiu por um enforcamento. Mas, claro que tive de guardar essas opiniões para mim mesmo, por causa do mais completo silêncio que é imposto a todo inglês no Oriente. No final, elaborei uma teoria anarquista de que todo governo é maléfico, que a punição sempre causa mais prejuízo do que o crime e que as pessoas irão se comportar de forma decente se você as deixar em paz. Isso, óbvio, era bobagem sentimental. Enxergo agora como não enxergava antes que é sempre necessário proteger pessoas pacíficas contra a violência. Em qualquer estado da sociedade onde o crime pode ser lucrativo, você precisa ter uma lei criminal rígida e administrá-la impiedosamente; a alternativa é Al Capone. Mas o sentimento de que a punição é maléfica surge, inevitavelmente, naqueles que têm de administrá-la. Eu deveria esperar que, mesmo na Inglaterra, muitos policiais, juízes, carcereiros e outros são assombrados por um horror secreto do que eles fazem. Mas, na Birmânia, era opressão em dobro que estávamos cometendo. Não apenas estávamos enforcando as pessoas e as colocando na cadeia e coisas do tipo; estávamos fazendo isso na condição de forasteiros invasores indesejados. Os birmaneses nunca de fato reconheceram nossa jurisdição. O ladrão que pusemos na prisão não se considerava um criminoso justamente punido, ele se considerava a vítima de um conquistador estrangeiro. O que foi feito a ele era meramente uma crueldade sem sentido e arbitrária. Seu rosto dizia isso muito claramente, atrás das robustas barras de madeira do cárcere e das barras de ferro da cadeia. E, infelizmente, eu não havia treinado para ser indiferente à expressão do rosto humano.

Quando vim para casa de licença, em 1927, eu já estava meio determinado a abandonar o emprego, e um sopro do ar inglês me fez decidir. Não voltaria a fazer parte daquele vil despotismo. Mas eu queria muito mais do que fugir do meu emprego. Por cinco anos, havia sido parte de um sistema opressivo, e isso havia me deixado com peso na consciência. Inúmeros rostos lembrados – rostos de prisioneiros na doca, de homens esperando nas celas degradadas, de subordinados que eu havia intimidado e camponeses idosos que eu havia tratado com indelicadeza, de criados e trabalhadores braçais que eu tinha atingido com meu punho em momentos de raiva (quase todos fazem essas coisas no Oriente, mesmo que ocasionalmente: orientais podem ser muito provocativos) – me assombravam de forma intolerável. Eu estava consciente de um enorme peso de culpa que precisava expiar. Suponho que isso soe exagerado, mas, se você realizar por cinco anos um trabalho que desaprova completamente, provavelmente sentirá o mesmo. Eu havia reduzido tudo à simples teoria de que os oprimidos estão sempre certos e os opressores estão sempre errados: uma teoria errada, mas é o resultado natural de ser um dos opressores. Sentia que tinha de fugir não apenas do imperialismo, mas de toda forma de dominação do homem sobre o homem. Queria eu mesmo submergir, me infiltrar entre os oprimidos, ser um deles e estar do lado deles contra os tiranos. E, principalmente porque eu tivera de resolver tudo em solidão, carreguei meu ódio da opressão para distâncias extraordinárias. Naquela época, fracasso parecia a mim ser a única virtude. Toda suspeita de autopromoção, mesmo para "ser bem-sucedido" na vida a ponto de ganhar umas centenas de libras por ano, me pareceu espiritualmente indigno, uma espécie de intimidação.

Foi dessa maneira que meus pensamentos se voltaram para a classe trabalhadora inglesa. Foi a primeira vez que eu estive de fato ciente dela e, para começar, foi apenas porque ela fornecera uma analogia. As pessoas da classe trabalhadora foram as vítimas simbólicas da injustiça, exercendo o mesmo papel na Inglaterra que os birmaneses exerceram na Birmânia. Na Birmânia, a questão havia sido bem simples. Os brancos estavam em cima e os negros estavam embaixo e, portanto, via de regra, a simpatia das pessoas ficava com os negros. Agora eu compreendo que não havia nenhuma necessidade de ir até a Birmânia para descobrir a tirania e a exploração. Aqui na Inglaterra, bem debaixo de nossos pés, estava a classe operária submersa, sofrendo misérias que mesmo de formas diferentes eram tão maléficas quanto aquelas que os orientais conheceram. A palavra "desemprego" estava na boca de todos. Aquilo era mais ou menos novo para mim, depois da Birmânia, mas o disparate que as classes médias ainda estavam falando ("Esses desempregados são todos desempregáveis", etc., etc.) não lograram me enganar. Sempre imagino se aquele tipo de coisa engana mesmo os tolos que a proferem. Por outro lado, na época eu não tinha interesse no socialismo ou em qualquer outra teoria econômica. Me parecia então – às vezes me parece agora – que a injustiça econômica vai parar no momento em que quisermos que ela pare, e não antes disso, e se nós genuinamente quisermos pará-la, o método adotado mal importará.

Mas eu não sabia nada sobre as condições das classes trabalhadoras. Havia lido os números do desemprego, mas não tinha nenhuma ideia do que eles implicavam; acima de tudo, não conhecia o fato essencial de que a pobreza "respeitável" é sempre a pior. O destino temeroso de um trabalhador decente de repente jogado nas ruas depois de uma vida de trabalho regular, de uma luta agoniada contra leis econômicas que ele não entende, da desintegração de famílias, do corrosivo sentimento de vergonha – tudo isso estava fora do escopo da minha experiência. Quando eu pensava em pobreza, pensava nela em termos de uma fome brutal. Portanto, minha mente se virava imediatamente para casos extremos, os marginais sociais: vagabundos, mendigos, criminosos, prostitutas. Esses eram "os mais baixos dos mais baixos", e essas eram as pessoas com quem eu queria entrar em contato. O que eu queria profundamente, naquela época, era encontrar alguma forma de sair do mundo respeitável de uma vez. Pensei muito sobre isso, e até planejei algumas partes em detalhes; podia vender tudo, dar tudo embora, mudar o nome e começar de novo sem dinheiro e sem nada além das roupas do corpo. Mas, na vida real, ninguém faz esse tipo de coisa; fora os parentes e amigos que têm de ser considerados, tenho minhas dúvidas se um homem instruído poderia fazer isso se houvesse alguma alternativa para ele. Mas, pelo menos, eu poderia me colocar entre essas pessoas, ver como eram suas vidas e me sentir temporariamente parte do mundo delas. Uma vez que estivesse entre eles e fosse aceito por eles, eu teria chegado ao fundo, e – isto é o que eu senti: eu estava ciente até de que isso era irracional – parte da minha culpa sairia de mim. Pensei bastante e decidi o que iria fazer. Iria me disfarçar adequadamente e ir para Limehouse e Whitechapel e lugares parecidos e dormir em pensões comuns e fazer amizade com trabalhadores das docas, ambulantes, pessoas degradadas, mendigos e, se possível, criminosos. E eu descobriria sobre mendigos e como entrar em contato com eles e qual seria o procedimento apropriado para ser admitido em abrigos; e então, quando achasse que estava a par de tudo, eu mesmo iria para a rua.

No começo não foi fácil. Significava fingir e eu não tenho nenhum talento para a atuação. Não sei, por exemplo, disfarçar meu sotaque, nem por poucos minutos. Imaginei – eis a terrível consciência de classe do inglês – que seria identificado como um "cavalheiro" no momento em que abrisse a boca; então eu tinha uma boa história de sorte pronta caso fosse questionado, arranjei o tipo certo de roupas e as sujei nos locais apropriados. Não é fácil eu me disfarçar, já que sou bastante alto, mas, pelo menos, eu conhecia a aparência de um mendigo. (Poucas pessoas conhecem isso, aliás! Olhem para qualquer imagem de mendigo na *Punch*. Eles estão sempre vinte anos atrasados.) Uma noite, tendo me preparado na casa de um amigo, saí e vaguei na direção leste até chegar a uma pensão comum na Limehouse Causeway. Era um lugar escuro, sujo. Sabia que era uma pensão comum pela placa "Camas boas para homens solteiros" na janela. Senhor, de onde tive de tirar coragem para entrar! Parece ridículo agora. Mas eu ainda estava meio com medo da classe trabalhadora. Queria entrar em contato com essas pessoas, e queria até me tornar uma delas, mas ainda pensava nelas como estranhas e perigosas; passar pelo escuro umbral da pensão comum fez parecer que eu estava entrando em algum terrível lugar subterrâneo – um esgoto cheio de ratos, por exemplo. Entrei esperando uma briga. Identificariam que eu não eram um deles e imediatamente deduziriam que havia ido até lá para espioná-los; e então eles iriam para cima de mim e me tirariam de lá – isso era o que eu esperava. Sentia que tinha de fazer isso, mas não estava gostando da perspectiva.

Do lado de dentro, um homem em mangas de camisa apareceu de algum lugar. Esse era o "responsável", e eu disse a ele que queria uma cama para passar a noite. Notei que meu sotaque não o fez me encarar; ele simplesmente pediu nove centavos e, então, me mostrou o caminho para uma cozinha desarrumada iluminada pelo fogo no subsolo. Havia estivadores e operários e uns poucos marinheiros sentados jogando damas e bebendo chá. Eles mal me olharam quando eu entrei. Mas era sábado à noite e um estivador forte estava bêbado e cambaleando pelo recinto. Ele se virou, me viu e avançou sobre mim com um rosto vermelho grande e inclinado e um perigoso olhar suspeito. Me enrijeci. Então a briga já ia começar! No momento seguinte, o estivador caiu no meu peito e jogou os braços em volta do meu pescoço. "Tome uma xícara de chá, amigo. Tome uma xícara de chá!"

Tomei uma xícara de chá. Foi uma espécie de batismo. Depois disso, meus medos se dissiparam. Ninguém me questionou, ninguém mostrou curiosidade ofensiva; todos foram educados e gentis e me receberam com extrema naturalidade. Fiquei dois ou três dias naquela pensão comum, e poucas semanas depois, tendo recolhido uma certa quantidade de informações sobre os hábitos de pessoas necessitadas, fui para a rua pela primeira vez.

Descrevi tudo isso em *Na Pior em Paris e Londres*[50] (quase todos os incidentes descritos lá aconteceram de fato, embora tenham sido rearranjados) e não quero repetir. Mais tarde, estive nas ruas por períodos maiores, algumas vezes por escolha, outras por necessidade. Morei em pensões comuns por meses seguidos. Mas foi aquela primeira expedição que grudou mais vividamente na minha mente, por causa da estranheza dela – a estranheza de finalmente estar lá entre "os mais baixos dos mais baixos", e em termos de completa igualdade com pessoas da classe trabalhadora. Um mendigo, é verdade, não é uma pessoa típica da classe trabalhadora; ainda assim, quando você está entre mendigos, você está, de qualquer forma, imerso em uma seção – uma subcasta – da classe trabalhadora, algo que até onde eu sei não pode acontecer com você de outra forma. Por vários dias eu vaguei pelos subúrbios no Norte de Londres com um mendigo irlandês. Fui seu colega, temporariamente. Dividimos a mesma cela à noite, ele me contou

---

50 Espécie de livro-reportagem, baseado nas experiências pessoais de Orwell, publicado em 1933. (N. da T.)

a história da sua vida e eu lhe contei uma história fictícia da minha; nos revezamos para mendigar em casas de boa aparência e repartimos o que arrecadamos. Eu estava muito feliz. Ali estava eu, entre "os mais baixos dos mais baixos", nos alicerces do mundo ocidental! A barreira de classe não existia, ou parecia não existir. E lá, naquele esquálido e horrivelmente entediante submundo dos mendigos, eu tive uma sensação de libertação, de aventura, que parece absurda quando olho para trás, mas que era suficientemente vívida na época.

10

Mas, infelizmente, você não resolve o problema de classe fazendo amizade com mendigos. No máximo, você se livra de algum preconceito referente à classe.

Mendigos, pedintes criminosos e banidos da sociedade geralmente são seres muito excepcionais e não são mais típicos da classe trabalhadora em geral do que a *intelligentsia* literária é típica da burguesia. É bastante fácil criar certa intimidade com um "intelectual" estrangeiro, mas não é nada fácil criar certa intimidade com um estrangeiro comum e respeitável da classe média. Quantos ingleses já viram por dentro uma família comum da burguesia francesa, por exemplo? Provavelmente, seria quase impossível de fazê-lo a não ser que se casasse com alguém dessa classe. E é bastante similar à classe trabalhadora inglesa. Nada é mais fácil do que ser amigo do peito de um batedor de carteiras, se você souber onde procurar por ele, mas é muito difícil ser amigo de peito de um pedreiro.

Mas por que é tão fácil estar em pé de igualdade com os banidos da sociedade? As pessoas com frequência me diziam "Será que quando está com os mendigos eles te aceitam de verdade como se você fosse um deles? Será que eles não notam que você é diferente? Não notam a diferença de sotaque?", etc., etc. Na verdade, uma proporção justa de mendigos, bem mais que um quarto, eu diria, não nota nada do tipo. Para começo de conversa, muitas pessoas não têm ouvidos para sotaques e te julga somente por suas roupas. Sempre me impressionei com esse fato quando estava pedindo nas portas dos fundos das casas. Algumas pessoas ficavam obviamente surpresas pelo meu sotaque "instruído", outras não conseguiam notá-lo de forma alguma; eu estava sujo e com as roupas rasgadas e isso era tudo que viam. De novo, mendigos vêm de todas as partes das Ilhas Britânicas e a variação de sotaques ingleses é enorme. Um mendigo está acostumado a ouvir todo tipo de sotaque entre seus camaradas, alguns deles tão estranhos a ele que mal os entende. E um homem de, digamos, Cardiff, Durham ou Dublin não necessariamente sabe quais dos sotaques do Sul é o "instruído". Em todo caso, homens com sotaques "instruídos", embora raro entre os mendigos, não são desconhecidos. Mas, mesmo quando os mendigos estão cientes de que você é de uma origem diferente da deles, isso não necessariamente altera a atitude deles. Do ponto de vista deles, tudo que importa é que você, como eles, está "ao relento". E naquele mundo não é socialmente aceitável fazer perguntas demais. Você pode contar às pessoas a história da sua vida se quiser, e a maioria dos mendigos faz isso ao menor estímulo, mas você pode não sentir nenhuma compulsão de o fazer e, qualquer que seja a história que contar, ela será aceita sem questionamentos. Mesmo um bispo poderia se sentir em casa entre os mendigos se usasse as roupas apropriadas; e, mesmo se eles soubessem que ele é um bispo, não faria a menor diferença desde que também soubessem ou acreditassem que ele estava genuinamente necessitado. Uma vez naquele mundo e parecendo ser parte dele, mal importa o que você foi no passado. É uma espécie de mundo dentro de outro mundo onde todos são iguais, uma pequena e esquálida democracia – talvez a coisa mais próxima de uma democracia que exista na Inglaterra.

Mas, quando você depara com a classe trabalhadora normal, a posição é totalmente diferente. Para começar, não há atalho no meio dela. Você pode se tornar um mendigo simplesmente vestindo as roupas certas e indo ao abrigo mais próximo, mas não pode se tornar um operário ou um minerador. Você não conseguiria obter um emprego de operário ou minerador mesmo que fosse capaz de realizar o trabalho. Por meio de políticas socialistas, você pode entrar em contato com a *intelligentsia* da classe trabalhadora, mas eles não são muito mais típicos do que mendigos e ladrões. Quanto ao resto, você só pode se misturar com a classe trabalhadora estando na casa deles como um hóspede, o que sempre tem o perigo de se parecer com uma "visita a um bairro miserável". Por alguns meses, morei apenas em casas de mineradores. Fiz minhas refeições com a família, me lavei na pia da cozinha, dividi quartos com mineradores, bebi cerveja com eles, joguei dardos com eles, conversei com eles por horas a fio. Mas, embora estivesse entre eles, e espero e confio que não me achavam um estorvo, eu não era um deles, e eles sabiam disso até melhor do que eu. Por mais que você goste deles, por mais interessante que a conversa seja, tem sempre aquele maldito incômodo da diferença de classe, como a ervilha embaixo do colchão da princesa[51].

---

51 Alusão ao conto *A Princesa e a Ervilha*, do dinamarquês Hans Christian Andersen (1805-1875), publicado em 1835. Na história, é realizado um teste para saber se uma moça que se diz princesa é mesmo da realeza, colocando-se uma ervilha embaixo do colchão, pois somente uma princesa, com toda sua delicadeza e com a experiência de dormir em camas extremamente macias, seria capaz de detectar um incômodo tão pequeno quanto uma ervilha. (N. da T.)

O caminho para Wigan Pier

Não é uma questão de aversão ou desagrado, apenas de diferença, mas é o suficiente para tornar a intimidade real impossível. Mesmo com mineradores que se descrevem como comunistas, achei que manobras diplomáticas se faziam necessárias para impedi-los de me chamar de "senhor"; e todos eles, exceto em momentos de grande animação, suavizavam seus sotaques para facilitar para mim. Eu gostava deles e esperava que eles gostassem de mim, mas estive no meio deles como um forasteiro, e todos nós estávamos cientes disso. Onde quer que vá, essa maldição de diferença de classe te confronta como um muro de pedra. Ou talvez não seja tanto como um muro de pedra, mas como o vidro laminado de um aquário; é muito fácil fingir que você não está lá, e um tanto quanto impossível transpassá-lo.

Infelizmente, é moda hoje em dia fingir que o vidro é penetrável. Claro que todos sabem que o preconceito de classe existe, mas, ao mesmo tempo, todos declaram ser, de alguma forma misteriosa, isentos dele. O esnobismo é um daqueles vícios que podemos discernir em todo mundo, mas nunca em nós mesmos. Não apenas o socialista *croyant et pratiquant*[52], mas todo "intelectual" entende como fato que ele pelo menos está fora do alvoroço sobre classe; ele, ao contrário de seus vizinhos, consegue enxergar por meio do absurdo de riqueza, cargos, títulos, etc., etc. "Não sou esnobe" é hoje um tipo de credo universal. Quem é que nunca zombou da Câmara dos Lordes, da casta militar, da Família Real, das escolas públicas, da caça e assassinato de pessoas, das velhas damas nas hospedarias em Cheltenham, dos horrores da sociedade dos condados e da hierarquia social em geral? Fazer isso tornou-se um gesto automático. Você nota isso particularmente nos romances. Todo romancista de sérias pretensões adota uma atitude irônica diante de seus personagens das classes superiores. Na verdade, quando um romancista tem de inserir um personagem claramente da classe superior – um duque ou baronete ou outros assim – em uma de suas histórias, ele o satiriza mais ou menos instintivamente. Há importante causa subsidiária disso na pobreza do dialeto da moderna classe superior. A fala de pessoas "instruídas" está agora tão sem vida e sem personalidade que um romancista não consegue fazer nada com ela. De longe, o jeito mais fácil de torná-la divertida é fazê-la

---

52 Francês: crente e praticante. (N. da T.)

burlesca, o que quer dizer fingir que toda pessoa da classe superior é um idiota inútil. O truque é imitado de um romancista para outro, e no final torna-se quase um ato reflexivo.

E nesse tempo todo, no fundo do coração, todos sabem que isso é uma imitação. Nós todos protestamos contra as distinções de classe, mas poucas pessoas querem seriamente aboli-las. Aqui se chega ao importante fato de que cada opinião revolucionária tira parte de sua força de uma convicção secreta de que nada pode ser mudado.

Se quiser uma boa ilustração disso, vale a pena estudar os romances e peças de Galsworthy, ficando de olho em sua cronologia. Ele é um exemplar requintado de um humanitário bastante sensível do pré-guerra com lágrimas nos olhos. Começa com um complexo de pena mórbido que se estende ao pensamento de que toda mulher casada é um anjo acorrentado a um sátiro. Ele está em um estado perpétuo de tremor e indignação pelos sofrimentos de balconistas sobrecarregados, trabalhadores de fazendas mal remunerados, mulheres pecadoras, criminosos, prostitutas e animais. O mundo, conforme ele o vê em seus primeiros livros (*The Man of Property, Justice*, etc.), é dividido entre opressores e oprimidos, com os opressores sentando-se no topo como um ídolo pétreo monstruoso que nem toda a dinamite do mundo poderia derrubar. Mas está tão claro assim que ele quer derrubá-lo? Ao contrário, em sua luta contra uma tirania imutável, ele é apoiado pela consciência de que é imutável. Quando as coisas acontecem inesperadamente e a ordem mundial que conhecia começa a ruir, ele se sente de alguma forma diferente a respeito disso. Então, tendo se empenhado para ser o campeão dos mais desfavorecidos contra a tirania e a injustiça, acaba por advogar (vide *The Silver Spoon*) que a classe operária inglesa, para curar suas doenças econômicas, deve ser deportada para as colônias como rebanhos de gado. Se ele tivesse vivido mais dez anos, provavelmente teria chegado à uma versão mais polida do fascismo. Esse é o destino inevitável do sentimentalista. Todas as suas opiniões viram ao contrário ao primeiro sinal de realidade.

A mesma linha de uma falsidade saturada e mal concebida percorre toda opinião "avançada". Tomemos a questão do imperialismo, por exemplo. Todo "intelectual" de esquerda é, via de regra, um anti-imperialista. Ele declara estar fora da discussão sobre o império da mesma forma automática e presunçosa que declara estar fora da discussão sobre classe. Mesmo o "intelectual" de direita, que definitivamente não se revolta contra o imperialismo britânico, finge considerá-lo com um tipo de distanciamento distraído. É tão fácil ser arguto quanto ao Império Britânico. *O Fardo do Homem Branco* e "Rule, Britannia" e os romances de Kipling e chatices anglo-indianas – quem poderia mencionar essas coisas sem um riso abafado? E há alguma pessoa culta que não tenha, pelo menos uma vez na vida, feito uma piada sobre um velho indiano havildar que disse "se os britânicos deixassem a Índia, não haveria uma rúpia ou uma virgem entre Peshawar e Delhi (ou onde quer que seja)"? Essa é a atitude de um típico esquerdista diante do imperialismo, uma atitude fraca e sem sustentação. Pois, como último recurso, a pergunta importante é: você quer que o Império Britânico permaneça ou quer que ele se desintegre? E, no fundo do coração, nenhum inglês, o último de todos os tipos de pessoa que são sagazes sobre coronéis anglo-indianos, quer que ele se desintegre. Pois, exceto por qualquer outra consideração, o alto padrão de vida de que desfrutamos na Inglaterra depende de mantermos mão firme no Império, principalmente as porções tropicais dele na Índia e na África. Sob o sistema capitalista, para que a Inglaterra possa viver em relativo conforto, cem milhões de indianos devem passar fome – um maligno estado de coisas, mas você aquiesce toda vez que entra em um táxi ou come um prato de morangos com creme. A alternativa é atirar o império ao mar e reduzir a Inglaterra a uma ilhazinha fria e sem importância onde todos deveremos trabalhar duro e viver basicamente de arenques e batatas. Essa é a última coisa que um esquerdista quer. Embora o esquerdista continue a sentir que ele não tem nenhuma responsabilidade moral pelo imperialismo. Ele está perfeitamente pronto para aceitar os produtos do império e salvar sua alma e zombar das pessoas que mantêm o império em pé.

É nesse ponto que se começa a compreender a irrealidade da atitude da maioria das pessoas para com a questão de classe. Contanto que seja meramente um problema de melhorar o fardo do trabalhador, toda pessoa decente concorda. Tomemos o minerador, por exemplo. Todos, excetuando idiotas e malandros, gostariam de ver um minerador em melhores condições. Se, por exemplo, o minerador pudesse andar pelo veio de carvão em um carrinho confortável em vez de rastejar apoiado nas mãos e nos joelhos, se ele pudesse trabalhar um turno de três horas em vez de sete horas e meia, se ele pudesse morar em uma casa digna com cinco cômodos e um banheiro e tivesse um pagamento de dez libras por semana – esplêndido! Além disso, todo mundo que usa o cérebro sabe perfeitamente bem que isso está dentro da margem de possibilidades. O mundo tem potencial para ser imensamente rico; se o desenvolvêssemos como ele deveria ser desenvolvido, todos nós poderíamos viver como príncipes, desde que quiséssemos. Mas, se visto muito superficialmente, o lado social da questão parece igualmente simples. De certa forma, é verdade que quase todo mundo gostaria de ver as distinções de classe abolidas. Obviamente, essa inquietação perpétua entre um homem e outro, da qual sofremos na Inglaterra moderna, é uma maldição e um obstáculo. Daí a tentação de pensar que ele poderia desaparecer com uns gritos carregados de boa vontade proferidos por um chefe de grupo de escoteiros. Parem de me chamar de "senhor", pessoal! Não somos igualmente homens? Vamos ficar amigos e fazer um tremendo esforço e nos lembrar de que somos todos iguais, e o que importa se eu sei que tipos de gravata usar e vocês não sabem, e se eu tomo minha sopa relativamente em silêncio e vocês tomam fazendo barulho de água correndo por um cano de esgoto... E assim por diante. E tudo isso é a bobagem mais nefasta, mas bastante sedutora quando expressa adequadamente.

Contudo, infelizmente, não se avança muito simplesmente desejando que a distinção de classe desapareça. Mais precisamente, é necessário desejar que ela desapareça, mas o desejo não tem eficácia a menos que se entenda o que está envolvido nisso. O fato que deve ser encarado é que abolir as distinções de classe significa abolir parte de si mesmo. Aqui estou, um típico membro da classe média. É fácil para mim dizer que quero me livrar das distinções de classe, mas quase tudo que eu penso e faço é resultado de distinções de classe. Todas as minhas noções – noções do bem e do mal, de agradável e desagradável, de engraçado e sério, de feio e bonito – são essencialmente noções da classe média; meu gosto em livros, comida e roupas, meu senso de honra, meus modos à mesa, minhas mudanças de fala, meu sotaque, mesmo os movimentos característicos do meu corpo são produtos de um tipo especial de criação e um nicho especial a meio caminho da hierarquia social. Quando eu entendo isso, entendo que não adianta nada dar um tapinha nas costas de um proletário e dizer que ele é um homem tão bom quanto eu; se quero contato real com ele, tenho de fazer um esforço para o qual é muito provável que não esteja preparado. Pois, para sair desse alvoroço sobre classes, tenho de suprimir não apenas meu esnobismo particular, mas a maioria de minhas outras preferências e preconceitos. Tenho de mudar tão completamente que, ao final, eu mal seria reconhecível como a mesma pessoa. O que está envolvido não é a simples melhoria das condições da classe operária, nem uma fuga das formas mais estúpidas de esnobismo, mas um abandono completo de uma atitude diante da vida que é típica das classes média e superior. E se eu digo sim ou não depende, provavelmente, de quanto eu compreendo do que é exigido de mim.

Muitas pessoas, no entanto, imaginam que podem abolir as distinções de classe sem fazer qualquer mudança desconfortável em seus próprios hábitos e "ideologia". Daí as ações ávidas por romper as classes que estão em andamento por todos os lados. Por toda parte há pessoas de boa vontade que honestamente acreditam que estão trabalhando em prol da ruptura das distinções de classe. O socialista da classe média se entusiasma com o proletariado e comanda "cursos de verão" em que o proletário e o burguês arrependido iriam cair um nos braços do outro e ser irmãos para sempre; e os visitantes burgueses vão embora dizendo como tudo foi maravilhoso e inspirador (os proletários vão embora dizendo algo diferente). E, então, tem aquele católico rastejante de um subúrbio distante, uma ressaca do período de William Morris[53], mas ainda surpreendentemente comum, que sai por aí dizendo "Por que devemos nivelar por baixo? Por que não nivelar por cima?" e propõe nivelar a classe trabalhadora "por cima" (até seu próprio nível) em termos de higiene, suco de fruta, controle de natalidade, poesia, etc. Mesmo o Duque de York (agora Rei George VI) comanda um acampamento anual onde meninos de escolas públicas e meninos de cortiços deveriam se misturar em termos exatos de igualdade, e realmente se misturam enquanto estão lá, mais como animais em uma daquelas gaiolas do tipo "família feliz", onde um cachorro, um gato, dois furões, um coelho e três canários mantêm uma trégua armada enquanto os olhos do apresentador estão sobre eles.

---

53 William Morris (1834-1896), designer têxtil, poeta, romancista, tradutor e ativista inglês. (N. da T.)

Estou convencido de que todos esses esforços deliberados e conscientes para uma ruptura de classe são um erro muito sério. Às vezes, são simplesmente fúteis, mas, quando eles mostram realmente um resultado definido, é geralmente para intensificar o preconceito de classe. Se você for pensar, isso apenas é o que se espera. O ritmo foi forçado e estabeleceu-se uma igualdade desconfortável e artificial entre as classes; o atrito resultante traz à tona todos os tipos de sentimentos que podem, por outro lado, ter ficado enterrados, talvez para sempre. Como eu disse a propósito de Galsworthy, as opiniões do sentimentalista viram ao contrário ao primeiro toque de realidade. Cutuque o pacifista médio e encontre um chauvinista. O membro do Partido Trabalhista Independente da classe média e o bebedor de suco de fruta são todos a favor de uma sociedade sem classes, contanto que eles vejam o proletariado pelo outro lado do telescópio; force-os para qualquer contato real com um proletário – deixe-os entrar em uma briga com o trabalhador do mercado de peixes em um sábado à noite, por exemplo – e eles serão capazes de retomar o esnobismo mais comum da classe média. A maioria dos socialistas da classe média, entretanto, muito provavelmente não entrará em disputas com trabalhadores do mercado de peixe bêbados; quando eles de fato fazem um contato genuíno com a classe trabalhadora, é com a *intelligentsia* da classe trabalhadora. Mas a *intelligentsia* da classe trabalhadora pode ser precisamente dividida em dois tipos. Há o tipo que permanece classe trabalhadora – que continua trabalhando como mecânico ou nas docas, ou outro emprego do gênero –, e não se importa em mudar seu sotaque nem seus hábitos, mas que "melhora sua mente" em seu tempo livre e trabalha para o Partido Trabalhista Independente ou para o Partido Comunista; e há o tipo que altera seu estilo de vida, pelo menos externamente, e que por meio de bolsas de estudos do estado logra ascender à classe média. O primeiro inclui os melhores tipos de homens que temos. Consigo pensar em alguns que conheci que nem mesmo o mais inflexível afiliado aos Tory[54] resistiria a gostar e admirar. O outro tipo, com exceções – D. H. Lawrence, por exemplo –, é menos admirável.

Para começar, é uma pena, embora seja um resultado natural do sistema

---

54 Antigo partido de tendência conservadora no Reino Unido. (N. da T.)

de bolsas de estudo, que o proletariado tenha tendência a interpenetrar a classe média via a *intelligentsia* literária. Pois não é fácil cavar seu caminho na *intelligentsia* literária se você for um ser humano decente. O mundo literário inglês moderno, principalmente a seção mais intelectual dele, é um tipo de floresta venenosa onde apenas ervas daninhas conseguem crescer. Só é possível ser um cavalheiro das letras e manter sua decência se você for um escritor definitivamente popular – um escritor de histórias de detetives, por exemplo; mas, para ser um intelectual, com um pé nas revistas mais pretensiosas, significa se colocar à disposição de horríveis campanhas de intrigas e esquemas de carreiristas dos bastidores. No mundo intelectual, você "se dá bem" se você "se der bem" por completo, não tanto por sua habilidade literária quanto por ser a alma das festas e beijar os traseiros de leõezinhos parasitas. Esse é, então, o mundo que mais prontamente abre portas para o proletário que está tentando sair de sua própria classe. O garoto "esperto" de uma família da classe trabalhadora, o tipo de garoto que ganha bolsas de estudo e obviamente não se enquadra na vida de trabalhador braçal, pode encontrar outras formas de ascender à classe acima – um tipo ligeiramente diferente, por exemplo, sobe por meio de políticas do Partido Trabalhista –, mas o meio literário é de longe o mais comum. A cena literária de Londres agora o agrupa com jovens que são de origem proletária e foram educados por meio de bolsas de estudo. Muitos deles são pessoas bastante desagradáveis, não serviriam para representar sua classe, e é muito azar quando uma pessoa de origem burguesa obtém êxito em encontrar um proletário face a face em pé de igualdade, esse é o tipo que ele mais comumente encontra. Pois o resultado é conduzir o burguês, que idealizou o proletariado na mesma proporção da falta de conhecimento que tinha dele, de volta ao frenesi do esnobismo. O processo, às vezes, é muito cômico de observar, se você o estiver vendo de fora. O pobre burguês bem-intencionado, ávido por abraçar um irmão proletário, dá um passo à frente com os braços abertos; e um segundo depois ele recua, com cinco libras a menos emprestadas e exclama tristemente "Mas que droga, o camarada não é um cavalheiro!".

O que desconcerta o burguês em um contato desse tipo é ter certeza de que sua própria profissão está sendo levada a sério. Já apontei que opiniões de esquerda do "intelectual" médio são especialmente espúrias. Por pura imitação, ele zomba de coisas nas quais acredita. Para dar um exemplo entre vários, tomemos o código de honra da escola pública, com seu "espírito de equipe" e "não dê murro em ponta de faca" e todas as bobagens do tipo. Quem nunca riu disso? Quem, se dizendo "intelectual", ousaria não rir disso? Mas é um pouco diferente quando você encontra alguém que ri disso estando do lado de fora; assim como nós passamos a vida insultando a Inglaterra, mas ficamos muito bravos quando ouvimos um estrangeiro dizer exatamente as mesmas coisas. Ninguém foi mais cômico sobre as escolas públicas do que o Rato de Praia do *Express*[55]. Ele ri, bastante adequadamente, do código ridículo que torna roubar no jogo de cartas o pior de todos os pecados. Mas será que o Rato de Praia gostaria se um de seus amigos fosse pego roubando no jogo de cartas? Duvido. Somente quando encontra alguém de uma cultura diferente da sua, você começa a compreender quais são suas verdadeiras crenças. Se você é um "intelectual" burguês, prontamente imagina que de alguma forma se "desaburguesou", porque acha fácil rir do patriotismo e da Igreja da Inglaterra e de como os colegas da mesma escola se ajudam a conseguir empregos e do Coronel Blimp[56] e todo o resto. Mas, do ponto de vista de um "intelectual" proletário, que, pelo menos na origem, está genuinamente do lado de fora da cultura burguesa, sua semelhança com o Coronel Blimp pode ser mais importante do que suas diferenças. Muito provavelmente ele considera você e o Coronel Blimp como sendo praticamente pessoas equivalentes; e, de certa forma, ele está certo, embora nem você nem o Coronel Blimp fossem admitir isso. De forma que o encontro do proletário e do burguês, quando coincide de se encontrarem, nem sempre é o abraço de irmãos há muito separados; mais frequentemente é o choque de culturas desconhecidas que só podem se cruzar na guerra.

Tenho olhado para isso do ponto de vista do burguês que vê suas crenças secretas desafiadas e é conduzido de volta a um conservadorismo assustado. Mas tem-se de considerar o antagonismo que é suscitado no "intelectual" proletário. Por seus próprios esforços e, às vezes, com agonias

---

55 *Beachcomber*, no original em inglês, era um pseudônimo usado por muitos jornalistas em colunas satíricas no jornal *Daily Express*. (N. da T.)
56 Personagem de um desenho animado criado em 1934 no Reino Unido, que se achava muito importante e tinha ideias reacionárias. (N. da T.)

terríveis, ele lutou para ascender para outra classe na qual espera encontrar liberdade mais ampla e um maior refinamento intelectual; e tudo que ele encontra, com bastante frequência, é uma espécie de vazio, de morte, de falta de qualquer sentimento humano acolhedor – de qualquer vida real. Às vezes, a burguesia parece a ele composta de fantoches com dinheiro e água em suas veias ao invés de sangue. Isso, de qualquer forma, é o que ele diz, e quase qualquer jovem intelectual de origem proletária irá engendrar essa linha de conversa. Daí a hipocrisia "proletária" da qual agora sofremos. Todos sabem, ou deveriam saber agora, como funciona: a burguesia está "morta" (uma palavra preferida para insultar hoje em dia e muito efetiva, porque não carrega sentido), a cultura burguesa está corrompida, os valores burgueses são desprezíveis, e assim por diante; se você deseja exemplos, leia qualquer exemplar da *Left Review*[57] ou qualquer um dos jovens escritores comunistas como Alec Brown[58], Philip Henderson[59], etc. A sinceridade de muito disso é suspeita, mas D. H. Lawrence, que era sincero, expressa o mesmo pensamento repetidamente. É curioso como ele constantemente menciona a ideia de que a burguesia inglesa está todo morta, ou, no mínimo, castrada. Mellors[60], o guarda de caça em *O Amante de Lady Chatterley* (na verdade, o próprio Lawrence), tivera a oportunidade de ascender de classe e não quer voltar para a anterior, porque trabalhadores ingleses têm muitos "hábitos desagradáveis"; por outro lado, a burguesia, com quem ele também se misturou até certo ponto, parece a ele meio morta, uma raça de eunucos. O marido de Lady Chatterley, simbolicamente, é impotente no sentido físico real. E então há o poema sobre o rapaz (de novo, o próprio Lawrence) que "subiu ao topo da árvore", mas desceu dizendo:

> *Ah, você tem de ser como um macaco*
> *Se você subir na árvore!*
> *Você não serve mais para a terra sólida*

---

57 Periódico britânico de conteúdo comunista. (N. da T.)
58 Alec Brown (1900-1962), escritor, tradutor e linguista britânico. (N. da T.)
59 Philip Henderson (1906-1977), romancista e crítico literário britânico. (N. da T.)
60 Oliver Mellors, o amante do título do romance *O Amante de Lady Chatterley*, de D. H. Lawrence, é um personagem de classe social inferior à da personagem principal e que, apesar das ideias rígidas, vivia inconformado com as condições dos trabalhadores da época. (N. da T.)

> *E o rapaz que costumava ser.*
> *Você se senta nos galhos e tagarela*
> *Com superioridade.*
>
> *Eles todos tagarelam e tagarelam e conversam,*
> *E nenhuma palavra do que dizem*
> *Vem mesmo de dentro, rapaz,*
> *Eles as inventam no meio do caminho...*
>
> *Te digo que algo foi feito com eles,*
> *Para as galinhas novas lá em cima*
> *Não tem um galo entre elas, etc. etc.*

Mais claro que isso quase impossível. Possivelmente, quando disse pessoas "no topo da árvore", Lawrence quis dizer a verdadeira burguesia, aqueles na casa das duas mil libras por ano ou mais, mas duvido. Mais provavelmente ele quis dizer todo mundo que está mais ou menos dentro da cultura burguesa – todo mundo que foi criado com um sotaque afetado e em uma casa onde havia um ou dois criados. E nessa hora você percebe o perigo da hipocrisia "proletária" – percebe, quero dizer, o terrível antagonismo que isso é capaz de suscitar. Pois quando se chega a uma acusação como essa, você está contra um muro em branco. Lawrence me diz que, porque frequentei a escola pública, eu sou um eunuco. Bem, e quanto a isso? Posso produzir evidência médica do contrário, mas que bem isso trará? A condenação de Lawrence permanece. Se você me disser que sou um malandro, posso me corrigir, mas, se você me disser que sou um eunuco, você estará me impedindo de revidar de uma forma viável. Se você quer fazer de um homem um inimigo, diga-lhe que suas doenças são incuráveis.

Isso, portanto, é o resultado da maioria dos encontros entre proletários e burgueses: eles revelam um antagonismo real que é intensificado pela hipocrisia "proletária", ela mesma o produto de contatos forçados entre as classes. O único procedimento sensato é ir devagar e não forçar o andamento. Se você secretamente pensa em si mesmo como um cavalheiro e, como tal, superior ao garoto de recados do verdureiro, é muito melhor admitir do que contar mentiras sobre isso. Em última instância, você tem de abandonar seu esnobismo, mas será fatal fingir abandoná-lo antes de estar pronto para de fato fazê-lo.

Enquanto isso, pode-se observar em cada lado aquele triste fenômeno, a pessoa da classe média que é um ardente socialista aos vinte e cinco anos e um desprezível conservador aos trinta e cinco. De certa forma, seu recuo é até natural – de qualquer forma, é possível ver como seus pensamentos funcionam. Talvez uma sociedade em que não haja classes não signifique um estado de coisas beatífico no qual continuamos nos comportando exatamente como antes, exceto pelo fato de que não haverá nenhum ódio entre as classes e nenhum esnobismo; talvez isso signifique um mundo desolador no qual todos os nossos ideais, nossos códigos, nossos gostos – nossa "ideologia", de fato – não terão nenhum significado. Talvez essa história de ruptura de classe não seja tão simples quanto parece! Ao contrário, é um passeio alucinante pela escuridão, e pode ser que no final o sorriso esteja no rosto do tigre. Com sorrisos amorosos, embora levemente condescendentes, nos preparamos para cumprimentar nossos irmãos proletários e, vejam, nossos irmãos proletários – até onde os entendemos – não estão pedindo nossos cumprimentos, eles nos pedem para cometermos suicídio. Quando o burguês vê isso dessa forma, ele alça voo, e, se seu voo for rápido o suficiente, pode carregá-lo para o fascismo.

11

Enquanto isso, e o socialismo?

É quase desnecessário destacar que, neste momento, estamos em uma desordem muito séria, tão séria que mesmo as pessoas mais estúpidas não têm dificuldade de se manter a par disso. Vivemos em um mundo em que ninguém é livre, em que quase ninguém está seguro, em que é quase impossível ser honesto e permanecer vivo. Para enormes blocos da classe operária, as condições de vida são como as descrevi no capítulo de abertura deste livro, e não há chances de mostrarem nenhuma melhora fundamental. O melhor que a classe operária inglesa pode esperar é uma queda temporária e ocasional no desemprego quando esta ou aquela indústria for estimulada artificialmente, por exemplo, pelo rearmamento. Mesmo a classe média, pela primeira vez na história, está sentindo o aperto. Ela ainda não conhece a fome de verdade, mas cada vez mais e mais pessoas estão se debatendo em uma espécie de rede mortal de frustração, na qual é difícil convencer a si mesmo de que se está feliz, ativo ou útil. Mesmo os mais sortudos, no topo, a real burguesia, são assombrados periodicamente por uma consciência das misérias que estão abaixo, e mais ainda por medo do futuro ameaçador. E esse é simplesmente um estágio preliminar em um país ainda rico com a pilhagem que realizou por centenas de anos. Agora mesmo podem estar perpetrando sabe Deus que horrores – horrores dos quais, nessa ilha protegida, não temos nem o conhecimento tradicional.

E, o tempo todo, todo mundo que usa o cérebro sabe que o socialismo, como um sistema mundial sinceramente aplicado, é uma saída. Pelo menos, ele iria nos garantir ter o suficiente para comer, mesmo se nos privasse de tudo o mais. De fato, de um ponto de vista, o socialismo é tão senso comum que eu às vezes me surpreendo por ele ainda não ter se estabelecido. O mundo é uma jangada navegando pelo espaço, potencialmente, com provisões suficientes para todos; a ideia de que todos devemos cooperar e cuidar para que todos façam sua parte do trabalho e obtenham uma fatia das provisões parece tão tolamente óbvia que poderíamos dizer que ninguém falharia em aceitá-lo, a não ser que tivesse algum motivo corrompido para se apegar ao sistema presente. Mas, temos de encarar o fato de que o socialismo não está se estabelecendo. Ao invés de ir para a frente, a causa socialista está visivelmente retrocedendo. Nesse momento, socialistas de quase toda parte estão recuando diante do massacre do fascismo, e alguns acontecimentos estão se movendo com uma terrível rapidez. Enquanto escrevo isso, as forças do fascismo espanhol estão bombardeando Madri, e é muito provável que antes de o livro ser impresso teremos outro país fascista para acrescentar à lista, sem falar de um controle fascista do Mediterrâneo que pode ter o efeito de entregar a política internacional britânica nas mãos de Mussolini[61]. Entretanto, não quero aqui discutir questões políticas mais amplas. Estou preocupado com o fato de o socialismo estar perdendo terreno exatamente onde deveria estar ganhando. Com tanto a seu favor – pois cada barriga vazia é um argumento a favor do socialismo –, a ideia é menos amplamente aceita do que era dez anos atrás. A média das pessoas pensantes não apenas não é socialista, como é ativamente hostil a ele. Isso deve ocorrer devido, principalmente, a métodos equivocados de propaganda. Significa que o socialismo, na forma em que nos é apresentado, tem em si algo inerentemente detestável – algo que repele exatamente as pessoas que deveriam ansiar pelo seu apoio.

Alguns anos atrás, isso pode ter parecido desimportante. Parece que foi ontem que os socialistas, especialmente os marxistas ortodoxos, me diziam com sorrisos de superioridade que o socialismo chegaria por meio de algum processo misterioso chamado de "necessidade histórica". É possível que aquela crença ainda perdure, mas ela foi abalada, para dizer o mínimo. Daí as repentinas tentativas dos comunistas em vários países para se aliarem a forças democráticas que eles vêm sabotando há anos. Em um momento como esse, torna-se desesperadamente necessário descobrir apenas por que o socialismo fracassou em sua atratividade. E não serve para nada declarar o atual desgosto pelo socialismo como um produto da estupidez e de razões corrompidas. Se você quer remover esse desgosto, deve entendê-lo, o que significa entrar na mente de um opositor ao socialismo, ou, pelo menos, olhar seu ponto de vista compreensivamente. Nenhum caso é resolvido até que ele

---

61 Benito Mussolini (1883-1945), ditador italiano, um dos fundadores do fascismo. (N. da T.)

tenha tido uma justa audiência. Portanto, embora bastante paradoxal, a fim de defender o socialismo, é necessário começar atacando-o.

Nos últimos três capítulos, tentei analisar as dificuldades que são suscitadas pelo nosso anacrônico sistema de classes; tenho de tocar nesse assunto novamente, porque acredito que a presente forma de lidar com a questão é intensamente estúpida e pode fazer potenciais socialistas debandarem para o fascismo. No capítulo seguinte, quero discutir certas premissas subjacentes que distanciam mentes sensíveis do socialismo. Mas, no capítulo presente, estou simplesmente lidando com o óbvio, objeções preliminares – o tipo de coisa que a pessoa que não é socialista (não me refiro ao tipo que diz "De onde vem o dinheiro?") sempre começa por perguntar quando você a sobrecarrega com o assunto. Algumas dessas objeções podem parecer frívolas ou autocontraditórias, mas estão à margem da questão principal; estou meramente discutindo sintomas. Tudo que possa esclarecer por que o socialismo não é aceito é relevante. E notem, por favor, que estou argumentando a favor do socialismo, não contra. Mas, nesse momento, serei *advocatus diaboli*[62]. Estou levantando uma causa para o tipo de pessoa que tem simpatia pelos objetivos fundamentais do socialismo, que é inteligente a ponto de ver que o socialismo funcionaria, mas que, na prática, acaba dando o fora quando ele é mencionado.

Questione uma pessoa desse tipo e você irá com frequência obter a mesma resposta meio inconsistente: "Não me oponho ao socialismo, mas me oponho aos socialistas". Logicamente, é um argumento pobre, mas influencia muitas pessoas. Assim como com a religião cristã, a pior propaganda para o socialismo são os seus partidários.

A primeira coisa que deve impressionar qualquer observador exterior é que o socialismo, em sua forma desenvolvida, é uma teoria restrita completamente à classe média. O típico socialista não é, como velhas damas com tremedeira imaginam, um homem trabalhador com aparência feroz usando macacões engordurados e uma voz rouca. Ou ele é um jovem esnobe bolchevique que em cinco anos provavelmente terá tido um casamento próspero e se convertido ao catolicismo romano; ou, ainda mais típico, um homenzinho

---

62 Latim: advogado do diabo. (N. da T.)

empertigado com um emprego no escritório, normalmente um abstêmio em segredo, com tendências vegetarianas, uma história de não conformidade por trás e, acima de tudo, que ocupa uma posição social da qual não tem nenhuma intenção de abrir mão. Esse último tipo é surpreendentemente comum em partidos socialistas de todos os matizes; ele provavelmente foi tomado em bloco do antigo Partido Liberal. Além disso, há a horrível – na verdade, inquietante – predominância de excêntricos onde quer que haja socialistas. Pode-se ter a impressão, às vezes, que as simples palavras "socialismo" e "comunismo" atraem com força magnética todo tomador de suco de fruta, nudista, usuário de sandálias, maníaco por sexo, charlatão da "cura pela natureza", pacifista e feminista na Inglaterra. Um dia, no verão deste ano, eu estava andando pela cidade de Letchworth quando o ônibus parou e dois velhos de aparência horrível entraram. Ambos tinham por volta de sessenta anos, ambos muito baixos, de pele rosada e gordinhos, e ambos sem chapéu. Um deles era obscenamente careca, o outro tinha longos cabelos grisalhos cortados no estilo de Lloyd George[63]. Vestiam camisas da cor de pistache e shorts cáqui, nos quais seus enormes traseiros estavam tão espremidos que dava para analisar cada covinha. A aparência deles gerou uma certa comoção no andar de cima do ônibus. O homem sentado ao meu lado, um vendedor, acho eu, olhou para mim, olhou para eles, e para mim de novo, e murmurou "socialistas", como alguém que dizia "índios de pele vermelha". Provavelmente ele estava certo – o Partido Trabalhista Independente estava realizando seu curso de verão em Letchworth. Mas o ponto é que para ele, como um homem comum, um excêntrico significava um socialista e um socialista significava um excêntrico. Dava para apostar, era o que ele provavelmente sentia, que qualquer socialista tinha algo de excêntrico nele. E esse tipo de concepção parecia existir entre os próprios socialistas. Por exemplo, tenho comigo uma brochura de outro curso de verão que estabelece sua duração em semanas e então me pede para dizer "se minha dieta é comum ou vegetariana". Eles assumem, como podem ver, que é necessário fazer essa pergunta. Esse tipo de coisa é, por si só, o bastante para afastar um número suficiente de pessoas decentes. E o instinto deles é perfeitamente

---

63 David Lloyd George (1863-1945), primeiro-ministro da Grã-Bretanha de 1916 a 1922. (N. da T.)

sensato, pois quem é excêntrico ao se alimentar é, por definição, uma pessoa disposta a se afastar da companhia humana na esperança de ganhar cinco anos a mais de vida para seu corpo.

 A isso temos de adicionar o repulsivo fato de que a maioria dos socialistas de classe média, enquanto teoricamente anseia por uma sociedade sem classes, adere como cola a seus miseráveis fragmentos de prestígio social. Lembro de minha sensação de horror quando frequentei pela primeira vez uma reunião de diretório do Partido Trabalhista Independente em Londres. (Pode ter sido bastante diferente no Norte, onde a burguesia é menos densamente espalhada.) Seriam esses animaizinhos mesquinhos, pensei, os campeões da classe trabalhadora? Pois cada pessoa lá, homem e mulher, carregava o pior estigma da superioridade desprezível da classe média. Se um trabalhador de verdade, um minerador sujo por trabalhar nas minas, por exemplo, de repente aparecesse em meio a eles, eles teriam ficado constrangidos, bravos e enojados; alguns, ouso pensar, teriam saído correndo tapando o nariz. Podemos ver a mesma tendência na literatura socialista, que, mesmo quando não é abertamente escrita *de haut en bas*[64], está sempre completamente distante da classe trabalhadora no linguajar e no modo de pensar. Os Cole, os Webb, os Strachey, etc., não são exatamente escritores proletários. É questionável se qualquer coisa descritível como literatura proletária existe hoje – mesmo o *Daily Worker* é escrito no inglês padrão do Sul –, mas um bom comediante chega mais perto disso do que qualquer socialista consegue imaginar. Quanto ao jargão técnico dos comunistas, ele é tão diferente da linguagem comum quanto a linguagem matemática presente em um livro escolar. Lembro-me de ter ouvido um comunista profissional dando uma palestra dirigir-se a um público da classe trabalhadora. A palestra dele era do teor comum presente nos livros, cheia de frases longas, parênteses e "Não obstante" e "Seja como for", além do jargão comum de "ideologia", "consciência de classe" e "solidariedade proletária" e todo o resto. Depois dele, um trabalhador de Lancashire se levantou e falou à multidão na linguagem comum deles. Não houve muita dúvida sobre qual dos dois esteve mais próximo de seu público,

---

64 Francês: de cima para baixo. (N. da T.)

mas nem por um momento imagino que o trabalhador de Lancashire fosse um comunista ortodoxo.

Pois deve ser lembrado que um trabalhador, contanto que permaneça como um genuíno trabalhador, raramente ou nunca é um socialista no sentido logicamente completo e consistente. Muito provavelmente ele vota no Partido Trabalhista, ou mesmo no Comunista, se tiver a oportunidade, mas sua concepção de socialismo é bastante diferente daquela do socialista educado pelos livros no topo da classe. Para o trabalhador comum, o tipo que você encontraria no pub numa noite de sábado, o socialismo não significa muito mais do que melhores salários, jornadas de trabalho mais curtas e ninguém dizendo a ele o que fazer. Para o tipo mais revolucionário, o tipo que faz marcha contra a fome e está na lista negra dos empregadores, a palavra é uma espécie de grito de mobilização contra as forças da opressão, uma vaga ameaça de violência futura. Mas, até onde vai minha experiência, nenhum trabalhador genuíno compreende as implicações mais profundas do socialismo. Frequentemente, na minha opinião, ele é um socialista mais verdadeiro do que o marxista ortodoxo, porque ele se lembra, enquanto o outro com frequência esquece, que o socialismo significa justiça e integridade comum. Mas, o que ele não compreende é que o socialismo não pode ser reduzido a mera justiça econômica e que uma reforma daquela magnitude tende a produzir mudanças imensas em nossa civilização e em seu próprio modo de vida. Sua visão do futuro socialista é uma visão da sociedade atual com os piores abusos deixados de fora, e com interesses centrados nas mesmas coisas que no presente – vida familiar, pub, futebol e política local. Quanto ao lado filosófico do marxismo, como o truque de esconder a ervilha embaixo do copinho com aquelas três entidades misteriosas – tese, antítese e síntese –, nunca encontrei um trabalhador que tivesse o menor interesse nele. Claro que muitas pessoas com origem na classe trabalhadora são socialistas do tipo teórico e livresco. Mas nunca são pessoas que permaneceram trabalhadoras; isto é, elas não trabalham com as mãos. Ou elas pertencem ao tipo que mencionei no capítulo anterior, o tipo que se contorce para entrar na classe média por meio da *intelligentsia* literária, ou são do tipo que se torna um membro do parlamento do Partido Trabalhista ou um agente do sindicato do alto escalão. Este último tipo é um dos mais desoladores de se ver.

Ele foi escolhido para lutar por seus camaradas, e tudo o que isso significa para ele é um trabalho leve e a chance de "se tornar uma pessoa melhor". Ele se torna um burguês melhor não simplesmente enquanto combate, mas pelo fato de combater a burguesia. E, enquanto isso, é bastante possível que permaneça um marxista ortodoxo. Mas ainda tenho de encontrar um minerador, metalúrgico, tecelão, estivador, operário ou o que quer se seja "ideologicamente" adequado.

Uma das analogias entre o comunismo e o catolicismo romano é que apenas os "instruídos" são completamente ortodoxos. A coisa que mais surpreende de imediato sobre os católicos romanos ingleses – não me refiro aos católicos de verdade, me refiro aos convertidos: Ronald Knox, Arnold Lunn[65] *et hoc genus*[66] – é seu intenso autoconhecimento. Aparentemente, eles nunca acham, certamente nunca escrevem, sobre nada além do fato de que são católicos romanos; esse fato único e o autoelogio resultante dele formam as características típicas do homem literário católico. Mas o mais interessante sobre essas pessoas é a forma com a qual elas lidaram com as supostas implicações da ortodoxia até os mais ínfimos detalhes da vida estarem envolvidos. Até os líquidos que você bebe, aparentemente, podem ser ortodoxos ou heréticos; daí as campanhas de Chesterton, do "Rato de Praia", etc., contra o chá e a favor da cerveja. De acordo com Chesterton, beber chá é um ato pagão, enquanto beber cerveja é "cristão", e o café é o "ópio do puritano". Infelizmente, para essa teoria os católicos abundam no movimento de "temperança" e os maiores tomadores de chá do mundo são os católicos irlandeses; mas o que me interessa aqui é a atitude da mente que pode transformar até a comida e a bebida em uma ocasião para a intolerância religiosa. Um católico da classe operária não seria tão absurdamente consistente a esse ponto. Ele não fica ruminando o fato de que é um católico romano, e ele não tem especial consciência de ser diferente de seus vizinhos não católicos. Diga a um estivador irlandês nos cortiços de Liverpool que sua xícara de chá é "pagã" e ele te chamará de idiota. E, mesmo em questões mais sérias,

---

65 Robert Arbuthnott Knox (1888-1957), padre católico inglês, também autor de histórias de detetive. Sir Arnold Henry Moore Lunn (1888-1974), esquiador, alpinista e escritor inglês nascido na Índia. (N. da T.)
66 Latim: e outros desse tipo. (N. da T.)

ele nem sempre compreende as implicações de sua fé. Nos lares católicos romanos de Lancashire, você vê o crucifixo na parede e o *Daily Worker* sobre a mesa. Apenas o homem "instruído", especialmente o literário, sabe como ser um extremista. E, *mutatis mutandi*[67], é o mesmo com o comunismo. O credo nunca é encontrado em sua forma pura em um proletário genuíno.

Entretanto, pode ser dito que mesmo o socialista teórico e livresco não é ele mesmo um trabalhador, no mínimo ele é movido por um amor pela classe trabalhadora. Ele está se esforçando para perder seu status burguês e lutar do lado do proletariado – isso, obviamente, deve ser sua motivação.

Mas é mesmo? Às vezes, olho para um socialista – o tipo intelectual, que escreve tratados, com seu pulôver, cabelo bagunçado e citação marxista – e imagino o que diabos é sua motivação de verdade. É sempre difícil acreditar que seja amor por alguém, especialmente pela classe trabalhadora, da qual ele é, entre todas as pessoas, o mais diferente. Uma motivação subjacente de muitos socialistas, acredito, é simplesmente um senso de ordem hipertrofiado. O presente estado de coisas os ofende não porque causa desgraças, menos ainda porque torna a liberdade impossível, mas porque ele é desorganizado; o que eles desejam, basicamente, é reduzir o mundo a algo que se assemelhe a um tabuleiro de xadrez. Tomemos as peças teatrais de um socialista de longa data como Shaw. Quanta compreensão ou mesmo consciência da vida da classe trabalhadora elas mostram? O próprio Shaw declara que só se pode colocar um trabalhador no palco "como um objeto de compaixão"; na prática, ele não o mostra assim, mas simplesmente como um tipo de imagem de diversão de W. W. Jacobs[68] – o comediante banal do leste de Londres, como aqueles em *Major Barbara* e *The Conversion of Captain Brassbound*. No melhor dos casos, sua atitude para com a classe operária é a aquela atitude de risadinha da *Punch*, em momentos mais sérios (considere, por exemplo, o jovem que simboliza as classes desprovidas em *Misalliance*[69]) ele os considera simplesmente desprezíveis e repugnantes. A pobreza e, mais ainda, os hábitos da mente criados pela pobreza são algo a

---

67 Latim: guardadas as devidas proporções. (N. da T.)
68 William Wymark Jacobs (1863-1943) foi um escritor inglês de contos e romances. (N. da T.)
69 As três são peças de George Bernard Shaw. (N. da T.)

ser abolido de cima, por violência, se necessário; talvez mesmo preferencialmente por violência. Logo, sua veneração pelos "grandes" homens e apetite por ditadores, fascistas ou comunistas; para ele, aparentemente (vide suas observações a propósito da guerra ítalo-etíope e dos diálogos Stalin-Wells[70]), Stalin e Mussolini são pessoas quase equivalentes. Você obtém o mesmo de uma forma mais fingida na autobiografia da sra. Sidney Webb[71], que fornece, inconscientemente, uma imagem mais reveladora de um socialista nobre que visita um cortiço. A verdade é que, para muitas pessoas que se dizem socialistas, a revolução não significa um movimento de massas ao qual elas esperam se associar; significa um conjunto de reformas que "nós", os inteligentes, iremos impor a "elas", as ordens inferiores. Por outro lado, seria um erro julgar o socialista livresco como uma criatura desumana completamente incapaz de emoções. Embora poucas vezes dê muita prova de afeição pelos explorados, ele é perfeitamente capaz de demonstrar ódio – um tipo de ódio estranho, teórico, no vácuo – contra os exploradores. Daí vem o velho esporte socialista de denunciar a burguesia. É estranho como facilmente quase qualquer escritor socialista consegue censurar a si mesmo nos frenesis da fúria contra a classe a qual, por nascimento ou adoção, ele mesmo pertence. Às vezes, o ódio por hábitos burgueses e pela "ideologia" é tão difícil de alcançar que se estende até a personagens burgueses em livros. De acordo com Henri Barbusse[72], os personagens nos romances de Proust, Gide[73], etc., são "personagens que muito profundamente adoraríamos odiar do outro lado de uma barricada". "Uma barricada", observe. Julgando por *Le Feu*, eu deveria ter pensado que as experiências de barricadas de Barbusse o teriam deixado com uma aversão a elas. Mas o ato imaginário de furar um burguês com a baioneta, que supostamente não irá revidar, é um pouco diferente na vida real.

---

70 Referência à entrevista que o escritor inglês H. G. Wells realizou com o ditador russo Josef Stalin (1878-1953) em 1934. (N. da T.)
71 Sidney Webb (1859-1947), economista e socialista britânico, e sua esposa, Beatrice Webb (1858-1943), escreveram juntos várias obras sobre o socialismo. Beatrice também publicou obras de sua única autoria. (N. da T.)
72 Henri Barbusse (1873-1935), escritor francês, autor do romance *Le Feu*, lançado em 1916. (N. da T.)
73 Michel Proust (1871-1922), escritor francês, famoso pela obra *Em Busca do Tempo Perdido*, publicada em sete volumes entre 1913 e 1927. André Gide (1869-1951), escritor francês laureado com o Prêmio Nobel de Literatura em 1947. (N. da T.)

O melhor exemplo de literatura que provoca burgueses que já encontrei é *The Intelligentsia of Great Britain*, de Mirsky[74]. É um livro muito interessante e habilmente escrito, e deveria ser lido por todos que querem entender a ascensão do fascismo. Mirsky (ex-príncipe Mirsky) foi um imigrante russo branco que veio para a Inglaterra e por alguns anos foi palestrante de literatura russa na London University. Mais tarde, se converteu ao comunismo, retornou à Rússia e produziu seu livro como uma espécie de "exibição" da *intelligentsia* britânica de um ponto de vista marxista. É um livro perigosamente maligno, com um tom inequívoco de "agora que estou fora do alcance de vocês posso dizer o que quiser sobre vocês" que domina todo o livro e, exceto por uma distorção genérica, ele contém algumas declarações falsas bem definidas e provavelmente intencionais: como quando, por exemplo, Conrad[75] é descrito como "não menos imperialista que Kipling", e D. H. Lawrence como autor de "pornografia nua e crua" e como ter "se saído bem em apagar todas as marcas de sua origem proletária" – como se Lawrence tivesse sido um açougueiro de porcos ascendendo à Câmara dos Lordes! Esse tipo de coisa é muito inquietante quando lembramos que é dirigido a um público russo que não tem condição nenhuma de checar a veracidade. Mas, no momento, penso no efeito de tal livro sobre o público inglês. Aqui você tem um literato de extração aristocrática, um homem que provavelmente nunca na sua vida falou com um trabalhador nem de perto em pé de igualdade, proferindo gritos venenosos de calúnia contra seus colegas "burgueses". Por quê? No que diz respeito às aparências, por pura maldade. Ele está lutando contra a *intelligentsia* britânica, mas está lutando por quê? No livro em si não há indicações. Logo, o efeito de livros como esse é dar a forasteiros a impressão de que não há nada no comunismo exceto ódio. E aqui, mais uma vez, você chega àquela estranha semelhança entre o comunismo e o catolicismo romano (convertido). Se quiser encontrar um livro tão cruel quanto *The Intelligentsia of Great Britain*, o lugar mais provável a

---

74 Dmitry Petrovich Svyatopolk-Mirsky (1890-1939), mais conhecido como D. S. Mirsky, político e historiador literário russo. (N. da T.)
75 Joseph Conrad (1857-1924), escritor britânico de origem polonesa, autor, entre outros livros, do romance *Coração das Trevas*, cujo pano de fundo é o domínio imperialista dos europeus na África. (N. da T.)

procurar é entre os defensores do catolicismo romano. Você irá encontrar lá o mesmo veneno e a mesma desonestidade, embora, fazendo justiça aos católicos, você não vá encontrar os mesmos maus modos. É estranho que o irmão espiritual do camarada Mirsky seja padre! Os comunistas e os católicos não estão dizendo a mesma coisa, no sentido de que não estão nem mesmo dizendo coisas opostas, e cada um seria capaz de alegremente fritar o outro em óleo quente se as circunstâncias permitissem; mas, do ponto de vista de um forasteiro, eles são muito parecidos.

O fato é que o socialismo, na forma em que é apresentado agora, apela enormemente para tipos insatisfatórios e até mesmo desumanos. Por um lado, há o socialista caloroso e irrefletido, o típico socialista da classe operária, que somente deseja abolir a pobreza e nem sempre quer compreender suas implicações. Por outro lado, há o socialista intelectual, livresco, que entende que é necessário jogar nossa civilização atual pelo cano e está bem-disposto a fazer isso, e esse tipo é completamente extraído, para início de conversa, da classe média, e de um setor da classe média desenraizado, criado na cidade. E, pior ainda, inclui – tanto que para alguém de fora parece que é composta unicamente deles – tipos de pessoas que venho abordando: o denunciante colérico da "burguesia", os reformadores estilo cerveja aguada dos quais Shaw é o protótipo, os alpinistas "socioliterários" jovens e astutos que são comunistas agora, assim como serão fascistas daqui a cinco anos, porque é tudo muito popular, toda aquela tribo sombria de mulheres arrogantes e usuários de sandálias e tomadores de suco de fruta barbados que caem matando em cima do cheiro do "progresso" tal qual moscas varejeiras sobre um gato morto. A pessoa decente comum, que simpatiza com os objetivos essenciais do socialismo, tem a impressão de que não há espaço para esse tipo em nenhum partido socialista que signifique negócio. Pior, ele chega à conclusão de que o socialismo é um tipo de fatalidade que está chegando, mas que deve ser adiada o quanto possível. Claro que, como já sugeri, não é muito justo julgar um movimento por seus apoiadores, mas o ponto é que as pessoas invariavelmente o fazem, e que a concepção popular do socialismo é colorida pela concepção de um socialista como uma pessoa chata ou desagradável. O "socialismo" é retratado como um estado de coisas no qual nossos socialistas mais vocais se sentiriam completamente em casa.

O caminho para Wigan Pier

Isso gera muito prejuízo à causa. O homem comum pode não recuar de uma ditadura do proletariado, se ela for oferecida diplomaticamente; ofereça-lhe uma ditadura dos pedantes, e ele estará pronto para dar o fora.

Há um sentimento generalizado de que qualquer civilização na qual o socialismo tenha sido uma realidade equivaleria à nossa tal como uma garrafa novinha de um vinho Burgundy colonial equivale a poucos goles de um Beaujolais de primeira classe. Podemos admitir que vivemos em meio aos escombros de uma civilização, mas ela foi uma grande civilização em seus dias, e em algumas partes ela ainda floresce quase intocada. Ainda conserva seu buquê, por assim dizer; enquanto o imaginado futuro socialista, como o Burgundy colonial, tem gosto de ferro e água apenas. Daí o fato, que é bastante desastroso, de que artistas sem muita importância nunca serão convencidos a se dobrar ao socialismo. Esse é o caso específico do escritor cujas opiniões políticas têm uma conexão mais direta e óbvia com seu trabalho do que, digamos, um pintor. Se encararmos os fatos, devemos admitir que quase tudo que pode ser descrito como literatura socialista é monótono, sem graça e ruim. Consideremos a situação na Inglaterra no momento atual. Toda uma geração cresceu mais ou menos familiarizada com a ideia do socialismo; e, ainda assim, o ponto alto da literatura socialista é W. H. Auden[76], uma espécie de Kipling covarde, e poetas mais fracos associados a ele. Todo autor de importância e todo livro que vale a leitura estão do outro lado. Estou disposto a acreditar que é na Rússia – sobre a qual não sei nada, no entanto –, pois, supostamente, na Rússia pós-revolucionária, a mera violência dos fatos tenderia a gerar uma vigorosa literatura. Mas é certo que na Europa Ocidental o socialismo não produziu nenhuma literatura digna de se possuir. Pouco tempo atrás, quando as questões eram menos claras, havia escritores de alguma vitalidade que se chamavam socialistas, mas eles estavam usando a palavra como um rótulo vago. Assim, se Ibsen[77] e Zola[78]

---

76 Wystan Hugh Auden (1907-1973), mais conhecido como W. H. Auden, poeta britânico, vencedor do prêmio Pulitzer de Poesia em 1947. (N. da T.)
77 Henrik Johan Ibsen (1828-1906), dramaturgo norueguês, considerado um dos criadores do teatro realista moderno, autor, entre outras, da peça *Casa de Bonecas*. (N. da T.)
78 Émile Zola (1840-1902), romancista francês, considerado criador e um dos maiores representantes do naturalismo francês, autor, entre outras obras, de vinte romances que contam a história da família Rougon-Macquart, como *Germinal* (1885) e *A Besta Humana* (1890). (N. da T.)

se descrevessem como socialistas, não significava muito mais do que dizer que eram "progressistas", enquanto no caso de Anatole France[79] significava meramente que ele era anticlerical. Os reais escritores socialistas, os escritores propagandistas, sempre foram chatos, do tipo que falam muito e dizem pouco – Shaw, Barbusse, Upton Sinclair[80], William Morris, Waldo Frank[81], etc., etc. Não estou, claro, sugerindo que o socialismo deva ser condenado porque cavalheiros literatos não gostam dele; nem mesmo estou sugerindo que ele deva necessariamente produzir literatura por si só, embora eu realmente considere um mau sinal que não tenha produzido nenhuma canção que valha a pena cantar. Simplesmente, estou apontando para o fato de que escritores de talento genuíno são geralmente indiferentes ao socialismo, e às vezes são hostis de forma ativa e maliciosa. E isso é um desastre, não apenas para os escritores, mas para a causa socialista, que precisa muito deles.

Isso, então, é um aspecto superficial do afastamento do homem comum do socialismo. Conheço por completo esse triste argumento, porque o conheço dos dois lados. Tudo que digo aqui eu já disse para socialistas ferrenhos que estavam tentando me converter e já foram ditos a mim por não socialistas enfadonhos que eu estava tentando converter. A coisa toda equivale a um tipo de mal-estar produzido pela aversão a socialistas específicos, principalmente o tipo arrogante que cita Marx[82]. Seria infantilidade ser influenciado por esse tipo de coisa? Seria tolo? Seria ao menos compatível? É tudo isso, mas a questão é que isso acontece e, portanto, é importante manter em mente.

---

79 Anatole France (1844-1924), escritor francês. (N. da T.)
80 Upton Beall Sinclair (1878-1968), escritor estadunidense. (N. da T.)
81 Waldo David Frank (1889-1967), romancista, historiador e ativista estadunidense. (N. da T.)
82 Karl Marx (1818-1883), filósofo, sociólogo, historiador, economista e revolucionário socialista alemão. (N. da T.)

12

Há, entretanto, uma dificuldade muito mais séria do que as objeções locais e temporárias que discuti no último capítulo. Ao encarar o fato de que pessoas inteligentes com frequência estão do outro lado, o socialista está apto a atribuir isso a motivações corrompidas (conscientes ou inconscientes), ou a uma crença ignorante de que o socialismo não "funcionaria", ou a um mero pavor dos horrores e desconfortos do período revolucionário antes que o socialismo fosse estabelecido. Sem dúvida, tudo isso é importante, mas há várias pessoas que não se influenciam por nada disso e são, contudo, hostis ao socialismo. Sua razão para recuar do socialismo é espiritual, ou "ideológica". Eles se opõem não baseados na premissa de que ele não "funcionaria", mas precisamente porque ele "funcionaria" muito bem. Eles têm medo, não das coisas que irão acontecer durante sua própria vida, mas de algo que irá acontecer em um futuro remoto, quando o socialismo for uma realidade.

Poucas vezes encontrei um socialista que fosse capaz de compreender que pessoas pensantes podem ser repelidas pelo objetivo pelo qual o socialismo parece estar se movendo. O marxista, principalmente, dispensa esse tipo de coisa como o sentimentalismo burguês. Marxistas, via de regra, não são muito bons em ler as mentes de seus adversários; se eles fossem, a situação na Europa estaria bem menos desesperadora do que está no presente. Detentores de uma técnica que parece explicar tudo, não muito frequentemente eles se dão ao trabalho de descobrir o que está acontecendo dentro da cabeça de outras pessoas.

Aqui, por exemplo, está uma ilustração do que quero dizer. Discutindo a teoria largamente abarcada – que de certa forma é bem verdadeira – de que o fascismo é um produto do comunismo, N. A. Holdaway, um dos escritores marxistas mais hábeis que temos, escreve:

"Há uma velha lenda que diz que o comunismo leva ao fascismo... O elemento de verdade nisso é que a aparência da atividade comunista alerta a classe dominante para o fato de que os democráticos

> Partidos Trabalhistas não são mais capazes de conter a classe operária, e que aquela ditadura capitalista deve assumir outra forma, se quiser sobreviver."

Aqui você vê os defeitos do método. Porque ele detectou a causa econômica subjacente ao fascismo, ele assume tacitamente que o lado espiritual dele não tem importância. O fascismo é descrito como uma manobra da "classe dominante", que está no fundo. Mas isso, por si só, só explicaria por que o fascismo apela a capitalistas. E quanto aos milhões que não são capitalistas, que em um sentido material não têm nada a ganhar com o fascismo e estão quase sempre cientes disso, e que, no entanto, são fascistas? Obviamente, a abordagem deles andou puramente lado a lado com a ideologia. Eles só poderiam ser lançados para o fascismo porque o comunismo atacou ou pareceu atacar certas coisas (patriotismo, religião, etc.) que jazem mais profundo que a motivação econômica; e nesse sentido é perfeitamente verdadeiro que o comunismo leva ao fascismo. É uma pena que marxistas quase sempre se concentrem em revelar questões econômicas ligadas à ideologia; isso revela a verdade, de certa forma, mas com um erro, o de que sua propaganda não atinge o alvo. É a retirada espiritual do socialismo, principalmente quando ela se manifesta em pessoas sensíveis, que eu quero discutir neste capítulo. Terei de analisá-la em detalhes, porque é bastante difundida, muito poderosa e, entre os socialistas, quase completamente ignorada.

A primeira coisa a se notar é que a ideia de socialismo é ligada, de uma maneira meio indissociável, à ideia de produção mecanizada. O socialismo é um credo essencialmente urbano. Ele se desenvolveu mais ou menos concomitantemente à industrialização, e sempre teve suas raízes no proletariado da cidade e no intelectual da cidade, e é discutível se ele teria surgido em qualquer outra sociedade que não fosse a industrial. Garantida a industrialização, a ideia do socialismo se apresenta naturalmente, porque a propriedade privada só é tolerável quando cada indivíduo (ou família ou outra unidade) é, pelo menos moderadamente, autossustentável; mas o efeito da industrialização é tornar possível para qualquer um ser autossustentável mesmo que por um momento. A industrialização, desde que se erga sobre um nível muito baixo, deve levar a alguma forma de coletivismo. Não necessariamente ao socialismo, claro; de forma concebível, ele pode levar a um estado escravagista do qual o fascismo é um tipo de profecia. E a recíproca também é verdadeira. A produção mecanizada sugere o socialismo, mas o socialismo como um sistema mundial implica produção mecanizada, porque exige certas coisas não compatíveis com um modo de vida primitivo. Ele demanda, por exemplo, constante intercomunicação e troca de bens entre todas as partes da Terra; exige algum grau de controle centralizado; exige um padrão de vida aproximadamente igual para todos os seres humanos e provavelmente uma certa uniformidade na educação. Podemos aceitar, no entanto, que qualquer mundo em que o socialismo tenha sido uma realidade seria no mínimo tão altamente mecanizado quanto os Estados Unidos nesse momento, provavelmente muito mais. De qualquer forma, nenhum socialista consideraria negar isso. O mundo socialista é sempre retratado como um mundo completamente mecanizado e imensamente organizado, dependendo das máquinas como as civilizações da Antiguidade dependiam da escravidão.

Até aqui tudo bem, ou tudo mal. Muitas pessoas pensantes, talvez a maioria, não estão apaixonadas pela civilização mecanizada, mas todos que não são tolos sabem que é bobagem, nesse momento, falar sobre descartar as máquinas. Porém, o detalhe infeliz sobre o socialismo, como geralmente apresentado, está ligado à ideia de progresso mecânico, não meramente como um desenvolvimento necessário, mas como um fim em si, quase como um tipo de religião. Essa ideia é implícita, por exemplo, na maioria do conteúdo propagandista que é escrito sobre o rápido avanço mecânico na Rússia soviética (os diques no rio Dniepre, tratores, etc., etc.). Karel Capek acerta em cheio no terrível final da peça *R.U.R.*[83], quando os robôs, tendo assassinado o último ser humano, anunciam sua intenção de "construir muitas casas" (apenas por construir casas, vejam só). O tipo de pessoa que mais prontamente aceita o socialismo é também o tipo de pessoa que visualiza o progresso mecânico com entusiasmo. E isso é muito o caso daqueles socialistas que frequentemente não conseguem compreender que existe opinião oposta. Como regra, o argumento mais persuasivo em que eles podem pensar é dizer que

---

83 Karel Capek (1890-1938), escritor checo. A peça *R.U.R.* (*Rossumovi Univerzální Roboti*, "robôs universais de Rossum") é uma ficção científica de 1920 e foi responsável por introduzir a palavra "robô" em vários idiomas. (N. da T.)

a atual mecanização do mundo é nada perto do que deveremos ver quando o socialismo for estabelecido. Onde há um avião agora, no futuro haverá cinquenta! Todo o trabalho que hoje é feito por mãos será, então, realizado por máquinas: tudo que hoje é feito de couro, madeira ou pedra será, então, construído de borracha, vidro ou aço; não haverá desordem, indecisão, território ermo, animal selvagem, erva daninha, doença, pobreza, dor – e assim por diante. O mundo socialista deve ser, acima de tudo, um mundo ordenado, um mundo eficiente. Mas é precisamente daquela visão de futuro como um tipo de mundo de H. G. Wells brilhante que as mentes sensíveis se afastam. Essa versão essencialmente "barriguda" do "progresso" não é parte integral da doutrina socialista; mas tem de ser pensada como tal, tendo como resultado o fato de que o conservadorismo temperamental que é latente em todos os tipos de pessoa é facilmente mobilizado contra o socialismo.

Toda pessoa sensível tem momentos em que suspeita das máquinas e, de certo modo, da ciência física. Mas é importante separar os diferentes motivos – que variaram muito em tempos diferentes, por hostilidade à ciência e ao maquinário – e menosprezar o ciúme do moderno cavalheiro das letras que odeia a ciência porque ela roubou a ideia da literatura. O ataque de longa duração inicial à ciência e ao maquinário de que tive notícia está na terceira parte de *As Viagens de Gulliver*. Mas o ataque de Swift[84], embora brilhante como um *tour de force*, é irrelevante e mesmo tolo, porque é escrito do ponto de vista – talvez isso pareça algo estranho de dizer do autor de *As Viagens de Gulliver* – de um homem com falta de imaginação. Para Swift, a ciência era simplesmente um tipo de difamação fútil e as máquinas não passavam de engenhocas disparatadas que jamais iriam funcionar. Seu padrão era aquele da utilidade prática, e ele carecia da visão para enxergar que um experimento que não é demonstravelmente útil no momento pode gerar resultados no futuro. Por todo o livro ele nomeia como a melhor de todas as conquistas "fazer duas folhas de grama crescerem onde antes só crescia uma", sem aparentemente ver que isso é apenas o que a máquina faz. Um pouco mais tarde, ele desprezou máquinas começando a trabalhar, a ciência física aumentou seu escopo

---

84 Jonathan Swift (1667-1745), escritor irlandês, publicou *As Viagens de Gulliver*, sua obra mais famosa, em 1726. (N. da T.)

e surgiu o celebrado conflito entre religião e ciência que mexeu com nossos avós. Aquele conflito acabou e ambos os lados se retiraram e declararam vitória, mas um viés anticientífico ainda se arrasta nas mentes dos crentes mais religiosos. Por todo o século XIX, vozes de protesto se ergueram contra a ciência e o maquinário (vide *Tempos Difíceis,* de Dickens, por exemplo), mas, geralmente, pelo motivo bem raso de que a industrialização em seus primeiros estágios foi cruel e repulsiva. O ataque de Samuel Butler sobre as máquinas no famoso capítulo de *Erewhon*[85] é uma história diferente. Mas o próprio Butler viveu em uma era menos desesperada do que a nossa, uma era na qual ainda era possível para um homem de primeira classe ser diletante durante parte do tempo e, portanto, isso lhe parecia uma espécie de exercício intelectual. Ele viu claramente nossa abjeta dependência da máquina, mas, em vez de se dar ao trabalho de pensar em suas consequências, ele preferiu exagerá-la, com vistas a algo que não era muito mais que uma piada. É apenas na nossa própria época, quando a mecanização finalmente triunfou, que podemos sentir realmente a tendência de a máquina impossibilitar uma vida que seja completamente humana. Provavelmente, não há ninguém capaz de pensar e sentir que não tenha ocasionalmente olhado para uma cadeira feita de canos de gás e refletido que a máquina é a inimiga da vida. Como regra, entretanto, esse sentimento é mais instintivo do que racionalizado.

 As pessoas sabem que, de um jeito ou de outro, o "progresso" é um embuste, mas elas chegam a essa conclusão por uma espécie de atalho mental; meu trabalho aqui é fornecer os passos lógicos que geralmente são deixados de fora. Mas, primeiro devemos nos perguntar: qual é a função da máquina? Obviamente, sua função primária é poupar trabalho, e o tipo de pessoa para quem a civilização baseada na máquina é completamente aceitável raramente vê qualquer razão para se olhar adiante. Aqui, por exemplo, está uma pessoa que declara, ou melhor grita, que se sente completamente em casa no mundo mecanizado. Estou citando do livro *World Without Faith* [Mundo sem Fé], de John Beevers[86]. Ele diz isto:

---

85 Butler publicou o romance *Erewhon* em 1872, primeiramente de forma anônima. (N. da T.)
86 John Beevers (1911-1975), escritor inglês conhecido por seus quinze livros sobre santos. *World Without Faith*, seu primeiro livro, foi publicado em 1935. (N. da. T.)

George Orwell

"É uma loucura completa dizer que o homem de hoje, que recebe entre duas libras e dez xelins e quatro libras por semana, é um tipo inferior ao trabalhador rural do século XVIII ou do que o trabalhador ou camponês de qualquer comunidade exclusivamente agrícola de agora ou do passado. Simplesmente não é verdade. É tão tolo vociferar sobre os efeitos civilizatórios do trabalho nos campos e fazendas em comparação com aquele realizado em consertos de locomotivas e fábrica de automóveis. Trabalho é uma chateação. Trabalhamos porque precisamos e todo trabalho é feito para nos proporcionar lazer e meios de desfrutar desse lazer da melhor maneira possível."

E mais:

"O homem terá tempo e poder suficientes para procurar seu próprio paraíso na Terra sem se preocupar com aquele sobrenatural. A Terra será um lugar tão agradável, que o padre e o pastor não terão muita história para contar. Metade do estofo é arrancada deles com um único golpe certeiro."

Há um capítulo todo sobre isso (capítulo 4 do livro de Beevers), e é de algum interesse como uma amostra do culto à máquina e sua forma mais completamente vulgar, ignorante e mal concebida. É a voz autêntica de uma grande seção do mundo moderno. Todos que tomam aspirina nos subúrbios externos repetiriam com fervor. Notem o lamento estridente de raiva ("Simplesmente não é verdaaaaaade!", etc.) com o qual Beevers reage à sugestão de que seu avô pode ter sido um homem melhor que ele; e a sugestão ainda mais horrível de que se retornássemos a um modo de vida mais simples, ele poderia ter tido de enrijecer seus músculos com trabalho pesado. Trabalho, vejam, é feito para "nos proporcionar lazer". Lazer para quê? Lazer para se tornar mais parecido com Beevers, supostamente. Apesar que, a partir daquela linha de pensamento sobre o "paraíso na Terra", você pode bem adivinhar como ele gostaria que a civilização fosse; uma espécie de restaurante como o Lyons Corner House[87] durante *in saecula saeculorum*[88] e ficando cada vez maior

---

87 J. Lyons & Co. é uma cadeia de restaurantes britânica fundada em 1884. (N. da T.)
88 Latim: até a eternidade. (N. da T.)

O caminho para Wigan Pier

e mais barulhento. E em qualquer livro escrito por qualquer pessoa que se sinta em casa em um mundo movido a máquinas – e qualquer livro de H. G. Wells, por exemplo –, você encontrará passagens do mesmo tipo. Com que frequência não as escutamos? Aquela história pretensamente edificante sobre "as máquinas, nossas novas raças de escravos, que libertarão a humanidade", etc., etc., etc. Para essas pessoas, aparentemente, o único perigo da máquina é seu possível uso para fins destrutivos, como, por exemplo, aviões que são usados em guerra. Exceto por guerras e desastres imprevisíveis, o futuro é contemplado como uma marcha de progresso mecânico ainda mais rápida; máquinas para poupar trabalho, máquinas para poupar pensamento, máquinas para poupar dor, higiene, eficiência, organização, mais higiene, mais eficiência, mais organização, mais máquinas – até que finalmente você pousa na utopia wellsiana até agora familiar, habilmente caricaturada por Huxley em *Admirável Mundo Novo*[89], o paraíso dos homenzinhos gordos. Claro que, em seus devaneios sobre o futuro, os homenzinhos gordos não são nem gordos nem pequenos; eles são *Men Like Gods* [Homens como Deuses[90]]. Mas, por que deveriam ser? Todo progresso mecânico vai ao encontro de uma eficiência cada vez maior; finalmente, portanto, ao encontro de um mundo no qual nada dá errado. Mas em um mundo em que nada deu errado, muitas das qualidades que Wells considera "divinas" não teriam mais valor do que a faculdade animal de mexer as orelhas. Os seres em *Men Like Gods* e *The Dream* [O Sonho[91]] são representados, por exemplo, como sendo corajosos, generosos e fisicamente fortes. Mas, em um mundo em que o perigo físico havia desaparecido – e, obviamente, o progresso mecânico tende a eliminar o perigo –, seria possível a coragem física sobreviver? Ele conseguiria sobreviver? E por que deveria a força física sobreviver em um mundo onde nunca havia necessidade de trabalho físico? Quanto a qualidades como lealdade, generosidade, etc., em um mundo onde nada deu errado, elas não apenas seriam irrelevantes, mas provavelmente inimagináveis.

---

89 Aldous Huxley (1894 – 1963), escritor inglês, publicou a distopia *Admirável Mundo Novo* em 1932. (N. da T.)
90 Romance de H. G. Wells lançado em 1923. (N. da T.)
91 Romance de H. G. Wells publicado em 1924 que retrata um homem em um futuro utópico que sonha a vida de um inglês das eras vitoriana e eduardiana. (N. da T.)

George Orwell

A verdade é que muitas das qualidades que admiramos em seres humanos só podem funcionar em oposição a algum tipo de desastre, dor ou dificuldade; mas a tendência do progresso mecânico é eliminar o desastre, a dor e a dificuldade. Em livros como *The Dream* e *Men Like Gods*, afirma-se que qualidades como força, coragem, generosidade, etc., serão mantidas vivas porque são qualidades agradáveis e atributos necessários de um ser humano completo. Supostamente, por exemplo, os habitantes de Utopia criariam perigos artificiais a fim de exercitar sua coragem, e fazer exercícios com halteres para enriquecer os músculos que eles nunca seriam obrigados a usar. E aqui observem a enorme contradição que geralmente está presente na ideia de progresso. A tendência do progresso mecânico é tornar seu ambiente seguro e tranquilo; e ainda assim você está lutando para se manter corajoso e forte. Você está ao mesmo tempo furiosamente empurrando para a frente e desesperadamente refreando. É como se um corretor da bolsa de valores de Londres devesse ir para seu escritório vestindo um terno de cota de malha e falar latim medieval. Então, em última análise, o campeão de progresso também é o campeão de anacronismos.

Enquanto isso, estou afirmando que a tendência de progresso mecânico é tornar a vida mais segura e tranquila. Isso pode ser contestado, porque a qualquer momento o efeito de alguma invenção mecânica recente pode parecer ser o oposto. Tomemos, por exemplo, a transição de cavalos para veículos a motor. À primeira vista, alguém pode dizer, considerando a enorme taxa de mortes na estrada, que o carro a motor não exatamente tende a tornar a vida mais segura. Além do mais, provavelmente é necessária tanta tenacidade para ser um motorista de pista de terra de primeira classe quanto para a ser um domador de cavalos ou para participar de uma corrida de cavalos. Entretanto, a tendência de todo o maquinário é se tornar mais seguro e mais fácil de manusear. O perigo de acidentes desapareceria se escolhêssemos atacar nosso problema de planejamento de rodovias com seriedade, como devemos fazer mais cedo ou mais tarde; e enquanto isso o carro a motor evoluiu a um ponto no qual qualquer um que não seja cego ou paralítico pode dirigi-lo depois de algumas aulas. Mesmo agora, dirigir um carro relativamente bem requer bem menos coragem e habilidade do que andar a cavalo relativamente bem; em vinte anos, pode ser que não requeira nenhuma coragem ou habilidade. Portanto, pode-se dizer que, tomando a sociedade como um todo, o resultado da transição de cavalos para carros foi um aumento na tranquilidade humana. Nessa hora, alguém aparece com uma nova invenção, o avião, por exemplo, que à primeira vista não parece tornar a vida mais fácil. Os primeiros homens que voaram em aviões eram extremamente corajosos, e mesmo hoje é preciso ter bons nervos para ser um piloto. Mas está em jogo a mesma tendência de antes. O avião, como o carro a motor, irá se tornar infalível; um milhão de engenheiros estão trabalhando, quase inconscientemente, naquela direção. Finalmente – esse é o objetivo, embora ele possa nunca ser alcançado –, você obterá um avião cujo piloto não precisa nem de habilidade nem de coragem mais do que um bebê precisa de um carrinho. E todo progresso mecânico vai e precisa ir nessa direção. Uma máquina evolui ao se tornar mais eficiente, isto é, mais infalível; logo, o objetivo do progresso mecânico é um mundo infalível – que pode significar ou não um mundo habitado por idiotas. Wells provavelmente iria replicar que o mundo nunca poderá se tornar infalível, posto que, não importa quão alto for o padrão de eficiência que você tiver atingido, há sempre uma dificuldade maior à frente. Por exemplo (essa é a ideia preferida de Wells – ele a usou em sabe Deus quantos desfechos), quando tivermos esse nosso planeta em perfeitas condições, começaremos a tarefa de colonizar outro. Mas isso é só para empurrar o objetivo mais para o futuro; o objetivo em si permanece o mesmo. Colonize outro planeta, e o jogo do progresso mecânico começa novamente; no lugar de um mundo infalível, haverá um sistema solar infalível – um universo infalível. Ao se prender à ideia de eficiência mecânica, você se prende ao ideal de tranquilidade. Mas a tranquilidade é repulsiva; e assim todo o progresso é visto como uma batalha frenética com vistas a um objetivo que você espera e reza para que seja alcançado. De vez em quando, mas não com muita frequência, você encontra alguém que compreende que o que é geralmente chamado de progresso também envolve o que é geralmente chamado de degeneração, e que, não obstante, é a favor do progresso. Daí o fato de que na Utopia de Shaw uma estátua é erguida para Falstaff, como o primeiro homem que fizera um discurso em favor da covardia.

Mas o problema é imensamente mais profundo que isso. Até o momento, só apontei o absurdo de visar ao progresso mecânico e também à preservação de qualidades que o progresso mecânico torna necessário. A questão que se tem de considerar é se há alguma atividade humana que não esteja para ser mutilada pelo domínio da máquina.

A função da máquina é poupar trabalho. Em um mundo completamente mecanizado, todo o enfadonho trabalho pesado será feito pelo maquinário, deixando-nos livre para buscas mais interessantes. Assim expresso, isso soa esplêndido. Ficamos enjoados de ver meia dúzia de homens suando suas camisas para cavar uma fossa para uma tubulação de água, quando alguma máquina facilmente concebida escavaria a terra em dois minutos. Por que não deixar a máquina fazer o trabalho e o homem ir fazer outra coisa? Mas, nessa hora, a questão que surge é: "O que mais eles iriam fazer?". Supostamente, eles são libertados do "trabalho" para que possam fazer algo que não seja "trabalho". Mas o que é trabalho e o que não é trabalho? É trabalho cavar, fazer móveis, plantar árvores, derrubar árvores, cavalgar, pescar, caçar, alimentar as galinhas, tocar piano, tirar fotos, construir uma casa, cozinhar, costurar, fazer chapéus, consertar motocicletas? Todas essas coisas são trabalho para uns e são diversão para outros. Há, na verdade, poucas atividades que não podem ser classificadas nem como trabalho nem como diversão conforme o modo como você as encara. O trabalhador libertado de cavar pode desejar passar seu tempo, ou parte dele, tocando piano, enquanto o pianista profissional pode ficar muito feliz em ir carpir os pés de batatas. Logo, a antítese entre trabalho, como algo intoleravelmente tedioso, e o não trabalho, como algo desejável, é falsa. A verdade é que, quando um ser humano come, bebe, dorme, faz amor, conversa, brinca ou simplesmente relaxa – e essas coisas não tomarão uma vida inteira –, ele precisa de trabalho e geralmente procura por ele, embora possa não chamar de trabalho. Acima do nível de um idiota com três ou quatro anos de escola, a vida tem de ser largamente vivida em termos de esforço. Pois o homem não é, como os hedonistas mais vulgares parecem supor, um tipo de estômago caminhante; ele também tem uma mão, um olho e um cérebro. Pare de usar as mãos, e você terá encurtado um enorme pedaço da sua consciência. E agora considere novamente aquela meia dúzia de homens que estavam escavando uma fossa para uma tubulação de água. Uma máquina os libertou de cavar, e eles irão se divertir com outra coisa – marcenaria, por exemplo. Mas o que quer que eles queiram fazer, descobrirão que outra máquina os libertou daquilo também. Pois, em um mundo completamente mecanizado, não haveria necessidade maior de fazer móveis, cozinhar, consertar motocicletas, etc., do que haveria de cavar. Não há praticamente nada, desde caçar uma baleia até talhar um caroço de fruta, que não possa concebivelmente ser feito por uma máquina. A máquina iria, inclusive, se apossar de atividades que hoje classificamos como "arte"; ela já está fazendo isso, por meio da câmera e do vídeo. Mecanize o mundo tanto quanto ele possa ser mecanizado, e para qualquer direção que olhar haverá uma máquina te tirando a oportunidade de trabalhar – ou seja, de viver.

À primeira vista, isso pode não importar. Por que você não se daria bem com seu "trabalho criativo" e menosprezaria as máquinas que realizariam esse trabalho para você? Mas não é tão simples assim. Aqui estou, trabalhando oito horas por dia em um escritório de seguros; em meu tempo livre, quero fazer algo "criativo", então escolho fazer um pouco de marcenaria – fazer uma mesa, por exemplo. Desde o começo, há um toque de artificialidade no negócio todo, pois as fábricas podem me apresentar uma mesa muito melhor do que a que eu consigo fazer. Mas, mesmo quando estou trabalhando na minha mesa, não é possível eu me sentir em relação a isso como o carpinteiro de cem anos atrás se sentia em relação à sua mesa, menos ainda como Robinson Crusoé se sentia em relação à sua. Pois, antes de eu começar, a maior parte do trabalho já foi feita para mim por uma máquina. As ferramentas que uso demandam a mínima habilidade. Posso obter, por exemplo, plainas que cortarão qualquer modelagem; o carpinteiro de cem anos atrás teria tido de fazer o trabalho com um cinzel e uma goiva, o que exigia grande habilidade com os olhos e as mãos. As tábuas que compro já são aplainadas e os pés dos móveis já passaram pelo torno. Posso até mesmo ir à loja de madeira e comprar todas as partes da mesa prontas e apenas encaixá-las, ficando meu trabalho reduzido a pregar alguns pinos e usar uma lixa. E, se isso é assim no presente, no futuro mecanizado será ainda mais. Com as ferramentas e materiais que estarão disponíveis, não haverá nenhuma possibilidade de erro, consequentemente, nenhum espaço para habilidade. Fazer uma mesa será mais fácil e mais monótono do que descascar uma batata. Em tais circunstâncias, não faz sentido falar em "trabalho criativo". De qualquer forma, as artes da mão (que têm de ser transmitidas por meio de prática) teriam desaparecido há muito tempo. Algumas delas já desapareceram, diante da competição da máquina. Olhem em volta de qualquer cemitério do interior e veja se pode encontrar uma lápide decentemente talhada mais recente do que 1820. A arte, ou melhor o ofício, de trabalhar a pedra se extinguiu tão completamente que levaria anos para reavivá-lo.

 Mas, alguém pode dizer: por que não preservar a máquina e também o "trabalho criativo"? Por que não cultivar anacronismos como um hobby no tempo livre? Muitas pessoas brincaram com essa ideia; ela parece resolver com uma facilidade tão bonita os problemas trazidos pela máquina. O cidadão de Utopia, nos foi dito, voltando para casa após suas duas horas diárias de girar uma alavanca na fábrica de tomate enlatado, deliberadamente irá regredir a um modo de vida mais primitivo e aliviar seus instintos criativos com alguma atividade de entalhamento, vidrado cerâmico e tear. E por que essa imagem é absurda (pois é mesmo)? Por causa de um princípio que nem sempre é reconhecido, embora sempre influencie: que, contanto que a máquina esteja lá, estamos na obrigação de usá-la. Ninguém tira água do poço se pode abrir uma torneira. Pode-se ver uma boa ilustração disso no quesito viagem. Todo mundo que tenha viajado por meios primitivos em um país não desenvolvido conhece a diferença entre aquele tipo de viagem e viagens modernas em trens, carros, etc., é a diferença entre a vida e a morte. O nômade que caminha ou cavalga, com sua bagagem sobre um camelo ou em um carro de bois, pode sofrer todo tipo de desconforto, mas, pelo menos, está vivendo enquanto está viajando; enquanto para o passageiro em um trem expresso ou um cruzeiro de luxo, sua viagem é um interregno, uma espécie de morte temporária. E ainda mesmo que a ferrovia exista, temos de viajar de trem – ou de carro ou avião. Aqui estou, a sessenta e cinco quilômetros de Londres. Quando quero ir até Londres, por que não amarro minhas malas em uma mula e a acompanho a pé, fazendo esse percurso em dois dias? Porque, com os ônibus Green Line passando por mim a cada dez minutos, tal viagem seria insuportavelmente cansativa. Para que alguém pudesse desfrutar de meios primitivos de viagem, seria necessário que não houvesse nenhum outro método disponível. Nenhum ser humano nunca quer fazer algo de uma forma mais incômoda do que é necessário. Daí o absurdo daquela imagem de habitantes de Utopia salvando suas almas com madeira entalhada. Em um mundo em que tudo puder ser feito por uma máquina, tudo será feito por uma máquina. Regredir deliberadamente a métodos antigos para usar ferramentas arcaicas, colocando pequenas e estúpidas dificuldades no nosso caminho, seria um pouco de diletantismo, de uma malícia rebuscada e inútil. Seria como solenemente sentar-se para jantar com utensílios de pedra. Recue para um trabalho manual em uma era mecanizada, e você estará de volta à Sua Velha Loja de Chá ou a vila ao estilo Tudor com as vigas falsas pregadas na parede.

A tendência do progresso mecânico, então, irá frustrar a necessidade humana de esforço e criação. Ele torna as atividades com os olhos e as mãos desnecessárias e mesmo impossíveis. O apóstolo do "progresso" irá às vezes declarar que isso não importa, mas você pode colocá-lo em uma saia justa ao apontar as terríveis extensões até onde pode ir o progresso. Por que, por exemplo, usar as mãos – por que usá-las mesmo para soar o nariz ou apontar um lápis? Será que você não poderia fixar alguma engenhoca de aço ou borracha nos seus ombros e deixar que os braços murchem em um coto de pele e osso? E o mesmo com cada órgão e cada capacidade. Não há mesmo nenhuma razão pela qual um ser humano deva fazer mais do que comer, beber, dormir, respirar e procriar; tudo o mais poderia ser feito por ele através de máquinas. Portanto, o fim lógico do progresso mecânico é reduzir o ser humano a algo semelhante a um cérebro em uma garrafa. Esse é o objetivo para o qual estamos nos direcionando, embora, claro, não tenhamos nenhuma intenção de chegar lá; assim como um homem que bebe uma garrafa de uísque por dia não quer de fato desenvolver cirrose. O objetivo implícito do "progresso" é – não exatamente, talvez – o cérebro na garrafa, mas é assustador, subumano, uma profundeza de suavidade e impotência. Um dado infeliz é que, no presente, a palavra "progresso" e a palavra "socialismo" estão inseparavelmente ligadas na mente de quase todo mundo. O tipo de pessoa que odeia o maquinário também toma por natural odiar o socialismo; o socialista é sempre a favor da mecanização, da racionalização, da modernização – ou, pelo menos, acha que deveria ser. Bem recentemente, por exemplo, um proeminente membro do Partido Trabalhista Independente confessou a mim com uma espécie de vergonha melancólica – como se fosse algo levemente impróprio – que ele era um "apaixonado por cavalos". Cavalos pertencem a um passado agrícola que está desaparecendo, e todo sentimento pelo passado carrega com ele um vago cheiro de heresia. Não acredito que isso precisa necessariamente ser assim, mas, sem dúvida, é. E esse fato por si só é suficiente para explicar o afastamento de mentes decentes do socialismo.

Na geração anterior, toda pessoa inteligente era de algum modo revolucionária; hoje em dia, seria mais correto dizer que toda pessoa inteligente é uma reacionária. Nessa relação, vale a pena comparar *The Sleeper Awakes* [O Dormente Acorda], de H. G. Wells[92], com *Admirável Mundo Novo*, de Aldous Huxley, escrito trinta anos mais tarde. Cada um é uma utopia pessimista, uma visão de um tipo de paraíso de um presunçoso em que todos os sonhos da pessoa "progressista" se realizam. Considerado meramente um pedaço de construção imaginativa, *The Sleeper Awakes* é, eu acho, muito superior, mas sofre de vastas contradições por causa do fato de Wells, como o arcipreste do "progresso", não poder escrever com qualquer convicção contra o "progresso". Ele cria a imagem de um mundo cintilante, estranhamente sinistro, em que as classes privilegiadas vivem uma vida de hedonismo raso e covarde, e os trabalhadores, reduzidos a um estado de completa escravidão e ignorância subumana, labutam como trogloditas em cavernas subterrâneas. Assim que se examina essa ideia – ela é melhor desenvolvida em um conto esplêndido em *Stories of Space and Time* [Histórias de Espaço e Tempo[93]] –, pode-se ver sua inconsistência. Pois, no mundo imensamente mecanizado que Wells está imaginando, por que os trabalhadores têm de trabalhar mais duro do que no presente? Obviamente, a tendência da máquina é eliminar, e não aumentar a quantidade de trabalho. No mundo da máquina, os trabalhadores podem ser escravizados, maltratados e mesmo subalimentados, mas eles certamente não seriam condenados a um trabalho manual incessante, por que naquele caso qual seria a utilidade da máquina? Você pode ter máquinas fazendo todo o

---

92 Wells publicou a ficção científica distópica *The Sleeper Awakes* em 1910 como um texto revisado da versão chamada *When The Sleeper Wakes*, que saiu primeiramente em forma de seriado e depois em livro, em 1899. (N. da T.)
93 O título do livro de H. G. Wells em questão é *Tales of Space and Time* e foi publicado como livro em 1899. Contém três contos e duas novelas de fantasia e ficção científica que foram, anteriormente, publicados em periódicos. (N. da T.)

trabalho ou seres humanos fazendo todo o trabalho, mas não se pode ter os dois. Aqueles exércitos de trabalhadores subterrâneos, com seus uniformes azuis e sua linguagem degradada meio humana, só são encaixados para "te causar arrepio". Wells quer sugerir que o "progresso" pode tomar um rumo errado; mas o único mal que ele se preocupa em imaginar é a desigualdade – uma classe que fica com toda a riqueza e o poder e oprime as outras, aparentemente por pura maldade. Dê um toque diferente, ele parece sugerir, derrote a classe privilegiada – na verdade, passe do capitalismo mundial para o socialismo – e tudo ficará bem. A civilização da máquina continuará, mas seus produtos serão divididos igualitariamente. O pensamento que ele não ousa encarar é que a máquina em si pode ser o inimigo. Então, em suas utopias mais características (*The Dream, Men Like Gods,* etc.), ele retorna ao otimismo e a uma visão de humanidade, libertada pela máquina, como uma raça de banhistas iluminados cujo único assunto de conversa é sua própria superioridade a seus ancestrais. *Admirável Mundo Novo* pertence a um momento posterior e a uma geração que entendeu o embuste do "progresso". Ele contém suas próprias contradições (a mais importante delas é apontada no livro *The Coming Struggle for Power* [A Futura Batalha por Poder[94]], de John Strachey), mas é, no mínimo, um ataque memorável ao perfeccionismo do tipo mais proeminente. Permitindo os exageros da caricatura, ele provavelmente expressa o que a maioria das pessoas pensantes sente sobre a civilização da máquina.

A hostilidade da pessoa sensível à máquina é, por um lado, irrealista, devido ao fato óbvio de que a máquina chegou para ficar. Mas, como uma atitude da mente, há muito a ser dito por ela. A máquina tem de ser aceita, mas é provavelmente melhor aceitá-la como alguém aceita uma droga, isto é, relutante e desconfiado. Como uma droga, a máquina é útil, perigosa e viciante. Quanto mais frequentemente nos rendemos a ela, mais ela nos prende. Basta olharmos em volta neste momento para perceber com que velocidade sinistra a máquina está nos envolvendo em seu poder. Para começar, existe a devassidão assustadora de preferência que já foi afetada por um século de mecanização. Isso é quase tão óbvio e tão largamente admitido que

---

94 Publicado em 1933. (N. da T.)

não há necessidade de apontar. Mas, como um único exemplo, tomemos a preferência em seu sentido mais estreito – a preferência por comida decente. Nos países altamente mecanizados, graças à comida enlatada, refrigeração, aromatizantes sintéticos, etc., o paladar é quase um órgão morto. Como você pode ver observando a quitanda, o que a maioria dos ingleses entende por maçã é um pedaço de lã de algodão altamente colorido que vem dos Estados Unidos ou da Austrália; eles devoram essas coisas, aparentemente com prazer, e deixam as maçãs inglesas apodrecerem sob as árvores. É a aparência lustrosa, padronizada e feita à máquina da maçã americana que os atrai; o gosto superior da maçã inglesa é algo que eles simplesmente não notam. Ou observem o queijo de fábrica embrulhado em papel-alumínio e a manteiga misturada que se vende em qualquer mercearia; veja as horríveis filas de latas que cada vez roubam mais e mais espaço em qualquer loja de comida, mesmo em laticínios; veja um rocambole de seis centavos ou um sorvete de dois centavos; olhem o abjeto subproduto que as pessoas irão engolir sob o nome de cerveja. Para qualquer lugar que olhar, você verá um produto estiloso feito por uma máquina triunfando sobre aquele antiquado que ainda tem gosto de algo diferente de pó de serragem. E o que se aplica à comida também se aplica a móveis, casas, roupas, livros, diversões e tudo o mais que constitui nosso ambiente. Existem hoje no mundo milhões de pessoas, e o número está aumentando a cada ano, e para essas pessoas a estridência do rádio não é apenas um pano de fundo mais aceitável como normal aos seus pensamentos do que o mugido do gado ou o canto dos pássaros. A mecanização do mundo nunca pôde ir muito longe enquanto o gosto, até mesmo as papilas gustativas da língua, permaneceu incorruptível, pois naquele caso a maioria dos produtos feitos à máquina seria simplesmente indesejada. Em um mundo saudável, não haveria demanda por comida enlatada, aspirinas, gramofones, tubulação de gás, metralhadoras, jornais diários, telefones, carros a motor, etc., etc., e, por outro lado, haveria uma demanda constante pelas coisas que a máquina não pode produzir. Mas, enquanto isso, a máquina está aqui, e seus efeitos destruidores são quase irresistíveis. A mesma pessoa que a ataca continua usando-a. Mesmo um selvagem nu, se tiver a oportunidade, aprenderá os vícios da civilização em poucos meses. A mecanização leva à decadência no gosto, a decadência no gosto leva à exigência por artigos feitos à máquina e, logo, à mais mecanização, e então um círculo vicioso é estabelecido.

Mas, além disso, há uma tendência de mecanização do mundo para que ele continue automaticamente como era, queiramos ou não. Isso se deve ao fato de que, no homem ocidental moderno, a habilidade de invenção mecânica foi alimentada e estimulada até que alcançasse quase o status de um instinto. As pessoas inventam novas máquinas e melhoram as existentes quase inconscientemente, assim como um sonâmbulo continua trabalhando durante o sono. No passado, quando se tomava como certo que a vida nesse planeta era dura ou, pelo menos, trabalhosa, parecia que o destino natural era continuar usando os utensílios grosseiros dos nossos antepassados, e apenas umas poucas pessoas excêntricas, a séculos de distância, propuseram inovações; consequentemente, durante longas eras coisas como os carros de bois, o arado, a foice, etc., permaneceram radicalmente imutáveis. Há registros de que parafusos têm sido usados desde a remota antiguidade e também que foi só depois do meio do século XIX que alguém pensou em fazer parafusos com pontas, durante vários milhares de anos eles permaneceram com uma ponta grossa e buracos tinham de ser feitos antes que eles fossem inseridos. Na nossa época, uma coisa como essa seria impensável. Pois quase todo homem ocidental moderno tem sua faculdade criativa desenvolvida até certo ponto; o homem ocidental inventa máquinas tão naturalmente quanto um ilhéu polinésio nada. Dê a um homem ocidental alguma tarefa e ele começa a conceber uma máquina que irá realizar a tarefa no lugar dele; dê-lhe uma máquina e ele pensa em maneiras de melhorá-la. Entendo essa tendência bem o suficiente, pois de uma maneira meio ineficaz eu mesmo tenho aquele tipo de mentalidade. Não possuo nem a paciência nem a habilidade mecânica para conceber qualquer máquina que funcionaria, mas eternamente visualizo, por assim dizer, os fantasmas de possíveis máquinas que possam me poupar o trabalho de usar meu cérebro ou músculos. Alguém com uma inclinação mecânica mais definida provavelmente construiria algumas e as colocaria em operação. Mas, sob nosso sistema econômico atual, ele as construir – ou até qualquer outra pessoa poder desfrutar delas – dependeria de elas serem comercialmente viáveis. Os socialistas estão certos, portanto, quando eles alegam que a taxa de progresso mecânico será muito mais rápida quando o socialismo for estabelecido. Estando a civilização mecanizada, o processo de invenção e melhorias sempre continuará, mas a tendência do capitalismo é desacelerá-la, porque, sob o capitalismo, qualquer invenção que não promete lucros bastante imediatos é ignorada; inclusive, aquelas que ameaçam reduzir os lucros são suprimidas quase tão implacavelmente quanto o vidro flexível mencionado por Petrônio[95]. [Por exemplo: alguns anos atrás alguém inventou uma agulha de gramofone que duraria por décadas. Uma das grandes empresas de gramofone adquiriu os direitos de patente, e aquela foi a última vez que se ouviu falar nela.] Estabeleça o socialismo – remova o princípio do lucro – e o inventor terá uma mão livre. A mecanização do mundo, já rápida o bastante, seria – ou, pelo menos, poderia ser – enormemente acelerada.

E essa probabilidade é levemente sinistra, porque é óbvio mesmo agora que o processo de mecanização está fora de controle. Está acontecendo apenas porque a humanidade tem o hábito. Um químico aperfeiçoa um novo método para sintetizar a borracha, ou um mecânico elabora um novo padrão de pino de pistão. Por quê? Não por nenhum fim claramente compreendido, mas simplesmente a partir do impulso de inventar e melhorar, que agora se tornou instintivo. Coloque um pacifista para trabalhar em uma fábrica de bombas e em dois meses ele conceberá um novo tipo de bomba. Daí a aparência de coisas diabólicas como gases venenosos, que nem seus inventores esperam que sejam benéficos para a humanidade. Nossa atitude diante de tais coisas como gases venenosos deve ser a atitude do rei de Brobdingnag[96] em relação à pólvora; mas, porque vivemos em uma era mecânica e científica, somos infectados com a noção de que, não importa o que mais acontecer, o "progresso" deve continuar e o conhecimento nunca deve ser suprimido. Não há dúvidas de que concordaríamos verbalmente que as máquinas são feitas para os homens e não os homens para as máquinas; na prática, qualquer tentativa de verificar o desenvolvimento da máquina a nós se assemelha a um ataque ao conhecimento e, portanto, um tipo de blasfêmia. E mesmo que toda a humanidade de repente se revoltasse contra

---

95 Escritor romano do século I d.C., cuja identidade é incerta, mas acredita-se que seja um frequentador da corte de Nero. (N. da T.)
96 Terra fictícia no livro *As Viagens de Gulliver*. (N. da T.)

a máquina e decidisse fugir para um modo de vida mais simples, essa fuga ainda seria imensamente difícil. Não valeria de nada, como no livro *Erewhon*, de Butler, destruir toda máquina inventada após uma certa data; deveríamos também destruir o hábito mental que, quase involuntariamente, criaria novas máquinas assim que as velhas fossem aniquiladas. E em todos nós há, pelo menos, uma pincelada desse hábito mental. Em todo país no mundo, o grande exército de cientistas e tecnicistas, com o resto de nós ofegando a seus pés, está marchando pela estrada do "progresso" com a persistência cega de uma correição de formigas. Relativamente poucas pessoas desejam que isso aconteça, muitas pessoas de fato querem que não aconteça, e ainda assim está acontecendo. O próprio processo de mecanização se tornou uma máquina, um enorme veículo cintilante nos fazendo rodopiar não sabemos para onde, mas provavelmente na direção de um mundo de Wells amortecido e de um cérebro na garrafa.

Essa, então, é a situação contra a máquina. Se ela é adequada ou não, mal importa. O ponto é que esses argumentos ou outros muito parecidos seriam ecoados por cada pessoa que é hostil à civilização mecanizada. E, infelizmente, por causa dessa concatenação de ideias – "socialismo-progresso-maquinário-Rússia-trator-higiene-maquinário-progresso" – que existe na mente de quase todo mundo, é geralmente a mesma pessoa que é hostil ao socialismo. O tipo de pessoa que odeia o aquecimento central e a cadeiras feitas de tubos de gás é também o tipo de pessoa que, quando você menciona o socialismo, murmura algo sobre "estado-colmeia" e vai embora com uma expressão de dor no rosto. Até onde posso observar, muito poucos socialistas entendem por que isso acontece, ou mesmo que acontece. Pegue o tipo mais comunicativo de socialista, coloque-o em um canto, repita para ele o teor do que eu disse neste capítulo e veja que tipo de resposta obtém. Na verdade, você obterá várias respostas; estou tão familiarizado com elas que sei quase de cor.

Em primeiro lugar, ele te dirá que é impossível "voltar" (ou "retardar a mão do progresso" – como se a mão do progresso não tivesse sido violentamente retardada várias vezes na história da humanidade!), e então irá te acusar de ser medievalista e começar a discorrer sobre os horrores da Idade Média, a lepra, a Inquisição, etc. Na verdade, a maioria dos ataques à Idade

Média e ao passado feitos por defensores da modernidade é irrelevante, porque seu artifício essencial é projetar um homem moderno, com seus escrúpulos e seus altos padrões de conforto, em uma era em que nem se ouvia falar dessas coisas. Mas, de qualquer forma, essa não é uma resposta. Pois uma aversão a um futuro mecanizado não implica em menor reverência a qualquer período do passado. D. H. Lawrence, mais sábio que o medievalista, escolheu idealizar os etruscos, sobre os quais sabemos convenientemente pouco. Mas não há nenhuma necessidade de idealizar mesmo os etruscos, os pelasgos, os astecas, os sumérios ou qualquer outro povo desaparecido e romantizado. Quando visualizamos uma civilização desejada, a vemos apenas como um objetivo; não há necessidade de fingir que ela já existiu no espaço e no tempo. Tente esclarecer esse ponto, explique que você deseja focar em tornar a vida mais simples e mais dura ao invés de mais suave e mais complexa, e o socialista normalmente irá supor que você quer retornar ao "estado de natureza" – querendo dizer alguma caverna malcheirosa do período paleolítico: como se não houvesse nada entre uma espátula de pedra e os moinhos de aço de Sheffield, ou entre um barquinho e o Queen Mary.

No final, entretanto, você obterá uma resposta que vai bem mais direto ao ponto e que diz mais ou menos assim: "Sim, o que você está dizendo faz sentido. Sem dúvida, seria muito nobre tornar a vida mais dura para nós e viver sem aspirinas e aquecimento central e tudo o mais. Mas a questão é que ninguém quer isso de verdade. Significaria voltar a um modo de vida agrícola, que simboliza trabalho duro bruto e que não é de forma alguma a mesma coisa que jardinagem. Eu não quero trabalho duro, você não quer trabalho duro – ninguém que saiba o significa o quer. Você só fala assim porque nunca trabalhou um dia sequer na sua vida", etc., etc.

Bem, de certa forma, isso é verdade. Isso se soma a dizer "Somos delicados – pelo amor de Deus, vamos continuar delicados!", que, pelo menos, é realista. Como já apontei, a máquina nos prendeu e escapar será imensamente difícil. No entanto, essa resposta é, na verdade, evasiva, porque falha em dar apreço ao que queremos dizer quando dizemos que "desejamos" isso ou aquilo. Sou um semi-intelectual degenerado e moderno que morreria se não tomasse minha xícara de chá de manhã cedo e se não lesse minha *New Statesman* toda sexta-feira. De certa forma, eu claramente não "desejo" voltar a um modo de vida mais simples e mais duro, provavelmente agrícola. Da mesma forma que não "desejo" reduzir quanto eu bebo, pagar minhas dívidas, fazer exercício, ser fiel à minha esposa, etc., etc. Mas, de uma outra forma mais permanente, eu desejo, sim, essas coisas, e talvez da mesma forma que desejo uma civilização em que o "progresso" não seja sinônimo de tornar o mundo seguro para homenzinhos gordos. Esses argumentos que esbocei são praticamente os mesmos argumentos que consegui obter dos socialistas – socialistas pensantes, que aprenderam com os livros – quando tentei explicar a eles apenas como eles estão espantando possíveis adeptos. Claro que também existe o velho argumento de que o socialismo irá chegar de qualquer forma, as pessoas gostem ou não, por causa daquela coisa que evita problemas, a "necessidade histórica". Mas a "necessidade histórica", ou, melhor, a crença nela, não conseguiu sobreviver a Hitler.

Enquanto isso, a pessoa pensante, por meio de uma mente geralmente de esquerda, mas com temperamento frequentemente de direita, paira sobre o portão do rebanho socialista. Sem dúvida, está ciente de que deve ser um socialista. Mas observa primeiro a monotonia de socialistas individuais, depois a flacidez dos ideais socialistas, e desvia. Até bem recentemente, era natural se voltar para a indiferença. Dez anos atrás, mesmo cinco anos atrás, o típico cavalheiro literário escrevia livros sobre a arquitetura barroca e sua alma estava acima da política. Mas aquela atitude estava se tornando difícil e até fora de moda. Os tempos estão ficando mais difíceis, os problemas estão mais claros, a crença de que nada nunca mudará (por exemplo, que seus dividendos sempre estarão seguros) é menos predominante. A cerca sobre a qual o cavalheiro literário se senta, que um dia fora tão confortável quanto a almofada do banco de uma catedral, hoje belisca seu traseiro insuportavelmente; cada vez mais ele mostra uma disposição para cair para um dos dois lados. É interessante notar quantos de nossos principais escritores, que uma dúzia de anos atrás tinham seu valor atrelado à arte pela arte e teriam considerado vulgar demais para as palavras até mesmo votarem em uma eleição geral, estão agora tomando uma posição política definida; enquanto muitos dos escritores jovens, pelo menos aqueles que só dizem asneiras, são "políticos" desde o início. Acredito que, quando começa a beliscar, há um perigo terrível de que o principal movimento da *intelligentsia* seja em direção ao fascismo. Dizer exatamente quando esse beliscão virá é difícil; depende, provavelmente, de eventos na Europa; mas pode ser que dentro de dois ou até um ano devamos ter alcançado o momento decisivo. Esse também será o momento em que cada pessoa com algum cérebro e alguma dignidade saberá no seu âmago que deverá ficar do lado socialista. Mas não necessariamente chegará lá por sua própria vontade; há muitos preconceitos antigos no caminho. Ele terá de ser persuadido, e por métodos que implicam uma compreensão de seu ponto de vista. Os socialistas não podem mais se dar ao luxo de desperdiçar tempo pregando aos convertidos. A função deles agora é produzir socialistas o mais rápido possível; ao invés disso, muito frequentemente, estão produzindo fascistas.

Quando falo de fascismo na Inglaterra, não estou necessariamente pensando em Mosley[97] e seus seguidores espinhentos. O fascismo inglês, quando chegar, é provável que seja de um tipo calmo e sutil (supostamente, a princípio, não será chamado de fascismo). É discutível se uma opereta de Gilbert e Sullivan[98] debochando de um dragão da cavalaria do timbre de Mosley seria algum dia muito mais que uma piada para a maioria dos ingleses; embora até mesmo Mosley aguente observar, pois a experiência mostra (vide as carreiras de Hitler, Napoleão III) que para um alpinista político, às vezes, é uma vantagem não ser levado tão a sério no começo de sua carreira. Mas, nesse momento, estou pensando na atitude fascista da mente, que, sem sombra de dúvida, está ganhando terreno entre pessoas que deveriam ser mais espertas. O fascismo como aparece no intelectual é um tipo de imagem no espelho – não do socialismo de verdade, mas de uma caricatura plausível do socialismo. Ele se resume a uma determinação em fazer o oposto do que quer que o socialista mítico faz. Se você apresenta o socialismo sob uma luz ruim ou equívoca – se você deixa as pessoas imaginarem que ele não significa muito mais do que despejar a civilização europeia pelo ralo da pia ao comando de marxistas pedantes –, arrisca conduzir o intelectual para o fascismo. Você o joga assustado para dentro de uma espécie de

---

97 Oswald Mosley (1896-1980), político britânico, foi um dos principais líderes da extrema direita fascista na Inglaterra. (N. da T.)
98 Refere-se à parceria entre o libretista W. S. Gilbert (1836-1911) e o compositor Arthur Sullivan (1842-1900) durante a era vitoriana. (N. da T.)

atitude defensiva raivosa com a qual ele simplesmente se recusa a ouvir o caso socialista. Algumas atitudes como essa já são discerníveis em escritores como Ezra Pound, Wyndham Lewis, Roy Campbell[99], etc., na maioria dos escritores católicos romanos e muitos do grupo Douglas Credit, em certos romancistas populares e até mesmo, se olharmos por baixo da camada mais superficial, em intelectuais conservadores superiores como Eliot[100] e seus inúmeros seguidores. Se quiser algumas ilustrações inequívocas do crescimento do sentimento fascista na Inglaterra, é só dar uma olhada em algumas das inúmeras cartas que foram escritas para a imprensa durante a Guerra Etíope, aprovando a ação italiana, e também o uivo de contentamento que se ergueu tanto dos púlpitos católicos quanto anglicanos (ver o *Daily Mail* de 17 de agosto de 1936) sobre a ascensão do fascismo na Espanha.

A fim de combater o fascismo, é necessário compreendê-lo, o que envolve admitir que ele contém alguma coisa de bom, assim como de muito ruim. Na prática, claro, não passa de uma infame tirania, e seus métodos para alcançar e manter o poder são de tal forma que mesmo seus mais ferrenhos apoiadores preferem falar de outra coisa. Mas, o sentimento subjacente ao fascismo, o sentimento que primeiro leva as pessoas para o campo fascista, pode ser menos desprezível. Não é sempre, como o *Saturday Review*[101] nos levaria a supor, um terror agudo do espectro de um bolchevique. Todos que dedicaram ao momento um olhar atento sabem que o fascista dos baixos escalões é quase sempre uma pessoa de boas intenções – genuinamente ansioso, por exemplo, por melhorar o grupo dos desempregados. Mais importante do que isso é o fato de que o fascismo tira sua força tanto das boas quanto das más variedades do conservadorismo. Para qualquer um com certo sentimento pela tradição e pela disciplina, ele vem com apelo pronto. Provavelmente, é muito fácil, quando se teve a cabeça cheia do tipo de propaganda socialista

---

99 Ezra Pound (1885-1972), poeta e crítico literário estadunidense; Wyndham Lewis (1882-1957), pintor, romancista e ensaísta inglês; Roy Campbell (1901-1957), poeta sul-africano. (N. da T.)
100 Thomas Stearns Eliot (1888-1965), mais conhecido como T. S. Eliot, poeta, dramaturgo e crítico literário estadunidense. Recebeu o Prêmio Nobel de Literatura em 1948. Uma de suas obras mais conhecidas é o poema *A Terra Devastada*, de 1922. (N. da T.)
101 *The Saturday Review of Politics, Literature, Science and Arts*, jornal semanal britânico fundado em 1855 e que circulou até 1938. (N. da T.)

mais indelicada, ver o fascismo como a última linha de defesa de tudo que é bom na civilização europeia. Mesmo o fascista valentão em sua pior forma, com um cassetete de borracha em uma mão e uma garrafa de óleo de castor na outra, não necessariamente se sente um valentão; é mais provável que ele se sinta como Rolando no passado em Roncevales[102], defendendo a cristandade contra o barbarismo. Temos de admitir que, se o fascismo está avançando por toda parte, isso se deve em muito aos próprios socialistas. Em parte, deve-se à tática equivocada dos comunistas de sabotar a democracia, por exemplo, minando seu argumento; mas, devido ainda mais ao fato de que os socialistas têm, por assim dizer, apresentado seu caso da forma errada, acima de tudo. Nunca deixaram suficientemente claro que os objetivos essenciais do socialismo são justiça e liberdade. Com os olhos deles colados nos fatos econômicos, procederam com a suposição de que o homem não tem alma, e explícita ou implicitamente estabeleceram o objetivo de uma utopia materialista. Como resultado, o fascismo esteve apto a brincar com cada instinto que se revolta contra o hedonismo e a concepção barata de "progresso". Ele se fez apto a posar como o detentor da tradição europeia e a apelar à crença cristã, ao patriotismo e às virtudes militares. É perturbador e inútil descrever o fascismo como "sadismo em massa" ou alguma outra expressão fácil desse tipo. Se fingir que é simplesmente uma aberração que irá desaparecer sozinha, você está sonhando e irá acordar quando alguém cutucá-lo com um cassetete de borracha. O único caminho possível é examinar o caso fascista, compreender que há algo a ser dito sobre ele, e então tornar claro para o mundo que o que quer que seja que o fascismo contenha de bom também está implícito no socialismo.

No momento, a situação é desesperadora. Se nada pior nos acontecer, há condições que descrevi no início deste livro que não irão melhorar sob o atual sistema econômico. Ainda mais urgente é o perigo da dominação fascista na Europa. E, a não ser que a doutrina socialista, de forma efetiva, possa ser difundida vasta e muito rapidamente, não há nenhuma garantia

---

102 Referência ao personagem de literatura medieval e renascentista inspirado em um conde que viveu no século VIII e teria lutado na Batalha de Roncevales, hoje na região de Navarra, na Espanha. (N. da T.)

de que o fascismo seja derrotado. Pois o socialismo é o único inimigo real que o fascismo tem de encarar. Os governos imperialistas capitalistas, embora estejam para ser saqueados, não lutarão contra o fascismo como tal. Nossos governantes, aqueles que entendem a questão, provavelmente iriam preferir entregar cada centímetro quadrado do Império Britânico para a Itália, a Alemanha e o Japão a ver o socialismo triunfar. Foi fácil rir do fascismo quando imaginamos que ele se baseava em nacionalismo histórico, porque parecia óbvio que os estados fascistas, cada um considerando-se o escolhido e *contra mundum*[103] patriotas, iriam colidir uns com os outros. Mas nada do tipo está acontecendo. O fascismo é agora um movimento internacional, que significa não apenas que as nações fascistas podem se reunir com propósito de pilhagem, mas que estão tateando, talvez apenas parcialmente conscientes, em direção a um sistema mundial. A visão de um estado totalitário está sendo substituída pela visão de um mundo totalitário. Como apontei anteriormente, o avanço da técnica maquinista deve levar, em última instância, a alguma forma de coletivismo, mas essa forma não precisa necessariamente ser igualitária; isto é, não precisa ser socialismo. E, com o perdão dos economistas, é bastante fácil imaginar uma sociedade mundial, economicamente coletivista – isto é, eliminando o princípio do lucro –, mas com todo o poder político, militar e educacional nas mãos de uma pequena parcela dos governantes e seus mercenários. Isso, ou algo parecido, é o objetivo do fascismo. E, claro, leva ao estado escravagista, ou melhor, mundo escravagista; provavelmente seria uma forma estável de sociedade, e é provável que, considerando a enorme riqueza do mundo, se explorado cientificamente, os escravos estariam bem alimentados e satisfeitos. É comum falar do objetivo do fascismo como o "estado-colmeia", o que faz grande injustiça às abelhas. Um mundo de coelhos dominado por um arminho é o que mais se assemelha. É contra essa cruel possibilidade que temos de nos unir.

A única coisa pela qual podemos nos unir é o ideal subjacente do socialismo: justiça e liberdade. Mas é bastante forte chamar esse ideal de subjacente. Ele está quase completamente esquecido. Foi enterrado sob

---

103 Latim: contra todos. (N. da T.)

camadas e mais camadas de pedantismo doutrinário, querelas partidárias e progresso mal concebido, até que se tornasse como um diamante escondido debaixo de uma montanha de esterco. A função do socialista é ajudá-lo a sair de lá novamente. Justiça e liberdade! Essas são as palavras que têm de soar como cornetas pelo mundo. Por um longo período, certamente durante os últimos dez anos, o diabo ficou com todas as melhores melodias. Atingimos um estágio em que a palavra "socialismo" evoca, por um lado, uma imagem de aviões, tratores e grandes fábricas reluzentes de vidro e concreto; por outro, vegetarianos com barbas murchas, de comissários bolcheviques (meio gângsteres), de senhoras sérias usando sandálias, marxistas de cabelos bagunçados ruminando polissílabos, quacres fugidos, fanáticos do controle de natalidade e carreiristas dos bastidores do Partido Trabalhista. O socialismo, pelo menos nesta ilha, já não cheira mais à revolução e à derrota dos tiranos; cheira à excentricidade, devoção às máquinas e culto estúpido à Rússia. Ao menos que você possa remover esse cheiro, muito rapidamente, o fascismo poderá vencer.

13

E, finalmente, há algo que se possa fazer sobre isso?

Na primeira parte deste livro, ilustrei, por meio de breves informações subsidiárias, o tipo de confusão em que estamos metidos; nesta segunda parte, tentei explicar por que, em minha opinião, tantas pessoas decentes, normais, são repelidas pelo único remédio, chamado socialismo. Obviamente, a necessidade mais urgente para os próximos anos é cativar essas pessoas antes que o fascismo dê sua cartada. Não quero levantar aqui a questão de partidos e expedientes políticos. Mais importante do que qualquer rótulo partidário (embora, sem dúvida, a menor ameaça do fascismo trará à existência neste momento algum tipo de frente popular) é a difusão da doutrina socialista em uma forma efetiva. As pessoas têm de ser preparadas para atuar como socialistas. Acredito que existem inúmeras pessoas que, sem estarem cientes disso, sentem simpatia pelos objetivos essenciais do socialismo e poderiam ser arrebanhadas quase sem esforço apenas se encontrassem a palavra certa. Todos que conhecem o significado de pobreza, todos que sentem um ódio genuíno da tirania e da guerra estão do lado socialista, potencialmente. Meu trabalho aqui, portanto, é sugerir – necessariamente em termos muito gerais – como uma reconciliação pode ser efetuada entre o socialismo e seus inimigos mais inteligentes.

Primeiramente, tratemos dos inimigos em si – refiro-me a todas aquelas pessoas que compreendem que o capitalismo é um mal, mas que estão conscientes do tipo de sensação de enjoo e estremecimento que surge quando o socialismo é mencionado. Como apontei, isso pode ser resultado de suas causas principais. Uma é a inferioridade pessoal de muitos socialistas; outra é o fato de que o socialismo é muito frequentemente associado a uma concepção ímpia de pessoas de barriga cheia que revolta qualquer um com um sentimento pela tradição ou rudimentos de um senso estético. Deixe-me abordar o segundo ponto primeiro.

A aversão ao "progresso" e a uma civilização baseada na máquina, que é tão comum entre pessoas sensíveis, só é defensável como uma atitude da mente. Não é válida como uma razão para rejeitar o socialismo, porque pressupõe uma alternativa que não existe. Quando você diz "Me oponho à mecanização e à padronização – portanto, me oponho ao socialismo", você está dizendo de fato "Sou livre para viver sem a máquina se assim eu desejar", o que não faz sentido. Somos todos dependentes da máquina e, se ela parasse de trabalhar, a maioria de nós morreria. Você pode odiar a civilização baseada na máquina, provavelmente você está certo em odiá-la, mas, no presente, não pode haver nenhuma dúvida em aceitá-la ou rejeitá-la. A civilização da máquina está aqui, e ela só pode ser criticada de dentro, porque todos nós estamos nela. Somente os tolos românticos dizem por aí que escaparam, como o cavaleiro literário em seu chalé de estilo Tudor com banheiro com água quente e fria, e o fortão que parte para levar uma vida "primitiva" na floresta com um rifle Mannlicher e quatro vagões lotados de comida enlatada. Quase com certeza a civilização baseada na máquina continuará a triunfar. Não há motivo para pensar que se destruirá por si só. Durante algum tempo, no passado, foi glamoroso dizer que a guerra irá nesse momento "arruinar a civilização" completamente; mas, embora a próxima guerra de versão ampliada vá certamente ser horrível o suficiente para tornar todas as anteriores uma piada, é imensamente improvável que ela colocará um ponto final no progresso mecânico. É verdade que um país muito vulnerável como a Inglaterra, e talvez todo o resto da Europa Ocidental, pode ser reduzido ao caos por uns poucos milhares de bombas estrategicamente colocadas, mas nenhuma guerra, no momento, pode aniquilar a industrialização em todos os países simultaneamente. Podemos aceitar que o retorno a um modo de vida mais simples, livre, menos mecanizado, por mais desejável que seja, não irá acontecer. Isso não é fatalismo, é mera aceitação dos fatos. Não faz sentido resistir ao socialismo com base no argumento de que você é contra o estado-colmeia, pois o estado-colmeia está aqui. A escolha não é, pelo menos por enquanto, entre um mundo humano e um mundo desumano. É simplesmente entre socialismo e fascismo, que na sua melhor versão é o socialismo sem suas virtudes.

A tarefa da pessoa pensante, portanto, não é rejeitar o socialismo, mas decidir humanizá-lo. Uma vez que o socialismo esteja no caminho de ser estabelecido, aqueles que conseguem enxergar além do embuste do "progresso" provavelmente resistirão. Na verdade, resistir é sua função especial. No mundo baseado nas máquinas, eles têm de ser uma espécie de oposição permanente, o que não é a mesma coisa que ser um obstrucionista ou traidor. Mas aqui estou falando do futuro. No momento, o único curso possível para qualquer pessoa digna, não importa quanto de conservador ou anarquista tenha em seu temperamento, é trabalhar para o estabelecimento do socialismo. Nada mais pode nos salvar da miséria do presente ou do pesadelo do futuro. Opor-se ao socialismo agora, quando vinte milhões de ingleses estão mal alimentados e o fascismo conquistou metade da Europa, é suicídio. É como começar uma guerra civil quando os godos estão cruzando a fronteira.

Portanto, é de extrema importância livrar-se daquele simples preconceito febril contra o socialismo, que não é fundado em nenhuma objeção séria. Como já apontei, muitas pessoas que não são repelidas pelo socialismo são repelidas pelos socialistas. O socialismo, como se apresenta agora, não é nem um pouco atrativo, porque ele aparenta ser, mesmo que do lado de fora, o brinquedo de excêntricos, doutrinários, bolcheviques de butique, e assim por diante. Mas, vale a pena lembrar que isso só é assim porque excêntricos, doutrinários, etc., tiveram permissão de chegar lá primeiro. Se o movimento tivesse sido invadido por cérebros melhores e um senso de decência mais comum, os tipos condenáveis parariam de dominá-lo. Por ora, devemos cerrar os dentes e ignorá-los; eles surgirão muito menores quando o movimento tiver sido humanizado. Além disso, são irrelevantes. Temos de lutar por justiça e liberdade, e o socialismo significa justiça e liberdade, por isso não faz sentido eliminá-lo. Somente o essencial vale a pena ser lembrado. Recuar do socialismo porque muitos socialistas são pessoas inferiores é tão absurdo quanto recusar uma viagem de trem porque você não gosta do rosto do cobrador.

Em segundo lugar, vou tratar do socialista em si – mais especificamente aquele tipo verbal, escritor de tratados.

Estamos em um momento em que é desesperadoramente necessário para os esquerdistas de todos os aspectos relevarem as diferenças e andarem juntos. De fato, já está acontecendo em uma proporção pequena. Obviamente, o mais intransigente tipo de socialista tem de se aliar com pessoas que não estão perfeitamente de acordo com ele. Via de regra, ele prontamente se dispõe a fazer, porque vê o verdadeiro perigo de reduzir todo o movimento socialista a algum tipo de charlatanice rosa-pálido ainda mais ineficaz do que o parlamentar Partido Trabalhista. No momento, por exemplo, há um grande perigo de que a frente popular para a qual o fascismo supostamente irá dar vida não seja genuinamente socialista na essência, mas simplesmente se configurar em uma manobra contra o fascismo alemão e italiano (não o inglês). Assim, a necessidade de se unirem contra o fascismo pode levar os socialistas a fazerem uma aliança com seus piores inimigos. Mas, o princípio básico a ser adotado é: não há perigo em se aliar com as pessoas erradas, desde que você mantenha a essência do movimento em primeiro plano. E qual é a essência do socialismo? Qual é a marca do socialista de verdade? Sugiro que o socialista de verdade seja aquele que deseja – não simplesmente conceba como desejável, mas de fato deseje – ver a tirania derrotada. Imagino que a maioria dos marxistas ortodoxos não aceitaria essa definição, ou apenas a aceitaria muito rancorosamente. Às vezes, quando ouço essas pessoas falando, e ainda mais quando leio seus livros, tenho a impressão de que, para elas, todo o movimento socialista não passa de um tipo excitante de caça aos hereges – um pulo aqui e ali de médicos-bruxos frenéticos ao som de tum-tum e ao som de "fee-fi-fo-fum... sinto cheiro do sangue de alguém se bandeando para a direita![104]". É por causa desse tipo de coisa que torna-se muito mais fácil se sentir um socialista quando se está em meio a pessoas da classe operária. O socialista da classe operária, como o católico da classe operária, é fraco em doutrina e mal consegue abrir a boca sem proferir uma heresia, mas ele carrega o cerne da questão consigo. Ele compreende, sim, o fato central de que o socialismo significa a derrota da tirania, e a "Marselhesa"[105], se fosse traduzida para ajudá-lo, o atrairia mais profundamente do que qualquer tratado estudado em materialismo dialético. Nesse momento, é perda de tempo insistir que a aceitação do socialismo significa aceitação do lado filosófico do marxismo, mais a adulação da Rússia. O movimento

---

104 Verso de poema conhecido por ter sido utilizado no conto de fadas *João e o Pé de Feijão*. (N. da T.)
105 Hino nacional francês, composto em 1792. Adquiriu grande popularidade durante a Revolução Francesa e ficou conhecido como "A Marselhesa", pois foi especialmente popular entre as unidades do exército da cidade de Marselha, que fica no sul da França. (N. da T.)

socialista não tem tempo de ser uma liga de materialistas dialéticos; ele tem de ser uma liga de oprimidos contra opressores. Você tem de atrair o homem que significa negócio, e você tem de espantar o liberal hipócrita que quer o fascismo estrangeiro destruído para que ele possa continuar sacando seus dividendos pacificamente – o tipo de charlatão que aprova resoluções contra o fascismo e o comunismo, por exemplo, com se fosse contra ratos e contra veneno para ratos. O socialismo significa a derrota da tirania em casa, assim como no exterior. Contanto que mantenha esse fato bem na linha de frente, você nunca terá muita dúvida quanto a quem são seus verdadeiros apoiadores. Quanto a diferenças menores – e a mais profunda diferença filosófica é desimportante se comparada com salvar vinte milhões de ingleses cujos ossos estão apodrecendo com a subnutrição –, o tempo de debater sobre elas será mais tarde.

Não acredito que o socialista precise fazer qualquer sacrifício de coisas que são essenciais, mas certamente terá de fazer grandes sacrifícios quanto a questões externas. Ajudaria enormemente, por exemplo, se o cheiro da excentricidade que ainda impregna o movimento socialista pudesse ser dissipado. Se ao menos as sandálias e as camisas da cor de pistache pudessem ser colocadas em uma pilha e incendiadas, e todos os vegetarianos, abstêmios e católicos mais fervorosos fossem mandados de volta para Welwyn Garden City para fazer exercícios de ioga em silêncio! Mas receio que isso não vá acontecer. O que é possível, todavia, é o tipo de socialista mais inteligente parar de afastar possíveis apoiadores de formas tolas e irrelevantes. Há tanto pedantismo pequeno que poderia facilmente ser eliminado! Tomemos, por exemplo, a péssima atitude do típico marxista diante da literatura. Entre muitos exemplos que me vêm à mente, citarei apenas um. Soa trivial, mas não é. No antigo *Worker's Weekly* (um dos precursores do *Daily Worker*), costumava haver uma coluna de bate-papo literário do tipo "Livros sobre a Mesa do Editor". Durante várias semanas, houve uma boa quantidade de conversa sobre Shakespeare, diante do que um leitor incensado escreveu para dizer "Prezado Camarada, não queremos saber desses escritores burgueses como Shakespeare. Você não consegue nos dar algo um pouco mais proletário?", etc., etc. A resposta do editor foi simples. "Se você pegar o índice de *O Capital*, de Marx", ele escreveu, "verá que Shakespeare é mencionado diversas vezes". Note que isso foi suficiente para silenciar o oposicionista. Uma vez que Shakespeare tenha recebido o aval de Marx, tornou-se respeitável. Essa é a mentalidade que afasta pessoas comuns sensíveis do movimento socialista. Você não precisa se preocupar com Shakespeare para ser afastado por esse tipo de coisa. Novamente, há aquele jargão horrível que quase todos os socialistas acham necessário empregar. Quando a pessoa comum escuta frases como "ideologia burguesa", "solidariedade proletária" e "expropriação dos expropriadores", ela não é inspirada por elas, ela simplesmente se enoja. Mesmo a palavra "camarada" teve sua pequena parcela de culpa em desacreditar o movimento socialista. Quantos que ainda estavam se decidindo não refrearam logo antes de se juntar ao movimento! Talvez tenham ido a alguma reunião pública e visto socialistas inseguros obedientemente tratarem uns aos outros de "camarada", e então se afastaram, desiludidos, para o bar mais próximo! E seu instinto é consistente, pois onde está a razão em pregar em si um rótulo ridículo que mesmo após muita prática mal pode ser mencionado sem engasgar-se de vergonha? É fatal deixar o inquiridor comum ir embora com a ideia de que ser um socialista significa usar sandálias e matraquear sobre materialismo dialético. Deve ser deixado claro que há espaço no movimento socialista para seres humanos, ou então não tem mais jogo.

E isso gera uma grande dificuldade. Significa que a questão de classe, como distinta do mero status econômico, tem de ser encarada mais realisticamente do que está sendo encarada no momento.

Dediquei três capítulos a discutir a dificuldade de classe. O fator principal que terá surgido, acredito eu, é que, embora o sistema de classes inglês tenha sobrevivido à sua inutilidade, ele sobreviveu e não mostra nenhum sinal de estar morrendo. Causa mais confusão ainda admitir, como o marxista ortodoxo frequentemente o faz (vejam, por exemplo, o livro interessante de Alec Brown, *The Fate of the Middle Class* [O Destino da Classe Média], de 1936), que o status social é determinado unicamente pela renda. Economicamente, sem dúvida, há apenas duas classes, os ricos e os pobres, mas socialmente há toda uma hierarquia de classes, e os modos e as tradições aprendidas por pessoas de cada classe na infância não são apenas muito diferentes, mas – esse é o ponto crucial – geralmente persistem do nascimento até a morte. Daí os indivíduos anômalos que você encontra em todas as classes da sociedade. Há escritores como Wells e Bennett que ficaram imensamente ricos e ainda assim conseguiram preservar intactos seus preconceitos não conformistas de classe média baixa; você encontra milionários que não conseguem pronunciar todos os "s"; lojistas mesquinhos cujas rendas são inferiores à do pedreiro e que, no entanto, se consideram (e são considerados) socialmente superiores; você encontra meninos de internatos governando províncias indianas e homens oriundos de escolas públicas vendendo aspiradores de pó. Se a estratificação social correspondesse precisamente à estratificação econômica, o homem saído da escola pública adquiriria um sotaque *cockney* no dia em que sua renda caísse para menos de duzentas libras por ano. Mas ele adquire esse sotaque? Pelo contrário, imediatamente se torna vinte vezes mais característico da escola pública do que antes. Ele se agarra à velha gravata como se fosse a linha da vida. E mesmo o milionário sem os "s", embora, às vezes, vá a uma fonoaudióloga e aprenda o sotaque da BBC, o sotaque padrão inglês, raramente tem êxito em se disfarçar tão completamente quanto gostaria. De fato, é muito difícil fugir culturalmente da classe na qual você nasceu.

Conforme a prosperidade declina, anomalias sociais tornam-se mais comuns. Não se vê mais milionários sem os "s", mas cada vez mais se veem homens saídos da escola pública promovendo aspiradores de pó e mais e mais donos de loja tendo de morar em abrigos. Grandes porções da classe média estão sendo gradualmente proletarizadas, e o ponto importante é que elas não adotam, pelo menos não na primeira geração, uma aparência proletária. Eu, por exemplo, tive uma educação burguesa e uma renda de classe operária. A qual classe pertenço? Economicamente, pertenço à classe operária, mas é quase impossível para mim me considerar qualquer coisa que não seja um membro da burguesia. E, supondo que tivesse de tomar partido, de qual lado eu ficaria, a classe superior que está tentando acabar com a minha existência ou a classe trabalhadora cujas maneiras não são as minhas? É provável que eu, quando houvesse qualquer assunto importante em questão, ficaria do lado da classe trabalhadora. E quanto às dezenas ou centenas de milhares que estão mais ou menos na mesma posição? E quanto àquela classe ainda maior, chegando aos milhões neste momento – os empregados de escritório e clérigos de todos os tipos –, cujas tradições são definitivamente menos associadas à classe média, mas que certamente não agradeceriam se você os chamasse de proletários? Todas essas pessoas têm os mesmos interesses e os mesmos inimigos que a classe operária. Todas estão sendo roubadas e molestadas pelo mesmo sistema. Mas, quantas percebem isso? Se a pressão chegasse perto, todos passariam para o lado de seus opressores e ficariam contra os que deveriam ser seus aliados. É bastante fácil imaginar uma classe média espremida para a pobreza mais profunda e ainda permanecer com um sentimento amargo antiproletariado; está aí, claro, um Partido Fascista pronto para entrar em ação.

Obviamente, o movimento socialista tem de atrair para si a classe média explorada antes que seja tarde demais; acima de tudo, tem de atrair os trabalhadores de escritórios, que são tão numerosos e, se soubessem como se unir, seriam poderosos. Também é óbvio como até aqui falharam em fazer isso. A última pessoa em quem se pode encontrar opiniões revolucionárias é um escriturário ou um vendedor. Por quê? Muito, acredito, por causa da hipocrisia "proletária" com a qual a propaganda socialista está misturada. A fim de simbolizar a guerra de classes, foi estabelecida, mais ou menos, a figura mítica de um "proletário", um homem musculoso, mas oprimido, vestindo macacão engordurado, em oposição a um "capitalista", um homem gordo, perverso, vestindo chapéu e casaco de pele. Admite-se implicitamente que não há ninguém no meio; a verdade, claro, é que, em um país como a Inglaterra, cerca de um quarto da população está numa posição intermediária. Antes de insistir na "ditadura do proletariado", deve-se tomar a precaução elementar de começar explicando quem é o proletariado. Mas, por causa da tendência socialista de idealizar o trabalhador braçal como tal, isso nunca ficou suficientemente claro. Quantos dos membros do exército de miseráveis e tremulantes vendedores e assistentes de lojas, que de alguma forma estão piores do que um minerador ou um trabalhador das docas, se veem como proletários? Um proletário – assim foram ensinados a pensar – significa um homem com um colarinho. De forma que, quando se tenta comovê-los falando sobre "guerra de classes", apenas se consegue assustá-los; eles se esquecem de suas rendas e se lembram de seus sotaques, e correm para defender a classe que os está explorando.

Os socialistas têm um grande trabalho à frente. Eles têm de demonstrar, sem restar dúvida, onde fica a linha de separação entre explorador e explorado. Mais uma vez, é uma questão de se apegar ao que é essencial; e o ponto essencial aqui é que todas as pessoas com rendas pequenas e incertas estão no mesmo barco e devem lutar do mesmo lado. Provavelmente, viveríamos bem com um pouco menos de conversa sobre "capitalistas" e "proletários" e um pouco mais sobre os que roubam e os que são roubados. Mas, ao menos, temos de abandonar aquele hábito equivocado de fingir que os únicos proletários são os trabalhadores braçais. Esse conceito tem de ser aplicado a escriturários, engenheiros, vendedores, a homens da classe média que "baixaram de nível", o verdureiro da vila, o funcionário público de baixo escalão e todos os outros casos em que os envolvidos duvidam ser parte do proletariado, e para quem o socialismo significa um acordo justo, assim como para os trabalhadores em geral e os de fábrica. Eles não devem ter permissão para achar que a batalha está entre os que pronunciam o "s" e os que não; pois se acharem isso, ficarão do lado do "s".

  Estou insinuando que classes diferentes devem ser convencidas a agir juntas sem, pelo menos no momento, questionarem sobre suas diferenças. E isso soa perigoso. Soa, na verdade, muito como o acampamento de verão do Duque de York e aquela sombria linha de conversa sobre cooperação entre as classes e dar o máximo de si, o que é ou um embuste ou indício de fascismo, ou ambos. Não pode haver cooperação entre classes cujos reais interesses são opostos. O capitalista não pode cooperar com o proletário. O gato não pode cooperar com o rato; e, se o gato sugere cooperação e o rato é tolo o bastante para concordar, em bem pouco tempo o rato irá sumir pela goela do gato. Mas é sempre possível cooperar, contanto que seja sobre uma base de interesses comuns. As pessoas que têm de agir juntas são todas aquelas que se encolhem diante do chefe e todas aquelas que tremem quando pensam no aluguel. Isso significa que o pequeno agricultor tem de se aliar ao trabalhador da fábrica, o datilógrafo ao minerador, o professor ao mecânico. Há alguma esperança de conseguir que eles assim o façam se puderem entender onde está o interesse deles. Mas isso não acontecerá se seus preconceitos sociais, que em alguns deles é tão forte quanto qualquer consideração econômica, forem perturbados desnecessariamente. Há, afinal, uma real diferença de modos e tradições entre um bancário e um estivador, e o sentimento de superioridade do bancário é profundamente enraizado. Mais tarde, ele terá de se livrar dele, mas este não é um bom momento para pedir-lhe que faça isso. Portanto, seria uma vantagem muito grande se aquele ataque mecânico e sem sentido aos burgueses, que é parte de quase toda propaganda socialista, pudesse ser abandonado, por enquanto. Por todo o pensamento e a escrita da esquerda – e tudo que os percorre, dos artigos principais no *Daily Worker* às colunas cômicas no *News Chronicle*[106] – corre uma tradição de ataque a pessoas bem-nascidas, uma zombaria persistente e com frequência muito estúpida dos maneirismos e da lealdade dos refinados (ou, em jargão comunista, "valores burgueses"). Em grande parte, é uma fraude, vindo como vem de críticos da burguesia que são eles mesmos burgueses, mas causa bastante prejuízo, porque permite um assunto menor ofuscar um de maior importância. Isso tira atenção do fato central de que pobreza é pobreza, seja a ferramenta de trabalho uma picareta ou uma caneta-tinteiro.

Mais uma vez, aqui estou, com minha origem de classe média e minha renda de cerca de três libras por semana somando todas as fontes. Pelo que represento, seria melhor me ter do lado socialista do que me fazer virar um fascista. Mas, se você me ameaçar constantemente por causa da minha "ideologia burguesa", se me fizer entender de alguma maneira sutil que eu sou uma pessoa inferior porque nunca trabalhei com as mãos, você só conseguirá se opor a mim. Pois está me dizendo que sou inerentemente inútil ou que devo mudar de alguma forma que está aquém das minhas possibilidades. Não posso proletarizar meu sotaque ou certas preferências e crenças, e mesmo que pudesse não o faria. Por que deveria fazer? Não peço a ninguém que fale meu dialeto; por que outras pessoas deveriam me pedir para falar o delas? Seria muito melhor assumir que existem pequenos estigmas de classe e os enfatizar o mínimo possível. Eles são comparáveis a diferenças de raças, e a experiência mostra que é possível cooperar com estrangeiros, mesmo com estrangeiros de quem não gostamos, quando é realmente necessário. Economicamente, estou no mesmo barco do minerador, operário ou trabalhador da fazenda; lembre-me disso e eu lutarei ao lado deles. Mas, culturalmente, sou diferente do minerador, do operário ou do trabalhador

---

106 Jornal diário britânico que circulou de 1930 a 1960. (N. da T.)

da fazenda; coloque a ênfase nisso e poderá me armar contra eles. Se eu fosse uma anomalia solitária, não seria de importância, mas a verdade é que há muitos outros nas mesmas condições. Mesmo bancários sonhando com a demissão, lojistas hesitando à beira da falência, estão essencialmente na mesma posição. Essa é a classe média naufragando, e a maioria das pessoas se apega ao que restou de sua origem nobre sob a impressão de que isso os ajudará a flutuar. Não é uma boa política começar dizendo a eles para jogar fora o colete salva-vidas. Há um perigo bastante óbvio de que nos próximos anos uma boa parte da classe média irá fazer uma virada repentina e violenta à direita. Se isso acontecer, eles podem ganhar enorme força. A fraqueza da classe média até agora repousa no fato de que ela nunca aprendeu a se unir; se você os assustar para que se unam contra você, descobrirá que criou um demônio. Tivemos um breve vislumbre disso na Greve Geral[107].

Resumindo: não há possibilidade de corrigir as condições que descrevi nos capítulos iniciais desse livro, ou de salvar a Inglaterra do fascismo, a menos que consigamos ter um Partido Socialista de verdade. Terá de ser um partido com intenções revolucionárias genuínas, e terá de possuir força numérica o bastante para atuar. Só poderemos tê-lo se oferecermos um objetivo que poucas pessoas comuns reconhecerão como desejáveis. Além de tudo o mais, entretanto, precisamos de propaganda inteligente. Menos sobre "consciência de classe", "expropriação dos expropriadores", "ideologia burguesa" e "solidariedade proletária", sem contar as irmãs sagradas: tese, antítese e síntese; e mais sobre justiça, liberdade e condições dos desempregados. Menos sobre progresso mecânico, tratores, o dique do rio Dniepre e a mais recente fábrica de salmão enlatado em Moscou; esse tipo de coisa não é parte integral da doutrina socialista e afasta muitas pessoas necessárias à causa socialista, incluindo a maioria dos que conseguem segurar uma caneta. O fundamental é martelar dois fatos na consciência do público. Um, que os interesses de todas as pessoas exploradas são os mesmos; outro, que o socialismo é compatível com o senso de decência comum.

Quanto ao assunto terrivelmente difícil das distinções de classe, a

---

107 A Greve Geral de 1926 no Reino Unido foi deflagrada após infrutíferas negociações com o governo sobre os salários dos trabalhadores das minas de carvão. (N. da T.)

única política possível para o momento é relaxar e não assustar ainda mais as pessoas. E, acima de tudo, chega desses esforços de moços fortes cristãos para derrubar as divisões de classe. Se você pertence à burguesia, não seja ávido demais a sair na frente e acolha seus irmãos proletários; eles podem não gostar, e se eles mostrarem que não gostam, você provavelmente descobrirá que seus preconceitos de classe não estão tão mortos como imaginava. Já se você pertence ao proletariado, por nascimento ou por vontade de Deus, não zombe tanto daquela velha gravata; ela cobre lealdades que podem ser úteis se souber manuseá-las.

Ainda acredito com alguma esperança no momento em que o socialismo será um assunto vivo – algo com que muitos ingleses irão genuinamente se preocupar – e que a dificuldade de classes poderá se resolver mais rapidamente do que parece imaginável agora. Nos próximos anos, poderemos até conseguir ter aquele Partido Socialista eficiente de que precisamos, ou poderemos não conseguir. Se não conseguirmos, o fascismo estará nos alcançando; provavelmente uma forma anglicizada e pegajosa de fascismo, com policiais cultos em vez de gorilas nazistas e o leão e o unicórnio[108] no lugar da suástica. Mas, se conseguirmos tê-lo, haverá uma luta, provavelmente física, pois nossa plutocracia não ficará sentada quieta sob um governo genuinamente revolucionário. E, quando as classes largamente separadas, que necessariamente formariam qualquer partido socialista real, tiverem lutado lado a lado, poderão ter sentimentos diferentes umas pelas outras. Então, talvez essa desgraça de preconceito de classe desapareça, e nós da classe média naufragante – o professor de escola particular, o jornalista freelancer que quase passa fome, a filha solteirona de um coronel com renda de setenta e cinco libras por ano, o ex-aluno de Cambridge desempregado, o marinheiro sem navio, os escriturários, os funcionários públicos, os vendedores e os negociantes do interior que já faliram três vezes – podemos afundar, sem mais lutas, dentro da classe operária a que pertencemos. Provavelmente, quando chegarmos lá, veremos que ela não é tão terrível quanto temíamos, pois, afinal, não temos nada a perder a não ser nosso "s".

---

108 O leão e o unicórnio são o símbolo do Reino Unido. O leão representa a Inglaterra e o unicórnio, a Escócia. (N. da T.)

Impressão e Acabamento
Gráfica Oceano